HANS WEBER / ARMIN RUHLAND

Ausgetrabt

ROSSNARRISCH Wie jedes Jahr richtet sich an Pfingsten die Aufmerksamkeit des Rottals und der weiteren Umgebung auf das beschauliche Städtchen Pfarrkirchen. Größen des Sulky-Sports versammeln sich an Bayerns ältester Trabrennbahn und präsentieren ihre Pferde den zahlreichen, fachkundigen Zuschauern.

Polizeikommissar Thomas Huber gehört an Pfingsten auch zu den »Rossnarrischen« und trifft sich mit seinen Freunden an der Rennbahn, um auf mögliche Sieger zu tippen.

Nach den Pfingstrennen beenden zwei Ereignisse jäh die Festtagsstimmung des jungen Beamten. Zu seinem Bedauern zieht Mandy Hanke in sein Büro ein, eine vorlaute, aber unerfahrene Kollegin, die aus dem thüringischen Gera an die Rott gewechselt war. Außerdem wird ein Pferdetrainer tot aufgefunden. Dass Huber in dieser Situation gleich am ersten Tag eine gemeinsame Mordermittlung aufzunehmen hat, wird nicht die letzte unangenehme Überraschung für den arg gebeutelten Polizeibeamten sein.

Hans Weber, geboren 1961, und Armin Ruhland, geboren 1959, besuchten dieselbe Klasse am Gymnasium Dingolfing und waren eng befreundet. Nach dem gemeinsamen Abitur im Jahr 1980 trennten sich jedoch ihre Wege. Während Weber nach seinem BWL-Studium in verschiedenen Bereichen bei einem bayerischen Automobilhersteller lange Jahre nahe seiner Heimat beschäftigt war, zog es seinen Freund in die Ferne. Nach einem Kunstgeschichtsstudium belieferte Armin Ruhland vom spanischen Madrid aus wissenschaftliche Bibliotheken mit Fachliteratur. Nach knapp 40 Jahren kreuzten sich ihre Wege wieder und sie entdeckten ihre Liebe zum Schreiben von regionalen Krimigeschichten. Die beiden Autoren leben mit ihren Familien im Landkreis Dingolfing-Landau.

HANS WEBER / ARMIN RUHLAND

Ausgetrabt

Niederbayern-Krimi

GMEINER

Immer informiert

NEWSLETTER

Spannung pur – mit unserem Newsletter informieren wir Sie regelmäßig über Wissenswertes aus unserer Bücherwelt.

Gefällt mir!

Facebook: @Gmeiner.Verlag
Instagram: @gmeinerverlag
Twitter: @GmeinerVerlag

FSC www.fsc.org
MIX
Papier aus verantwortungsvollen Quellen
FSC® C083411

Besuchen Sie uns im Internet:
www.gmeiner-verlag.de

Im Ehnried 5, 88605 Meßkirch
Telefon 07575/2095-0
info@gmeiner-verlag.de

1. Auflage 2021

Lektorat: Christine Braun
Herstellung: Mirjam Hecht
Umschlaggestaltung: U.O.R.G. Lutz Eberle, Stuttgart
unter Verwendung eines Fotos von: © gandolf / stock.adobe.com
Druck: CPI books GmbH, Leck
Printed in Germany
ISBN 978-3-8392-2793-0

Personen und Handlung sind frei erfunden.
Ähnlichkeiten mit lebenden oder toten Personen
sind rein zufällig und nicht beabsichtigt.

EINS

Pfingstsonntag

»Hoffentlich hält das Wetter bis Dienstag«, sagte Thomas Huber, der am Nachmittag des Pfingstsonntags vor dem Café »il2« in Pfarrkirchen mit seinem Freund Helmut Drexler den herrlichen Tag in der niederbayerischen Kreisstadt genoss. Von ihrem Platz aus hatten die beiden Freunde einen direkten Blick auf eines der Wahrzeichen der malerischen 12.000-Einwohner-Stadt: das »Wimmer-Ross«. Diese überlebensgroße Bronzeplastik thronte auf einem Backsteinsockel inmitten des Stadtplatzes, genau gegenüber dem Kult-Café. Einer der größten Söhne der Stadt, der Künstler und Bildhauer Hans Wimmer, schenkte das Kunstwerk Mitte der 1960er-Jahre seiner Heimatstadt Pfarrkirchen.

Thomas, dem das Wetter der kommenden zwei Tage besonders am Herzen lag, betrachtete die imposante Statue. »Weißt du, Helmut, dass die Bauern zwischen Rott und Inn die Bedeutung des Pferdes in einem besonderen Sprichwort zusammeng'fasst haben?«

Helmut folgte dem Blick seines Freundes zum Wimmer-Ross und schüttelte den Kopf.

»›Weibasteam is koa Vadeam, as Rossvaregga tuat den Bauern schregga!‹«

Helmut wandte sich wieder seinem Gegenüber zu. »Ich hab kein Wort verstanden.«

»Soweit kommt's noch, dass wir für unsern eigenen Dialekt einen Dolmetscher brauchen«, erwiderte Thomas, zeigte sich jedoch gnädig und bot eine hochdeutsche Version an: »›Der Tod der Frau ist kein Verderben, stirbt aber das Pferd, trifft es den Bauern hart.‹«

Dem ungläubigen Staunen Helmuts war zu entnehmen, dass sich ihm der Sinn des Spruches immer noch nicht erschloss.

»Wenn die Frau eines Bauern g'storben ist, hat er sich einfach eine Neue g'sucht, und die hat vielleicht eine Mitgift mit'bracht und den Besitz vermehrt. Ist ein Pferd verend't, drohten oft Schulden und Elend«, gab Thomas seine geschichtlichen Kenntnisse zum Besten.

Gerade in der Zeit, als Hans Wimmer sein Ross auf dem Pfarrkirchner Stadtplatz aufgestellt hatte, waren in den zahlreichen Bauernhöfen dieser Region die Pferde von den Traktoren verdrängt worden. Der Künstler wollte ein Zeichen setzen, damit die lange Tradition des Nutztieres nicht vergessen wird. Sogar eine eigene Rasse wurde im 19. Jahrhundert nach dieser Gegend benannt: das Rottaler Pferd. Heute ist dieses Warmblut, das sich als Reit- und Zugpferd eignet und dem ein ausgeglichener und gutmütiger Charakter nachgesagt wird, vom Aussterben bedroht. Das Rottaler Pferd wurde im Jahr 2000 sogar hochoffiziell zur

»Gefährdeten Nutztierrasse des Jahres« erklärt. Vielleicht hat das Wimmer-Ross tatsächlich einige niederbayerische Rossnarrische motiviert, diese alte Pferderasse zu erhalten.

Es waren bestimmt auch Rossnarrische, die Ende des 19. Jahrhunderts die erste Trabrennbahn Bayerns in Pfarrkirchen erbaut haben. Mittlerweile ist das 1.000-Meter-Oval an der Rott das älteste in Bayern. Keine andere bayerische Rennbahn, die sich heute noch in Betrieb befindet, weist eine längere Historie auf. Allerdings beschränkt sich seit Jahrzehnten der Rennbetrieb im Gegensatz zu den anderen deutschen Trabrennbahnen ausschließlich auf Pfingstmontag und Pfingstdienstag. Diese beiden Tage gehören zweifelsohne zu den Jahreshöhepunkten im Rottal. Dann herrscht in Pfarrkirchen Ausnahmezustand. Die Hotels sind ausgebucht, am Pfingstdienstag haben die meisten Geschäfte nachmittags geschlossen und viele Menschen aus der Gegend freuen sich schon Wochen vorher auf dieses Spektakel, auf spannende Pferderennen und auf gesellige Stunden an der historischen Trabrennbahn.

Genau wie die beiden Freunde Thomas Huber und Helmut Drexler, die gemeinsam den Wettergott beschworen, denn auf der Pfarrkirchner Rennbahn gab es keine geschlossenen Tribünenhäuser. An der altehrwürdigen Bahn spielte sich fast alles unter freiem Himmel ab, weswegen freundliches Wetter ein wichtiger Erfolgsfaktor für diese Veranstaltung war.

Auf dem Tisch vor den Freunden im »il2« lag das Traberjournal, welches die beiden ausgiebig studierten. In dem Programmheft waren die Startpferde mit ihren Fahrern aufgeführt. Darüber hinaus wurden die Ergebnisse ihrer letzten Starts dokumentiert und die Chancen für die Rennen beim Pfarrkirchner Pfingstmeeting bewertet.

»Hut ab, die Pfarrkirchner haben wieder ein ordentliches Programm auf d'Füß g'stellt. Für jeden Renntag zehn Rennen, das ist respektabel«, urteilte Helmut Drexler nach dem ersten flüchtigen Durchblättern des Rennprogramms. Der Bankangestellte verfolgte schon seit vielen Jahren die deutsche Traberszene, deshalb konnte er gut beurteilen, dass 20 Rennen mit durchschnittlich zehn Pferden pro Rennen ein großer Erfolg für den hiesigen Veranstalter waren. In der Regel sah sich Drexler die deutschen Trabrennen über den Livestream eines Wettanbieters an, doch hin und wieder fuhr er nach München-Daglfing oder nach Straubing zu den zwei verbliebenen bayerischen Trabrennbahnen.

»Warum werden die Startpferde im deutschen Trabrennsport immer weniger?«, hakte Thomas Huber nach, der sich nur zu Pfingsten in Pfarrkirchen zum Fan dieses Sports wandelte.

»Gute Frage. Meiner Einschätzung nach hängt das mit dem stetig steigenden Wettangebot im Internet zusammen. Früher hat ein Wetter entweder Toto g'spielt oder er ist auf eine Pferderennbahn 'gangen.

Heute kannst du im Internet oder in den vielen Wettbüros auf sämtliche Sportarten in der ganzen Welt wetten«, erklärte sein Freund.

»Und was hat das mit den Startpferden auf der Trabrennbahn zu tun?« Thomas Huber hatte die Zusammenhänge noch nicht ganz verstanden.

»Wenn die Wettumsätze auf den Pferderennbahnen rückläufig sind, müssen automatisch auch die Rennpreise g'senkt werden. Das schreckt viele Pferdebesitzer ab und sie investieren ihr Geld lieber woanders. Deswegen haben einige Trabertrainer aufg'hört und diverse Rennbahnen ihre Pforten schließen müssen, wie die in Mühldorf und Pfaffenhofen«, ergänzte Helmut Drexler.

»Das leucht' ein«, bestätigte der Teilzeit-Traberfan Thomas Huber, der sich sogleich Sorgen um die Traditionsveranstaltung in seiner Heimatstadt machte. »Was meinst', bleibt Pfarrkirchen von dieser Entwicklung verschont?«

»Nicht ganz. Bei uns werden die Startpferde auch weniger, aber dank unserer zahlreichen Sponsoren können die Rennpreise hoch g'halten werden. Und die wiederum locken Trabrennpferde aus Westdeutschland, Österreich und sogar aus Tschechien an. Heuer kommen zum Beispiel Deutschlands Traberlegende Heinz Wewering und der aktuelle Champion der Republik, Michael Nimczyk, nach Pfarrkirchen zum Zuchtrennen.«

Zuerst begutachteten die beiden Mittdreißiger, die schon gemeinsam das örtliche Gymnasium besucht hatten, die Starter des »Bayerischen Zuchtrennens«. Dieses Rennen, das früher ausschließlich dreijährigen Pferden vorbehalten war, spricht seit dem Jahr 2010 die gesamte internationale Klasse aller Jahrgänge an. Der Name jedoch ist geblieben, und mit einer stattlichen Gesamtdotation von 20.000 Euro bildet es am Dienstag den Höhepunkt des Pfarrkirchner Pfingstmeetings.

»Wer ist denn dein Favorit im Zuchtrennen?«, fragte Thomas seinen Freund, von dem er wusste, dass er besonders in den letzten Wochen die Rennen auf Deutschlands Trabrennbahnen verfolgt hatte.

Helmut Drexler grübelte, aber wie es bei sogenannten Experten ist, vermied auch er eindeutige Aussagen. »Der Wewering und der Nimczyk haben schon sehr gute Pferde am Start. Da werden es die anderen ziemlich schwer haben«, orakelte der Traberinsider.

Thomas Huber, Beamter bei der Kriminalpolizei in Pfarrkirchen, gab sich, wie in seinem Beruf, mit vagen Antworten nicht zufrieden. »Und was ist mit den Pferden von unseren Rottaler Trabertrainern?«

»Dem Pangraz vom Schwarz Georg geb ich eine Chance, aber der Kilian vom Staudinger Sepp, der hat es richtig schwer.«

»Der Staudinger trainiert doch seine Pferde auf der Pfarrkirchner Bahn. Den seh ich ab und zu auf der Bahn, wenn ich beim Fußballspielen im Stadion bin.«

»Genau, der Sepp hat seine Vierbeiner im Rennbahnstall unterg'stellt und trainiert sie auf der Bahn.«

»Dann hat der quasi einen Heimvorteil?«

»Ja, das hat er schon, aber irgendwie ist beim Staudinger Sepp der Faden g'rissen. Der hat seit Wochen kein Rennen mehr g'wonnen.«

»Und der Schwarz, wo trainiert der seine Pferde?«

»Der hat einen Bauernhof in der Nähe von Eggenfelden gepachtet und trainiert auch dort.«

»Und du meinst, der Pangraz hat wirklich eine Siegchance im Zuchtrennen?«

»Der Pangraz ist ein sehr gutes, trabsicheres Pferd, und sein Trainer und Fahrer ist gut in Form, aber die Pferde vom Wewering und vom Nimczyk sind noch eine Klasse besser. Wir müssen die Rösser beim Aufwärmen beobachten, dann wissen wir mehr«, schlug Helmut Drexler vor, den schon seit einer Weile eine ganz andere Frage beschäftigte. Es ging um Thomas' Frau Marion. Sie war letztes Jahr am Pfingstdienstag zum ersten Mal auf der Rennbahn dabei gewesen und hatte die übliche, immer sehr gemütliche Runde gehörig aus dem Tritt gebracht. Man könnte auch sagen, dass sie die Partycrasherin war. Bereits nach dem dritten Rennen hielt sie es vor Langeweile nicht mehr aus und wollte samt ihrem Gatten, der sich wie jedes Jahr zusammen mit seinen Freunden im Wettfieber befand, nach Hause gehen. Ständig musste sich die Runde Kommentare anhören, dass sie beim Wetten das ganze Geld zum Fenster rausschmeißen würden und sie doch besser in ihre Ehefrauen investieren sollten. Der Höhepunkt war erreicht, als sie sagte, dass sie die Trabrennen als reine Tierquälerei betrachte, und das ganze wettende Publikum schaue dabei zu und unterstütze diese »Schweinerei«. Die Stimmung am Tisch sank, im Gegensatz zu den anderen Jahren, in den Keller. Auch im Hause der Eheleute Huber hatte sich die Stimmung noch einige Tage nach dem letztjährigen Pfingstfest in Grenzen gehalten, bis sich das Eheleben schließlich wieder normalisiert hatte.

Helmut Drexler zögerte lange, aber dann traute er sich zu fragen: »Kommt eigentlich deine Marion auch wieder mit auf die Rennbahn?«

Thomas Huber verdrehte die Augen. »Nein, das tu ich mir heuer nicht mehr an. Die Marion ist gestern mit einer Schulfreundin zum Wellnessen nach Bad Griesbach ins Hotel Maximilian g'fahren. Wir können also störungsfrei die Rennen genießen. Sie kommt erst am Mittwoch zurück.«

Der Junggeselle Helmut Drexler atmete, ohne es seinem Gegenüber zu zeigen, erleichtert auf. Weil er diese Geschichte vom letzten Jahr nicht weiter vertiefen wollte, wechselte er sofort das Thema. »Sag mal, Thomas, wer von den Kumpeln ist morgen alles dabei?«

»Ich hoffe, dass die ganze Gruppe kommt, genauso wie im Vorjahr. Bei mir hat sich noch keiner abg'meldet, mit Ausnahme der Marion natürlich«, antwortete Thomas, dem bei seinem letzten Satz eine gewisse Erleichterung anzumerken war. Die beiden Pfingsttage wurden von den ehemaligen Schulkameraden als eine Art Klassentreffen genutzt. Viele der früheren Schüler ihres Abiturjahrgangs, die es mittlerweile beruflich in die Fremde gezogen hatte, kamen an diesen Tagen in ihre Heimatstadt zurück, um die beiden Renntage an der Rott zu genießen.

Als Thomas Huber am späten Nachmittag heimkam, begrüßte ihn niemand in seinem Haus in der Stifterstraße des Stadtteils Galgenberg in Pfarrkirchen. Häufiger als er war seine Frau alleine daheim und wartete auf ihn. Denn Thomas hatte immer wieder auch am Abend dienstliche Einsätze bei der Polizei. Marion dagegen arbeitete zu festen Zeiten als Arzthelferin in einer Praxis in ihrer ehemaligen Heimatstadt Eggenfelden. Wenn er nicht zum Dienst musste, fehlte Thomas bei keiner Spielübertragung seines Lieblingsclubs, dem FC Bayern München, die im Vereinslokal des TUS Pfarrkirchen gezeigt wurde. Außerdem verbrachte er nahezu jeden Dienstagabend beim Fußballtraining. Egal wann er nach Hause kam, immer wartete seine Frau auf ihn.

Nicht so an diesem herrlichen Frühsommerabend. Marion war seit gestern in diesem Wellness-Hotel, und er genoss die kurze Zeit der wiedergewonnenen

Freiheit. Da es noch nicht allzu spät und der Sonnenuntergang noch ein paar Stunden entfernt war, setzte er sich auf sein Motorrad, eine weißblaue BMW R 1150 GS. Er überlegte kurz, ob er seine Frau im nahen Bad Griesbach besuchen sollte, doch er verwarf den Gedanken wieder, da er den Mädelsabend nicht stören wollte. Weil er noch nicht gegessen hatte, zog er es vor, in den herrlichen Biergarten des »Brunner-Bräus« in Spanberg bei Eggenfelden zu fahren.

Er nahm nicht den Weg über die viel befahrene B388, sondern die Nebenstraße über Postmünster entlang des Rottauensees nach Hebertsfelden, überquerte den Stadtplatz Eggenfeldens, bis er wenige Kilometer später am Weiler Spanberg unweit des Eggenfeldener Flughafens ankam. Wenn er mit dem Motorrad unterwegs war, trank er grundsätzlich keinen Alkohol, obwohl ihm das süffige Brunner-Bier heute sehr geschmeckt hätte.

Im Biergarten des Brauerei-Gasthofs bestellte er sich ein Wasser und ein Schnitzel mit Kartoffelsalat, auf das er sich schon während der Fahrt gefreut hatte. Thomas genoss das deftige Schnitzel, das die Wirtin genau wie seine Oma noch in der Pfanne gebraten hatte, und freute sich seines Lebens, insbesondere auf die beiden Tage auf der Pfarrkirchner Rennbahn.

ZWEI

Pfingstmontag

Wie jeden Tag fuhr der Trabertrainer Sepp Staudinger, ein attraktiver Mann Mitte 40, mit seinem Auto um 5.30 Uhr früh durch die leeren Straßen seiner Heimatstadt Pfarrkirchen. Seit zehn Jahren hatte er direkt neben der Rennbahn einen Stall für die ihm anvertrauten Rennpferde gepachtet. Doch heute war kein normaler Arbeitstag. Der Pfingstmontag war der erste Tag des Pfarrkirchner Trabermeetings. Er war nervöser als sonst, als er den Torbogen des Rennbahngeländes durchquerte.

Einige seiner auswärtigen Kollegen, besser gesagt Konkurrenten, waren augenscheinlich mit ihren Pferden schon vor Ort, viele Pferdeanhänger und -transporter standen am Rennbahngelände. Staudinger freute sich einerseits, dass er heute nicht mit den Pferden zu den auswärtigen Bahnen fahren musste – er nahm sogar Wege bis nach Berlin-Mariendorf in Kauf –, andererseits musste er dadurch auf einen ruhigen Morgen verzichten. Er liebte die frühen Stunden, in denen er normalerweise mit seinen Tieren alleine war.

Was soll's, dachte er. Am Dienstagabend, nach dem letzten Rennen, werden alle wieder abreisen und am

Mittwoch geht alles seinen gewohnten Gang. Dafür hatte er heute und morgen ein Heimspiel. Heute und morgen konnte er zum *local hero* oder zum *local loser* werden.

Er bog rechts ab und fuhr an den hölzernen Stallungen und den Paddocks vorbei ganz nach hinten zu seinem Stall. Staudinger stieg aus und sperrte die Stalltür auf. Wie jeden Tag warteten seine Vierbeiner schon ungeduldig auf ihn. Oder doch eher auf ihr Frühstück? Sie wieherten und scharrten mit den Hufen, als er den Stall betrat. Als Erstes fütterte der erfahrene Trainer seine Pferde, bevor er sich selbst zum Frühstücken in sein Traberstüberl begab. Dieses war lediglich mit einer alten einfachen Küchenzeile, einem kleinen Kühlschrank, einem Schrank und einem Tisch mit vier hölzernen Stühlen ausgestattet. In diesem spartanisch eingerichteten Raum hingen einige Fotos von ihm und seinen ehemaligen Erfolgspferden, mit denen er als Sieger die Ziellinie auf den verschiedenen Rennbahnen der Republik überquert hatte.

Er ging zum Tisch, nahm ein Küchenmesser aus der Schublade, wickelte das Brot aus der Plastiktüte und schnitt sich zwei dicke Scheiben davon ab. Dann holte er Butter und Marmelade aus dem Kühlschrank und schmierte seine Frühstücksbrötchen, wie er es jeden Tag machte. Dazu trank er seinen Kaffee aus der Thermoskanne, die er von zu Hause mitgebracht hatte.

Nachdem sowohl seine Tiere als auch er gefrühstückt hatten, ging er zurück in den Stall und führte die Pferde, die heute nicht starteten, auf die nahe liegenden Koppeln. Ein BMW X5, der flott auf den Stall zufuhr, störte sein morgendliches Ritual. Er erkannte den Fahrer sofort, wunderte sich aber, da der bisher noch nie zu so früher Stunde am Stallgelände aufgetaucht war.

Der 48-jährige Landwirt und Pferdebesitzer Manfred Dietl stieg aus seiner Nobelkarosse aus, ging zur Koppel und begrüßte den Trainer seiner beiden Trabrennpferde. »Guten Morgen, Sepp. Gell, da schaust, dass ich heut schon so früh da bin.«

»Hast nimmer schlafen können?«, fragte der verdutzte Staudinger zurück.

»Ja, da ist was Wahres dran. Ich hab 'träumt, dass ich heut g'winn«, antwortete Dietl, der am Nachmittag mit seinem Pferd Dark Fighter für den Eurocup der Amateure gemeldet war.

Dieser Eurocup, an dem ausschließlich Hobbyfahrer wie Manfred Dietl teilnahmeberechtigt waren, galt als Höhepunkt des Trabermeetings am Pfingstmontag. In drei Vorläufen qualifizierten sich die ersten drei für das Finale, das mit stattlichen 10.000 Euro dotiert war.

»Ich glaub schon, dass du mit dem Darkie eine gute Chance hast, Manfred«, motivierte Sepp den Hobbyfahrer.

»Glaubst wirklich, Sepp?« Manfred Dietl schaute seinen Trainer skeptisch an.

»Ja. Ich habe ihn am Freitag noch schnell g'fahren. Da hat er mir einen sehr guten Eindruck g'macht.«

»Das freut mich. Was hältst du davon, wenn ich ihn jetzt ein bisserl einspann und ein paar langsame Runden auf der Bahn drehe?«

»Das ist eine gute Idee. Du bist ihn ja schon länger nicht mehr g'fahren. Aber bitte, wirklich nur langsam. Der braucht heut Nachmittag seine ganze Kraft.«

»Logisch. Kannst du ihn mir herrichten?«

»Mach ich. Komm doch mit«, schlug Sepp Staudinger vor.

Der Trainer führte den hübschen Rappwallach, den Manfred Dietl vor ungefähr einem Jahr gekauft hatte, aus seiner Box und band ihn in der Stallgasse an. Nachdem er ihn mit einer Bürste geputzt hatte, legte er ihm das Geschirr an.

Währenddessen öffnete sich die Stalltür. Staudingers junge Mitarbeiterin Kerstin Schmid betrat den Stall und begrüßte die beiden. »Guten Morgen zusammen. Mit dir, Manfred, habe ich um diese Zeit nicht g'rechnet.«

»Mit mir musst du immer rechnen, Kerstin«, flachste der Angesprochene.

»Der Manfred will ein paar langsame Runden mit dem Darkie drehen«, erklärte der Trainer.

»Das kann nicht schaden«, stimmte die Pferdepflegerin zu.

»Und du, Kerstin, kannst schon mal mit dem Ausmisten anfangen«, bestimmte der Chef.

Nachdem das Geschirr und die Zügel angelegt und der Joggingwagen befestigt waren, führte Sepp Staudinger den Traber aus dem Stall. Draußen setzte sich Manfred Dietl auf das Gefährt, und der Trainer begleitete seinen Schützling zur nahen Rennbahn. Staudinger beobachtete die beiden von der Bande aus und hoffte, dass der Hobbyfahrer nicht zu schnell um die Bahn fuhr.

»Und, Sepp, was meinst', hat der Manfred heute Nachmittag eine Chance?«

Sepp erschrak, als er die Stimme seiner Frau hörte. Seine Monika, die in der Pfarrkirchner Innenstadt eine Modeboutique betrieb, interessierte sich normalerweise nicht für den Trabrennsport. Der Arbeitsplatz ihres Mannes war ihr eigentlich fremd. Lediglich an den beiden Renntagen an der Rott war sie zugegen und hielt ihrem Mann die Daumen. Deshalb kannte sie den Pferdebesitzer und Amateurfahrer Manfred Dietl, denn dieser ließ seine Rennpferde bereits seit acht Jahren von ihrem Mann trainieren.

»Was machst du heut Vormittag schon da?«, fragte der irritierte Ehemann.

»Ich dachte, ich bring euch eine kleine Stärkung vorbei.« Monika zeigte auf eine Papiertasche mit leckeren Erdbeerschnitten, die sie in einer Bäckerei gekauft hatte.

»Das ist tatsächlich eine Überraschung«, wunderte sich Staudinger.

»Und, hat er eine Chance heute?«, hakte Monika nochmals nach.

»Sein Vorlauf ist nicht leicht, aber der Darkie ist gut drauf. Wenn der Manfred seine Nerven im Griff hat, kann er sich eine Siegchance ausrechnen«, hoffte der Trabertrainer.

Wenig später hatte Manfred Dietl seine morgendliche Trainingseinheit beendet und verließ die Bahn. An der Ausfahrt übernahm Staudinger das Pferd.

»Grüß dich, Monika, du hier? Hat dich der Bettzipfel so früh ausg'lassen?«, flachste Dietl mit der Ehefrau des Trainers.

»Servus, Manfred. Ich hab uns was Süßes mit'bracht«, entgegnete Monika.

»Ich bring noch schnell den Darkie in den Stall und dann essen wir den Kuchen im Traberstüberl. Ihr könnt schon mal vorgeh'n«, schlug Sepp vor. Der morgendliche Trubel war ihm trotzdem nicht ganz geheuer.

Im Traberstüberl hatten Monika und Manfred bereits den Kaffee aufgesetzt und die Kuchenteller auf den Tisch gestellt, als Sepp eintrat.

»Was hast für einen Eindruck g'habt vom Darkie?«, wollte der Trainer von seinem Amateurfahrer wissen.

»Der war ganz entspannt. Wie soll ich ihn heute fahren?«, erkundigte sich der Hobbyfahrer bei dem Profi.

»Ich würd ihn ruhig eintreten lassen, mir eine gute Lage suchen und dann zum richtigen Zeitpunkt losfahren. Aber nicht zu früh«, schlug Staudinger vor.

»Das ist alles leichter g'sagt als 'tan. Hoffentlich blamier ich mich heut nicht. Ich hab nämlich viele meiner Geschäftsfreunde auf die Bahn eing'laden«, entgegnete Dietl.

»Das schaffst du schon, Manfred. Ich drück dir auf jeden Fall die Daumen«, munterte Monika ihn auf.

Sepp war über die plötzliche Rennbegeisterung seiner Frau mehr als erstaunt.

DREI

Alles war bereit für einen spannenden Nachmittag auf Bayerns ältester Trabrennbahn. Die bayerische und die deutsche Fahne sowie Fahnen vieler Sponsoren waren gehisst. Die Tribünen und die aufgestellten Biertischgarnituren neben der Zielgeraden waren schnell besetzt. Viele Besucher kamen mit Campingstühlen und suchten sich ein schattiges Plätzchen am Schlussbogen neben der Bande. Die Bahn war von den Verantwortlichen des Rennvereins wieder hervorragend präpariert worden. Das Personal in den Verpflegungszelten und Wettbuden wartete bereits auf Kundschaft und auch das Wetter spielte mit. Im Innern der Bahn platzierten die Mitarbeiter eines hiesigen Autohauses, die diese Plattform gerne als Werbung für sich nutzten, ihre Nobelkarossen. Der »Verein für Traber- und Warmblutzucht im Rottal« hatte alles bestens organisiert und keine Mühe gescheut, seinen Gästen einen unvergesslichen Nachmittag zu bereiten. Als Bahnsprecher verpflichteten die Verantwortlichen den bekannten Sportkommentator Hartwig Thöne, der vielen Besuchern als Moderator des Senders »Sport1« bekannt war. Thöne galt nicht nur als Fußballfachmann, sondern auch als ausgewiesener Trabrenn-Experte, der die Highlights des Trabrennsports auf nahezu allen deutschen Rennbahnen kompetent und emotional zugleich kommentierte.

Wie jedes Jahr war der Tisch mit der Nummer 25 auf der altehrwürdigen Holztribüne, die Anfang des 20. Jahrhunderts von den damaligen Rossnarrischen im Jugendstil errichtet worden war, auf den Namen Thomas Huber reserviert. Von dort hatte man einen herrlichen Überblick über das 1.000-Meter-Oval und das zweite Wahrzeichen Pfarrkirchens, die

Wallfahrtskirche Gartlberg, die hoch über der Stadt thronte. Letztere interessierte die ehemaligen Schüler des Pfarrkirchner Gymnasiums an diesem Tag allerdings wenig.

Schon eine halbe Stunde vor Rennbeginn war die Runde der Freunde komplett. Neben Thomas Huber und Helmut Drexler fanden sich wie immer Berni Ebner, Karl Denk und Florian Sattler zum Wetten ein. Erstmals ergänzte Rudi Kellner die Runde, den Helmut Drexler gestern Abend zufällig getroffen und ihn bei dieser Gelegenheit zum Mitwetten überredet hatte.

»Ich hab überhaupt keine Ahnung von Pferden und genauso wenig vom Wetten«, stellte Kellner gleich zu Beginn klar.

»Das macht nichts. Hauptsach, du hast a Geld dabei«, kommentierte Thomas Huber augenzwinkernd. Schnell einigten sich die Schulfreunde, dass jeder vorerst 20 Euro in einen gemeinsamen Wettpott einzahlte, den Banker Helmut Drexler verwaltete. Insgesamt hatte das Sextett so ein Startbudget von 120 Euro, von dem bei den einzelnen Rennen ein bestimmter Betrag gesetzt werden sollte. Anschließend holten sich die Männer jeweils eine Radlermaß. Ein Grund zum Anstoßen fand sich immer.

»Welche Wettarten gibt's eigentlich?«, wollte der Wettnovize Rudi Kellner wissen, bevor er seine 20 Euro lockermachte.

»Grundsätzlich gibt es Sieg- und Platzwetten sowie die eher schwierig zu treffenden Zweier- und Dreierwetten. Bei der Siegwette musst du den Sieger des Rennens vorhersagen, bei der Platzwette muss dein gewettetes Pferd unter die ersten drei kommen, wobei sich die Gewinne bei dieser Wettart logischerweise sehr in Grenzen halten. Und bei der Zweier- und Dreierwette musst du die ersten zwei beziehungsweise die ersten drei in der richtigen Reihenfolge vorhersagen«, erklärte der Experte Helmut Drexler.

»Ich denk, wir sollten beim ersten Rennen mit einer Siegwette anfangen«, schlug Thomas Huber vor.

Das erste Rennen war gleichzeitig der erste Vorlauf zum Eurocup der Amateure, der mit acht Pferden besetzt war.

»Was haltet ihr von Dark Fighter, der mit der Nummer fünf?«, fragte Berni Ebner in die Runde, nachdem er sich im Traberjournal über die Starter informiert hatte.

»Der Dark Fighter ist eigentlich ein ganz gutes Pferd, aber der Gegner sitzt im Sulky«, mutmaßte Drexler.

»Was heißt denn das schon wieder?«, fragte Rudi Kellner ungeduldig nach.

»Das heißt, dass der Fahrer des Pferdes, Manfred Dietl, nicht der Geschickteste an der Fahrleine ist«, erklärte Drexler.

»Aber vielleicht hat er ja mal eine Sternstunde, der Manfred«, hoffte Florian Sattler.

»Kennst du den Dietl?«, wollte Berni Ebner wissen.

»Ja, klar kenn ich den Manfred. Der wohnt in Pflanzenöd, ungefähr zwei Kilometer von mir entfernt. Der ist auch bei der Schönauer Feuerwehr, genau wie ich. Mittlerweile ist der Manfred einer der größten Eierproduzenten in der Region«, erklärte Sattler, der aus Schönau kam, ungefähr zehn Kilometer nördlich der Rottaler Hauptstadt.

»Wie viele Hühner muss man denn haben, um zu den größten Eierproduzenten zu gehören?«, fragte Ebner neugierig nach.

»Das kann ich gar nicht genau sagen. Es sind bestimmt einige Tausend, und alle in Boden- und Freilandhaltung. Der liefert seine Eier in ganz Süddeutschland aus«, entgegnete Sattler.

»Das ist ja schön und gut, aber hilft uns nicht bei der Frage, auf wen wir setzen sollen«, unterbrach der Polizeibeamte Thomas Huber den landwirtschaftlichen Exkurs.

»Hast du den Dietl vielleicht g'fragt, wie er seine Chancen einschätzt?«, wollte Karl Denk von seinem ehemaligen Schulfreund Florian wissen.

»Ja, letzte Woche hab ich ihn in Schönau beim Einkaufen 'troffen und da hab ich mit ihm g'redet«, antwortete Sattler.

»Mach's nicht so spannend. Was hat er g'meint?« Thomas Huber wurde langsam ungeduldig.

»Er will auf Sieg fahren, hat er g'sagt«, bestätigte Sattler.

»Das wollen s' alle«, bemerkte Helmut Drexler abwertend.

»Trotzdem sollten wir schon rein aus patriotischen Gründen auf das Pferd des Pflanzenöders setzen«, fasste Thomas Huber die Diskussion zusammen. Die Tippgemeinschaft war einverstanden. Helmut Drexler füllte den Wettschein aus und bezahlte die Wette mit zehn Euro im nahen Wetthäusl.

Wenig später trabten die acht Pferde hinter dem Startauto her. Vor ihnen lagen genau 2.100 Meter, was 100 Meter mehr als zwei Bahnrunden bedeutete. Die Zuschauer erhoben sich und beobachteten den Start. Alle Pferde traten glatt ein und liefen in der vorgeschriebenen Gangart, nämlich im Trab. Manfred Dietl ließ sein Pferd ruhig eintreten und reihte sich am Schluss des Feldes in zweiter Spur ein. Das Achter-Feld positionierte sich in vier Zweierreihen.

Bereits nach einer halben Runde steuerte Manfred Dietl, der von den zahlreichen einheimischen Zuschauern angefeuert wurde, sein Pferd nach außen in die dritte Spur und griff an.

»Was macht der denn jetzt? Das ist doch viel zu früh«, kommentierte Helmut Drexler die Aktion des Fahrers.

Die innen trabenden Pferde reagierten auf den Angriff des Pflanzenöders und zogen ihrerseits das Tempo an, wodurch Dark Fighter in der dritten Spur hängen blieb.

»Unseren ersten Zehner können wir abschreiben«, befürchtete auch Thomas Huber, dem klar war, dass das Pferd durch die weiten Wege in der dritten Spur nicht mehr gewinnen konnte.

So kam es auch. Dark Fighter musste dem aufwendigen Rennverlauf, den ihm sein Fahrer beschert hatte, Tribut zollen. Bereits im letzten Bogen zogen die inneren Pferde an dem müden Dark Fighter vorbei. Auf der Zielgeraden brach das Pferd völlig ein, und Manfred Dietl kam nahezu im Schritttempo unter dem Gelächter vieler Zuschauer als Letzter an.

»Ich hab doch gleich g'sagt, dass der Dietl kein Talent für den Sport hat. Der kann bestimmt gut Eier verkaufen, aber von Trabrennen hat der keine Ahnung. Wenn er angreift, muss er schnell nach vorne fahren oder mit seinem Speed bis zum Einlauf warten«, schimpfte Helmut Drexler.

»Da wird der Manfred keine gute Nacht haben. Der ist immer so schnell in seiner Eitelkeit 'kränkt«, ergänzte der Feuerwehrkamerad Florian Sattler.

In diesem Moment trat Hans Baumgartner, der langjährige und mittlerweile pensionierte Kollege des Polizeibeamten Thomas Huber, an den Tisch der enttäuschten Wettgemeinschaft. Mit seinen 63 Jahren machte der Brillenträger, trotz seiner angegrauten Haare, noch einen sehr sportlichen Eindruck.

»Servus, Hans. Hast einen Tipp für uns? Unser Pferd ist grad Letzter 'worden.«

»Grüß dich, Thomas, ja, auf den Dietl Manfred kannst ned wetten. Das hätt ich euch vorher sagen können«, antwortete der ehemalige Polizist und Rottaler Traberexperte.

»Das hab ich ihnen auch g'sagt, aber auf mich haben s' ned g'hört«, frotzelte Helmut Drexler, der immer noch ein wenig sauer war.

»Und? Hast einen Tipp?«, hakte Thomas Huber nach.

»Wenn's normal läuft, kann im nächsten Rennen der Biendl Gerd mit der Lovely Queen nicht verlieren«, mutmaßte Baumgartner.

»Und was ist mit dem Hengst vom Staudinger Sepp?«, fragte Thomas Huber.

»Der Staudinger Sepp hat zurzeit absolut keinen Lauf«, antwortete Hans Baumgartner und ging zurück zu seinem Platz.

»Wenn's normal läuft. Wenn ich das schon hör«, grantelte der Neuwetter Rudi Kellner.

»Beim Trabrennen gibt's keine Vollkasko-Versicherung. Da kann immer was passieren«, stellte Thomas Huber klar.

»Also gut, dann wetten wir auf die Lovely Queen, aber da werden wir nicht die Einzigen sein«, fasste

Helmut Drexler die Diskussion nüchtern zusammen. Diesmal war die Wettgemeinschaft etwas mutiger und investierte gleich 20 Euro aus ihrem gemeinsamen Wettpott auf das Pferd des vielfachen bayerischen Champions Gerd Biendl.

Gleich nach dem Start ging Lovely Queen an die Spitze und führte das Feld bis zum Schlussbogen an. Auf der Zielgeraden sprangen die sechs Freunde auf und feuerten ihr Pferd lautstark an. Die Stute zeigte ihre Klasse. Sie löste sich auf der Zielgeraden vom Feld und gewann überlegen mit fünf Längen Vorsprung. Die Runde freute sich über ihren ersten Wettgewinn und klatschte sich gegenseitig ab.

»Ich hab's g'wusst, auf die Tipps vom Baumgartner Hans kannst du dich verlassen.« Thomas Huber fühlte sich bestätigt.

Den Freunden war allerdings noch unklar, wie hoch der Wettgewinn ausfallen würde, da die aufgestellten Bildschirme mit den Eventualquoten von ihrem Platz aus nicht einsehbar waren. Als sie vom Bahnsprecher Hartwig Thöne erfuhren, dass die Siegquote von Lovely Queen lediglich 14 zu 10 betrug, war der Wettgemeinschaft die Ernüchterung an ihren langen Gesichtern anzusehen. Das bedeutete, dass sie für ihre eingesetzten 20 Euro trotz Sieg lediglich 28 Euro ausbezahlt bekamen.

Rudi Kellner brachte es auf den Punkt: »Das heißt, wir haben einen Reingewinn von acht Euro. Pro Mann entspricht das genau einem Euro und 33 Cent. Da werden wir nicht reich.«

Ein älterer Mann vom Nebentisch drehte sich um. »Jo, jo, auf der Rennbahn kann man scho a kloans Vermögen machen, du musst vorher aber ein großes g'habt haben!« Der Mann grinste schelmisch.

Die sechs Mitdreißiger mussten kurz überlegen, dann schmunzelten auch sie. Die Aussage des Nachbarn bremste jedoch nicht ihre Wettleidenschaft, im Gegenteil.

»Ich denk, wir sollten das Risiko erhöhen und die Dreierwette spielen«, schlug Thomas Huber vor.

Die Wettgemeinschaft war mit dem Vorschlag einverstanden. Von nun an übernahm der vermeintliche Experte Helmut Drexler den Vorsitz der Runde. Er beobachtete die Pferde beim Warmlaufen und machte sich Notizen in sein Traberjournal. Kurz vor den jeweiligen Rennen füllte er den Wettschein für die Dreierwetten aus. Die anderen Mitglieder der Wettgemeinschaft mussten nur seinen Vorschlägen zustimmen, was sie auch taten.

Leider stimmte das theoretische Wissen Drexlers mit dem praktischen Geschehen auf dem Renngeläuf häufig nicht überein. Einmal wechselte ein gewettetes Pferd auf der Zielgeraden in den Galopp und wurde disqualifiziert. Ein anderes Mal gewann ein Außenseiter, der nicht auf dem Wettschein der sechs Freunde stand.

Nachdem sich der eingesetzte Wettpott mittlerweile nahezu halbiert hatte, konnte sich Karl Denk eine kleine Spitze in Richtung Thomas Huber nicht verkneifen. »Gut, dass heuer deine Marion ned dabei ist, sonst hätten wir uns wieder was anhören dürfen.«

»Das Kapitel Rennbahn ist für die Marion beendet. Die habe ich für ein paar Tage nach Griesbach zum Wellnessen g'schickt«, rechtfertigte sich Huber.

»Eine gute Idee«, kommentierte Berni Ebner lachend.

Da es auch in den nächsten Rennen für die fidele Runde nichts zu ernten gab, hatte Rudi Kellner einen Vorschlag. »Du, Thomas, geh doch mal zu deinem Ex-Kollegen und frag ihn, ob er noch einen Tipp für uns hätte, weil so kommen wir ned weiter.«

»Ja gut, ich geh ihn fragen, schlechter als die Tipps vom Helmut können seine kaum sein«, frotzelte Thomas.

»Was kann ich dafür, wenn die Pferde ned so laufen, wie ich mir das vorstell? Außerdem könnt ihr es auch ned besser. Ich sag nur Manfred Dietl«, flachste Helmut.

Wenig später kam Thomas zurück und brachte einen ausgefüllten Wettschein mit. »Der Hans hat g'meint, im nächsten Rennen hat der Antonio vom Schwarz Georg eine Riesenchance. Das ist ein Außenseiter und zahlt am Toto bestimmt dreistellig. Den spielen wir für 20 Euro auf Sieg. Was meint ihr?«

»Okay, das riskieren wir. Ist eh schon wurscht«, stimmte ihm Karl Denk zu.

»In der Tasche wird's nicht mehr«, ergänzte Rudi Kellner.

Das Rennen entwickelte sich anfangs ebenfalls nicht zum Geschmack der Pfarrkirchner Wettrunde. Antonio lag hinter dem Führenden in der Innenspur und hatte während der zwei Runden keine Möglichkeit zum Überholen, da neben ihm ein anderes Pferd trabte, das ihm den Weg versperrte. Zu Beginn der Zielgeraden ließ jedoch das außen trabende Pferd nach, fiel zurück, und der Weg war frei für Antonio. Sein Fahrer Georg Schwarz erkannte sofort die Situation und steuerte den auf der Innenspur geschonten Hengst nach außen. Dann lief er locker unter dem Applaus des Pfarrkirchner Publikums und ganz besonders unter dem Jubel der Wettgemeinschaft an Tisch 25 an dem führenden Gespann vorbei und siegte mit großem Vorsprung.

»Ist das geil. Ich hätt ned 'glaubt, dass der Antonio noch rauskommt«, freute sich Thomas Huber.

»Ich wär nie auf den Antonio 'kommen«, gab Helmut Drexler unumwunden zu.

Die Freunde klatschten sich ab, prosteten sich freudestrahlend zu und tranken auf Hans Baumgartner, der ihnen den Tipp gegeben hatte.

Gespannt wartete das Sextett auf die Stimme Hartwig Thönes, die den endgültigen Einlauf und die Quoten bekannt gab. »Yes«, schrien sie vereint und machten die »Beckerfaust«. Für Antonio gab es eine Quote von 120 Euro für zehn Euro Einsatz auf Sieg. Das hieß, es gab eine Auszahlung von 240 Euro für die Wettgemeinschaft an Tisch Nummer 25.

»Das ist eine andere Hausnummer«, merkte Rudi Kellner betont nüchtern an.

»Jetzt müssen wir uns aber beim Baumgartner Hans bedanken«, forderte Florian Sattler.

»Ich bring ihm gleich eine frische Radlermaß vorbei«, schlug Thomas Huber vor.

»Bring ihm auch eine Leberkässemmel mit. Den müssen wir uns warm halten. Den Ex-Bullen können wir morgen auch wieder gut gebrauchen«, ergänzte Karl Denk nicht ohne Hintergedanken.

Zum Ende der Veranstaltung holten sich die zufriedenen Wetter eine Stärkung in den Verpflegungszelten der Pfarrkirchner Rennbahngastronomie. Mit Leberkäs-, Würstl- und Schnitzelsemmeln war das kulinarische Angebot wie jedes Jahr recht überschaubar.

Letztlich konnten die sechs Freunde den Renntag als Erfolg verbuchen. Ihren Einsatz von 20 Euro pro Person hatten sie mehr als verdoppelt. »Keine Bank dieser Welt zahlt höhere Zinsen als hier auf der Rennbahn, gell, Helmut«, scherzte Berni Ebner in Richtung seines Freundes Helmut Drexler, der bekanntlich bei einer Bank beschäftigt war. In der Hoffnung, dass es morgen am Pfingstdienstag, am Tag des Bayerischen Zuchtrennens, mindestens genauso gut lief, verabschiedete sich die gesellige Runde gegen 19 Uhr und freute sich auf den nächsten Tag.

VIER

Dienstag

Der Wettergott war erneut auf der Seite der Traber. Das Thermometer zeigte um die 25 Grad an, und die Sonne strahlte durch die wenigen Wolken am Himmel. Am Rottaler Nationalfeiertag, dem Pfingstdienstag, strömten noch mehr Zuschauer auf das Renngelände als am Montag. Die Bedeutung der Veranstaltung unterstrich die Präsenz des Bayerischen Rundfunks. Reporter Harald Mitterer interviewte sowohl einige Fahrer als auch den ein oder anderen Ehrengast und berichtete später in der Abendschau über das Bayerische Zuchtrennen. Natürlich war auch die regionale

Polit-Prominenz vertreten, die von Hartwig Thöne namentlich begrüßt wurde. Die Politiker sollten später die Siegerehrung beim Bayerischen Zuchtrennen durchführen.

Die Männer am Tisch mit der Nummer 25 waren schon wie am Vortag eine halbe Stunde vor Rennbeginn vollzählig vereint, um die Pferde beim Aufwärmen zu beobachten. Besonders Helmut Drexler gab sein Fernglas nicht mehr aus der Hand und verfolgte genau, ob ein Pferd beim Warmlaufen galoppierte oder ob es mit gespitzten Ohren spritzig und voller Tatendrang seine Runden drehte. Gleichzeitig und ohne den Feldstecher abzusetzen, machte er sich Notizen in sein Traberjournal. Die anderen fragten sich, ob er dieses unleserliche Gekritzel später noch entziffern konnte – sie jedenfalls konnten es nicht. Wie am Vortag hatte jeder der sechs Freunde wieder einen 20-Euro-Schein in den Wettpott eingezahlt. Alles versprach einen erneuten spannenden und geselligen Nachmittag. Eine Sorge hatte das Sextett jedoch: Sie hatten ihre »Wett-Vollkasko-Versicherung« vom Vortag mit Namen Hans Baumgartner noch nicht gesichtet. Das erste Rennen begann in wenigen Minuten und war mit einem Gewinnspiel des örtlichen Möbelhauses WEKO gekoppelt. An diesem Gewinnspiel konnten alle Besucher teilnehmen, die bei der Siegwette mit mindestens fünf Euro Einsatz erfolgreich waren. Gegen Ende des Renntages wurden zehn Gewinner gezogen, von denen jeder einen Einkaufsgutschein über 50 Euro vom Möbelhaus erhalten würde.

»Zum Warmwerden könnte sich jeder von uns für eine Siegwette um fünf Euro ein Pferd aussuchen, damit wenigstens einer am Gewinnspiel teilnehmen kann«, schlug Helmut Drexler vor. Nach einer kurzen Diskussion hatte jeder sein Pferd gefunden. Drexler füllte für jedes der sechs Pferde einen eigenen Wettschein aus und bezahlte insgesamt 30 Euro im Wetthäusl.

Das erste Rennen begann. Die ehemaligen Abiturienten des Pfarrkirchner Gymnasiums feuerten ihre gewetteten Pferde an. Als Erster lief zur Freude des Wettnovizen Rudi Kellner sein Pferd durchs Ziel.

»Die dümmsten Bauern haben immer die dicksten Kartoffeln«, flachste Thomas Huber.

»Ich lern halt am schnellsten, das war in der Schule auch schon so«, konterte Rudi mit einem breiten Grinsen, der ein hervorragender Schüler am Gymnasium gewesen war. Jetzt musste die Wettgemeinschaft auf die Siegquote warten. Letztlich waren alle mit der Quote von 70 zu 10 zufrieden. Somit hatten die Tipper an Tisch 25 einen Reingewinn von immerhin fünf Euro erwirtschaftet, da sie 35 Euro ausbezahlt bekamen, und hatten zusätzlich ein Ticket für die Lostrommel des WEKO-Gewinnspiels gewonnen.

Die Stimmung der Wettrunde erhellte sich weiter, als sie unten an der Bande ihre personifizierte Wettversicherung sahen. »Servus, Hans, komm doch kurz zu uns her«, forderte ihn Thomas Huber von Weitem bestimmt, aber höflich auf.

Wenig später stand Hans Baumgartner vor dem Tisch der Mittdreißiger. »Was gibt's, Männer?«, fragte der ehemalige Polizist, der insgeheim ahnte, welche Frage gleich gestellt werden würde.

»Du, Hans, hast ned ein paar Tipps für uns? Das hat gestern so gut klappt«, bezirzte ihn Thomas.

»Heut ist es schwer. Die Felder sind ausgeglichen oder der Favorit schaut meilenweit raus, wie im nächsten Rennen«, antwortete der 63-Jährige, der die Wettgemeinschaft damit enttäuschte.

»Du warst doch bestimmt im Stall hinten. Was wird denn da so g'redt?«, hakte Thomas nach, der sich mit der Aussage noch nicht zufrieden gab.

»Ja schon. Ich hab grad mit dem Schwarz g'sprochen.«

»Was hat er g'sagt?«

»Er hat g'meint, dass er sich mit dem Pangraz im Zuchtrennen eine große Chance ausrechnet.«

»Und was meinst du, Hans? Hat er für dich eine Siegchance?«

»Kann ich mir schon vorstellen. Der Pangraz ist ein Klassepferd und beim Schwarz läuft's ganz gut zurzeit.«

»Warst auch beim Staudinger? Der hat doch den Kilian vom Dietl Manfred im Zuchtrennen am Start?«

»Ja, aber ganz kurz nur, der war ziemlich im Stress.«

»Wie schätzt du die Chancen vom Kilian ein?«

»Gott sei Dank kann ihn der Dietl nicht selber fahren. Es würd mich aber wundern, wenn der Sepp das Zuchtrennen g'winnt, weil er momentan gar keinen Lauf hat.«

»Danke, Hans. Wenn dir noch einer einfällt, immer gerne. Du weißt ja, wo wir sitzen.«

»Ja, ja, das weiß ich. Übrigens, danke für die Radlermaß und die Leberkässemmel gestern.«

Hans Baumgartner sah, wie Rudi Kellner für das Gewinnspiel des Möbelhauses seine Adresse auf die Rückseite des Wettscheins vom ersten Rennen schrieb.

»Du musst den Wettschein knicken«, schlug der Pensionär vor.

»Warum?«, fragte der verdutzte Kellner.

»Weil die Glücksfee einen geknickten Schein besser zwischen ihre Finger kriegt«, erklärte Hans Baumgartner und verließ die Runde.

»Das klingt einleuchtend«, bestätigte Berni Ebner.

»Wenn dir der Hans einen Tipp gibt, dann solltest du ihn befolgen. Das war schon bei der Arbeit so«, sagte Thomas Huber.

Gesagt, getan. Rudi Kellner knickte den beschrifteten Wettschein in der Mitte und brachte ihn zu einem eigens für das Gewinnspiel aufgestellten Behälter.

»Wie machen wir jetzt mit dem Wetten weiter?«, fragte Karl Denk in die Runde.

»Na ja, den Pangraz merken wir uns schon mal vor, und bei den anderen Rennen müssen wir unserem Helmut noch eine zweite Chance geben«, schlug Thomas Huber aus Mangel an Alternativen vor.

»Hoffentlich kann der Helmut sein Gekritzel im Traberjournal lesen«, unkte Florian Sattler.

»Kein Problem, Männer. Das schaffen wir«, antwortete Helmut Drexler, der mit dieser Aussage Optimismus verbreiten wollte. »Der Favorit Armino steht über dem Feld. Deswegen riskieren wir im nächsten Rennen gleich eine Dreierwette. Bei einer Siegwette auf Armino gibt es eh nicht viel zu g'winnen«, schlug er voller Überzeugung vor.

»Aber dann müssen wir auch den Zweiten und den Dritten vorhersagen«, konterte Rudi Kellner mit gebotener Skepsis.

»Da hätt ich schon eine Idee«, entgegnete Drexler.

»Lass den Helmut nur machen. Irgendwann findet ein blindes Huhn auch ein Korn«, flachste Thomas Huber.

Der Puls der sechs Freunde schnellte in die Höhe, als ihre gewetteten Pferde genau in der Reihenfolge das Ziel passierten, wie sie es getippt hatten.

»Wir haben die Dreierwette«, schrie Helmut Drexler voller Freude.

»Super, Helmut. Ist das geil, wir haben 'troffen«, freute sich auch Thomas Huber.

Alle klatschten sich ab und prosteten sich zu, als

die Stimme Hartwig Thönes Ungemach ankündigte: »Die Rennleitung überprüft den Einlauf.«

»Was bedeutet das?«, fragte Rudi Kellner ungeduldig.

»Die Überprüfung ist eine Art Videobeweis wie beim Fußball«, erklärte Helmut Drexler besorgt.

»Können die uns dann unsere Dreierwette nehmen?«, hakte Rudi Kellner ungläubig nach.

»Ja, das könnt passieren, wenn die Rennleitung irgendetwas feststellt, das nicht korrekt abgelaufen ist.«

»Jetzt warten wir mal ab«, beschwichtigte Thomas Huber.

Nach langen Minuten des Bangens erklang die Stimme des Bahnsprechers erneut: »Die Rennleitung hat entschieden, dass das ersteingekommene Pferd Armino wegen Behinderung des Pferdes Nicole Way im ersten Bogen disqualifiziert wird.«

Buhrufe und Pfiffe hallten von den Rängen. Auch die Wettgemeinschaft an Tisch 25 war erbost.

»Das kann doch nicht wahr sein.«

»Jetzt hätten wir eine Dreierwette und dann so was.«

»Die verarschen uns doch.«

»Von mir aus können sie den Fahrer bestrafen, aber ned den Wetter.«

»Da braucht sich keiner wundern, wenn immer weniger g'wettet wird.«

»Wenn so etwas noch mal passiert, sieht mich kein Mensch mehr auf der Rennbahn.«

Es dauerte einige Rennen, bis sich die sechs Freunde beruhigt hatten. Das Wettfieber war deutlich abgeflacht.

Das änderte sich jedoch vor Beginn des Zuchtrennens.

»Was machen wir jetzt mit dem Pangraz im Zuchtrennen?«, fragte Florian Sattler, bei dem sich die Spiellust als Erstes wieder einstellte.

»Wenn dir der Baumgartner Hans einen Tipp gibt, dann solltest du ihn befolgen«, wiederholte Helmut Drexler sehr süffisant den vorherigen Satz seines Freundes.

»Ja, genau. Wir wetten den Pangraz um 50 Euro auf Sieg«, schlug Drexler vor. Trotz des hohen Einsatzes war die Wettgemeinschaft letztlich mit dem Vorschlag einverstanden.

Hartwig Thöne stellte die Teilnehmer am Bayerischen Zuchtrennen in einer Einzelparade vor. Er erwähnte nicht nur die Namen von Pferd und Fahrer, sondern auch die des Trainers und des Besitzers sowie die bisherigen Erfolge der Pferde und die aktuellen Quoten am Wettmarkt. Die meisten Zuschauer standen jetzt vor der Bande, um noch näher am Geschehen zu sein. So auch die sechs Freunde, die ihren Tisch verlassen hatten, um an der Bande ihr gewettetes Pferd anzufeuern. Favorit des Rennens war Dexter mit dem deutschen Champion Michael Nimczyk im Sulky, dem die sechs garantiert nicht den Daumen hielten.

Zwölf Teilnehmer reihten sich hinter dem Startauto ein. Nach dem Start übernahm Dexter sofort die Führung, was dem Wett-Sextett an der Bande ganz und gar nicht schmeckte. Pangraz dagegen befand sich im hinteren Teil des Feldes in zweiter Spur. Nach einer Runde griff Kilian mit Sepp Staudinger im Sulky in der dritten Spur an, kam aber nach wenigen Metern von den Beinen, galoppierte und wurde von der Rennleitung disqualifiziert.

»Da wird der Dietl Manfred fluchen«, kommentierte der Feuerwehrkamerad des Besitzers.

»Das interessiert mich weniger, viel wichtiger ist, wann der Schwarz mit dem Pangraz endlich losfährt«, entgegnete Berni Ebner, der sich Sorgen um seine Wette machte.

Als ob der Fahrer von Pangraz die Worte Ebners gehört hätte, steuerte Georg Schwarz eingangs des letzten Bogens seinen Hengst nach außen in die dritte Spur und griff vehement an. Pangraz machte schnell Boden gut und erschien zu Beginn der Zielgeraden neben dem Favoriten. Es entwickelte sich ein spannender Zweikampf um den Sieg zwischen dem westdeutschen Favoriten und dem Rottaler Traberhengst. Die zahlreichen Zuschauer feuerten die Pferde an, wobei die Sympathien eindeutig bei dem einheimischen Traber lagen, genauso wie bei der sechsköpfigen Tippgemeinschaft an der Bande.

Am Ziel hatte Pangraz die Nase vorne und gewann unter dem Jubel des Publikums das prestigeträchtige Bayerische Zuchtrennen in Pfarrkirchen. Die Freude der Wetter um Drexler, Huber und Co kannte keine Grenzen, die sechs lagen sich in den Armen.

Rudi Kellner hielt plötzlich inne und drückte mit seiner Aussage die Stimmung etwas. »Hoffentlich gibt es diesmal keinen Videobeweis.«

»Das glaub ich nicht. Es sind schon einige Minuten vergangen und der Bahnsprecher hat noch nichts von einer Überprüfung g'sagt«, beschwichtigte Helmut Drexler.

Kurze Zeit später wurde der Sieger bestätigt, was die erfolgreichen Wetter zu weiteren Freudensprüngen veranlasste.

Jetzt versammelten sich die Ehrengäste auf Zielhöhe für die Siegerehrung. Alle waren sie gekommen, um zu gratulieren: Michael Fahmüller, der Landrat des Landkreises Rottal-Inn, Wolfgang Beißmann, der Bürgermeister von Pfarrkirchen, der Präsident des Hauptverbandes für Traberzucht, die Sponsoren des Zuchtrennens sowie die Vorstandschaft des Veranstalters, des Vereins für Traber- und Warmblutzucht im Rottal.

Unter großem Applaus der Zuschauer, die sich an der Bande um die besten Plätze drängelten, kam das siegreiche Gespann, der Hengst Pangraz mit seinem Trainer und Fahrer Georg Schwarz und mit seinem überaus glücklichen Besitzer Klaus Erlacher, zu den Gratulanten. Hartwig Thöne moderierte auch die Siegerehrung. Als Erstes wurde Pangraz ein Siegerkranz übergestreift, was dem Hengst nicht sonderlich gefiel. Anschließend gratulierten die Honoratioren dem Fahrer und dem Besitzer des siegreichen Pferdes.

Hartwig Thöne interviewte zunächst den erfolgreichen Fahrer. »Herr Schwarz, Gratulation zu diesem großartigen Erfolg. Haben Sie eingangs des Schlussbogens noch an den Sieg geglaubt, als Sie sich im hinteren Teil des Feldes befanden?«

»Vielen Dank, Herr Thöne. An den Sieg habe ich immer geglaubt. Ich habe gewusst, dass Pangraz einen unheimlichen Speed hat. Und dass es dann auf der Zielgerade gegen den starken Dexter noch gereicht hat, ist umso schöner.«

Als Nächstes wandte sich der Moderator dem glücklichen Besitzer zu. »Gratuliere Ihnen, Herr Erlacher. Was bedeutet Ihnen dieser Sieg im Bayerischen Zuchtrennen in Ihrer Heimatstadt Pfarrkirchen?«

»Für mich geht ein Traum in Erfüllung. Ich bin schon als Kind mit meinem Vater auf die Pfarrkirchner Rennbahn gegangen und habe die Pferde bewundert. Und jetzt hat mein Pferd dieses prestigeträchtige Rennen gewonnen. Ich bin sprachlos«, antwortete der Besitzer, der sein Glück gar nicht fassen konnte.

»Ist das der Pfarrkirchner Notar?«, fragte Thomas Huber in die Runde.

»Ja, der hat seine Kanzlei am Stadtplatz. Ich kenn ihn nur vom Sehen«, antwortete Karl Denk.

Wenig später wurde zu Ehren des Siegers die Bayernhymne gespielt. Nachdem die zahlreichen Pressevertreter ihre Fotos geschossen hatten, begab sich Georg Schwarz mit Pangraz auf die Ehrenrunde. Das Gespann wurde von zwei feschen Reiterinnen auf prächtig herausgeputzten Rottaler Warmbluthengsten begleitet. Als nach der Bayernhymne der Queen-Klassiker »We are the Champions« gespielt wurde, musste sogar der coole Siegfahrer Georg Schwarz einige Freudentränen verdrücken.

»Wann bekommen wir unser Geld?«, fragte Rudi Kellner voller Ungeduld.

»Nachdem die Quoten bekannt gegeben werden. Wir wissen ja schon, dass wir 350 Euro bekommen«, entgegnete Thomas Huber, der sich gleich nach dem Rennen an einem der aufgestellten Monitore über die Siegquote informiert hatte. Die Quote von 70 zu 10 war angesichts des großen Anhangs, den Pangraz auf seiner Heimatbahn genoss, sehr stattlich und 350 Euro eine Menge Geld für die sechsköpfige Wettgemeinschaft.

Als sie das Geld später in den Händen hielten, beschlossen die Freunde, den Abend nach den Rennen im »Schachtl«-Biergarten in der Pfarrkirchner Innenstadt bei einer deftigen Brotzeit ausklingen zu lassen.

Doch vorher, kurz vor dem letzten Rennen, fand die mit Spannung erwartete Auslosung des Möbelhaus-Gewinnspiels statt. Besonders Rudi Kellners Puls schnellte in die Höhe, als der Bahnsprecher die zehn Gewinner vorlas. Sein Name war jedoch unter den ersten acht Gewinnern nicht dabei, und damit sank seine Hoffnung auf einen der ausgelobten Einkaufsgutscheine. Aber die empfohlene Knick-Technik von Hans Baumgartner führte doch noch zum Erfolg. Der vorletzte Gewinner war Rudi Kellner, der sich seinen Preis gleich abholte.

»Den Gutschein werde ich meiner Freundin schenken, damit ich nächstes Jahr wieder auf die Rennbahn gehen darf.« Rudi grinste über beide Ohren.

»Hat die Knick-Technik also wieder einmal funktioniert.« Hans Baumgartner stand hinter den sechs Männern. Sie hatten ihn im Trubel der vielen Zuschauer und der Freude über den Gewinn gar nicht wahrgenommen.

»Ja, und der Pangraz war auch erfolgreich«, ergänzte Thomas Huber.

»Danke für die Tipps.« Helmut Drexler schüttelte Baumgartner anerkennend die Hand.

»Die Tipps sind gratis und kommen von Herzen«, wiegelte dieser ab.

»Trotzdem würden wir dich nachher gerne zum ›Schachtl‹ einladen, Hans«, schlug Huber vor.

»Das ist nett von euch, Männer, aber ich hab heut schon was vor. Schade, aber vielleicht klappt's ein andermal.«

Zwei spannende und erfolgreiche Tage lagen hinter ihnen. Das Pfarrkirchner Pfingstmeeting war jedes Jahr ein Genuss. Die sechs Freunde beendeten das diesjährige Rennen im herrlichen Biergarten des »Schachtl«-Wirts bei Wurstsalat, Knusperschnitzel und Schweinsbraten, wohlwissend, dass sie morgen der Alltag wieder einholen würde.

FÜNF

Mittwoch

Normalerweise fiel dem Kommissar Thomas Huber der morgendliche Fußweg von seinem Haus im Ortsteil Galgenberg zu seiner Dienststelle leicht, denn er liebte seine Arbeit. Das eher kleinkriminelle Milieu Pfarrkirchens und der Umgebung stellte keine allzu schwierigen Aufgaben an seine analytischen und kombinatorischen Fähigkeiten, außerdem kannte er die gesamte Region wie seine Westentasche. Als langjähriger Mittelfeldstratege des örtlichen Fußballclubs, des TUS Pfarrkirchen, hatte er auf den Plätzen aller umliegenden Gemeinden gespielt.

An diesem Mittwoch aber war sein Gang schwerer. Er und seine Kumpels hatten gestern Abend das aufregende Wochenende und die Wettgewinne ausgelassen gefeiert und erst lange nach Mitternacht den Gasthof »Schachtl« verlassen. Er war müde, gleichzeitig noch voller Eindrücke der zurückliegenden Tage. Doch es half nichts, er musste in den gewöhnlichen Polizeialltag zurückfinden.

Erschwerend kam hinzu, dass ihm ab heute Mandy Hanke, die vor einem halben Jahr aus dem thüringischen Gera nach Pfarrkirchen gewechselt war, als

Teamkollegin zur Seite gestellt wurde. Nicht, dass er Probleme mit Teamarbeit hätte, aber Mandy war ein besonderer Fall. Jedes Mal, wenn ihre Zusammenarbeit bisher erforderlich gewesen war, hatte dies mit Ärger geendet, über sie, über ihn selbst, über ihre verbohrte Hartnäckigkeit, die sie an den Tag legte und die ihn um seine niederbayerische Gelassenheit brachte. Schon bald nach ihrer Ankunft hatte er den Kontakt mit ihr vermieden, wo es ging, und die Hilfe anderer Kollegen vorgezogen. Und nun sollte sie seine dauerhafte Begleitung bei Ermittlungsfällen und Nachforschungen sein.

Woher nahm Polizeichef Kiermeier eigentlich das Recht, ihm die Polizeiarbeit derart zu vermiesen? Er hatte sich bisher nichts zuschulden kommen lassen, war stets pünktlich, meistens jedenfalls, war Teamplayer und konnte auch mit Kritik gut umgehen, meistens jedenfalls. Hatte Josef Kiermeier nicht bemerkt, wie schwer er sich mit seiner jungen Kollegin tat? Oder war eben dies der Grund für die Entscheidung seines Chefs? Insgeheim hatte er gehofft, dass Kiermeier ihn zum leitenden Kripoermittler machen und die Neue aus Thüringen seine Mitarbeiterin werden würde. Thomas war also maßlos enttäuscht gewesen, als ihm sein Chef mitgeteilt hatte, dass sie beide gleichberechtigte Ermittler unter ihm werden würden. Ausgerechnet eine Frau, und noch dazu eine aus dem »ostdeutschen Entwicklungsland Thüringen« mit wenig Berufserfahrung. Der Stachel saß tief bei Thomas Huber.

Mit solchen Gedanken schritt er durch den Eingang zu seinem Büro. Hätte er in diesem Moment gewusst, was in diesen Tagen noch alles auf ihn zukommen sollte, wäre ihm die Angelegenheit mit Mandy wohl vollkommen belanglos erschienen.

Mit einem »wunderschönen guten Morgen« betrat er das Büro und wollte damit vor allem sich selbst aufmuntern. »Wie steht's, was gibt's?«

»Vier nach acht! Bei Pünktlichkeit wüsste man auch ohne Nachfragen, was los ist.« Natürlich wies Mandy auf die minimale Verspätung hin. Die hübsche Thüringerin mit dem brünetten Pferdeschwanz war mit ihren 30 Lenzen fünf Jahre jünger als ihr neuer Teamkollege, hatte sich aber im Polizeidienst in Gera schon einige Meriten erworben. Auch sportlich stand sie dem begeisterten Fußballspieler in nichts nach. Ihre Neigung galt jedoch dem Triathlon und dabei insbesondere dem Radfahren.

»Forscher haben herausg'funden, dass Menschen, die am Montagmorgen zu spät in die Arbeit kommen, mehr vom Wochenende haben.« Damit wollte Thomas der vorlauten Polizistin den Wind aus den Segeln nehmen.

»Hast du denn nach dem langen Wochenende immer noch nicht genug?«, konterte Mandy.

»Wir reden hier von *dem* Wochenende Pfarrkirchens schlechthin, aber das ist anscheinend noch nicht bis Thüringen durch'drungen.«

»Du meinst, wenn hier ein paar Pferde im Kreis laufen, soll die Welt in Habachtstellung verfallen?«

»Wer keine Ahnung hat, sollte sich mit Kommentaren zurückhalten.« Etwas Besseres fiel Thomas nicht ein, und er hatte das Gefühl, dass seine Kollegin den nächsten verbalen Sieg errungen hatte.

»Komm schon, erzähl, wie war es auf der Trabrennbahn?« Mit dieser Aufforderung wollte Mandy einlenken und die drohende Verstimmung ihres Kollegen abwenden.

»Spannend«, erwiderte Thomas lakonisch, ließ sich dann jedoch auf das Friedensangebot Mandys ein. »Wenn das Wetter mitspielt, wie an den vergangenen beiden Tagen, gibt es einfach nichts Schöneres, als mit ganz Pfarrkirchen an der Rennbahnbande zu stehen und auf Pferde zu wetten. Das ist ein Volks- und ein Sportfest zugleich.«

»Den Sport treiben hier ja eher die Pferde«, warf Mandy ein.

Thomas war klar, dass die begeisterte Triathletin sprach. »Man kann das Wochenende auch damit verbringen, allein durch die Wälder zu laufen. Aber mit einem Trupp Freunde auf ein Pferd zu setzen und es dann im Schlussspurt gewinnen zu sehen, das ist einfach unschlagbar.«

»Mag schon sein.« Die Polizistin wurde kleinlauter. Thomas hatte einen wunden Punkt getroffen. Nach einem halben Jahr an der niederbayerischen Dienststelle hatte sie noch kein neues privates Umfeld gefunden und kompensierte dies mit langen Telefonaten nach Gera. »Wie soll man als Laie auf ein einzelnes Pferd wetten? Für mich sehen die alle gleich aus.«

»Ein gewisses Maß an Vorwissen ist von Vorteil«, gab Thomas zu, »aber du kannst durchaus jemanden um Rat fragen. Mach ich doch auch. Unser Ex-Kollege Hans Baumgartner, du hast ihn noch kurz kenneng'lernt, ist ein Pferde-Guru. Der ist immer gut für einen ausgezeichneten Wetttipp.«

»Höre ich da Baumgartner?«, ließ sich eine Stimme an der Bürotür vernehmen. Der Polizeichef Josef Kiermeier hatte den morgendlichen Disput gehört und trat hinzu, um mögliche hochschlagende Wellen zu glätten. »Hat Ihnen der Hans wieder die entscheidenden Tipps gegeben, Herr Huber? Ich hoffe, Sie haben ihn entsprechend an Ihrem Gewinn beteiligt.«

»›Die Tipps sind gratis und kommen von Herzen‹, das ist doch der ewige Baumgartner-Spruch, wenn man sich bei ihm bedanken will«, verteidigte sich Thomas.

»Na, Frau Hanke, und was haben Sie an diesem herrlichen Pfingstwochenende Aufregendes unternommen, was den Vorzug vor unseren Pferden erhalten hat?«

»Ich bin mit dem Rad die Rott entlanggefahren. Wie Sie sagen, das Wetter war herrlich. Und so eine Tour macht auch alleine Spaß.«

»Gott sei Dank haben Sie den Weg auch wieder zurückgefunden und begleiten uns in dieser kurzen Arbeitswoche.« Damit war das Wochenendthema dienstgradmäßig beendet und die Bürotätigkeit eingeläutet.

Der Chef wandte sich zum Gehen, und auch Mandy steuerte in Richtung ihres Schreibtisches. Thomas setzte sich in seinen Bürosessel und warf der Kollegin einen skeptischen Blick hinterher. Die Woche lief genau so an, wie er es befürchtet hatte. Mit dieser ostdeutschen Zicke sollte er nun die meiste Zeit seiner Ermittlerarbeit verbringen und noch dazu im selben Büro. Ihm reichte es schon, dass sein Schreibtisch dem ihren gegenüber stand und somit ständig Blickkontakt herrschte, sofern man sich nicht hinter seinem Bildschirm versteckte.

»Ganz langsam in die Gänge kommen«, murmelte Thomas vor sich hin und rief am Computer ein Protokoll der vergangenen Woche auf, welches er nun gemächlich zu Ende führen wollte. Dabei konnte er wunderbar seinen Gedanken und inneren Bildern an die zurückliegenden Tage nachhängen, ganz so, wie wenn man mittels Fotos einen Urlaub wieder aufleben lässt.

Doch daraus wurde nichts.

Hilde Bernauer, die Sekretärin, kam in das Büro gestürmt und vermeldete atemlos und mit stockender Stimme einen Todesfall mit Hinweisen auf eine

Gewalttat. Hilde war nicht gerade für ihre Schnelligkeit bekannt, und aus der Ruhe ließ sie sich normalerweise schon gar nicht bringen. Dass nun die Zeichen derart auf Sturm standen, war außergewöhnlich für das Pfarrkirchner Kommissariat, in dem ein Tötungsdelikt – sollte es sich tatsächlich als ein solches herausstellen – höchst selten vorkam.

Von Hildes Alarmstimmung angesteckt, sprang Thomas von seinem Stuhl auf und stellte sich vor die Sekretärin, die im Begriff war, zum Büro des Polizeichefs Kiermeier zu eilen. Auch Mandy erhob sich.

»Was ist wo passiert?«, bedrängte Thomas Hilde Bernauer und versuchte die Schrift auf dem kleinen Zettel zu entziffern, den diese in der Hand hielt.

»Ein Toter, männlich, drüben bei der Rennbahn im Traberstüberl … Er soll blutüberströmt sein. Karl und Stefan sind schon unterwegs«, brachte Hilde hervor. Sie wollte Thomas umrunden, um zum Büro des Chefs zu gelangen.

Mit dem Stichwort »Rennbahn« fühlte sich Thomas persönlich angesprochen. Wie aus Reflex entwand er Hilde den Zettel mit ihren Notizen des Telefonats, das sie zweifelsohne soeben mit einem Zeugen vor Ort geführt hatte, und machte sich selbst auf den Weg zu Kiermeier. Bevor Mandy oder die verdutzte Sekretärin nachkommen konnten, schlug er die Tür hinter sich zu.

Das Zimmer Kiermeiers befand sich am Gang schräg gegenüber. Ohne anzuklopfen, trat Thomas in den Raum und ertappte seinen Chef tief unter den Schreibtisch gebeugt, als wolle er sich die Schnürsenkel binden.

Durch das heftige Eintreten ohne Vorwarnung schrak Kiermeier auf, und bei seinem Versuch, eine aufrechte Position einzunehmen, stieß er sich den Kopf an der Schreibtischkante.

»Was soll denn das? Mensch, Huber, haben Sie denn keine Manieren!«, bellte er seinen Untergebenen an und rieb sich den Hinterkopf, dort, wo seine dezimierten Haare es noch schafften, einen kleinen Wirbel auszubilden.

Thomas konnte sich nicht vorstellen, was sein Chef dort unten gesucht hatte, er wollte es auch gar nicht wissen.

»Chef, wir haben einen Toten. Eine Leiche ist bei der Rennbahn g'funden worden. Ich muss sofort dahin!« Thomas machte Anstalten, wieder zur Tür hinauszueilen.

»Moment!«, kam ihm Kiermeier zuvor. »Ruhe ist die erste Bürgerpflicht. Wer ist getötet worden und wie? Wer hat uns informiert? Ist ein Rechtsmediziner einbezogen worden und wer ist sonst noch am Tatort?«

Thomas schielte auf den Zettel, den er zuvor Hilde aus der Hand genommen hatte, und suchte nach Antworten auf die Fragen seines Chefs. Leider konnte er zu keiner einzigen dazu etwas auf dem Papier entziffern. »Mehr wissen wir nicht. Deshalb möcht ich so schnell wie möglich hinüber zur Rennbahn.«

»Zunächst einmal sprechen Sie sich mit Hilde ab, damit ein Rechtsmediziner herbeigerufen wird. Des Weiteren informieren Sie die Spurensicherung, schließlich wollen wir nicht, dass im Falle eines Falles viel Zeit verstreicht und wertvolle Hinweise verloren gehen, weil sich halb Pfarrkirchen am Tatort herumtreibt. Und – Herrgott noch mal – Huber, haben Sie es immer noch nicht begriffen? Sie bilden ein Team mit Frau Hanke! Habe ich mich letzte Woche nicht verständlich genug ausgedrückt? Sie fahren zu zweit!«

»In Ordnung, Chef«, mehr traute sich Thomas nicht zu erwidern.

Der 56-jährige Polizeioberrat war eigentlich die Gelassenheit in Person. Befand er sich aber in einem erhöhten Aggregatszustand wie soeben, und das war bestimmt nicht auf den leichten Schlag auf den Hinterkopf zurückzuführen, so war eine Gegenrede tunlichst zu vermeiden.

Thomas eilte zurück zur Sekretärin, veranlasste das Herbeiholen eines Rechtsmediziners und besprach sich mit der Spurensicherung. Die Leute der SpuSi sollten sich bereithalten und kommen, sobald die Situation am vermeintlichen Tatort geklärt sei. Schließlich war noch nicht ersichtlich, ob es sich tatsächlich um eine Gewalttat handelte. Dann kehrte er in das gemeinsame Büro zurück. Mandy saß an ihrem

Schreibtisch und sah mit fragendem Blick zu Thomas auf. Auch ihr war von Kiermeier erklärt worden, dass sie ab sofort ein Team mit Thomas bilden würde, insofern hatte sie es als selbstverständlich angesehen, bei der Tatortbesichtigung dabei zu sein. Der offensichtlich beabsichtigte Alleingang des niederbayerischen Polizisten zu Kiermeier und der SpuSi hatte sie ratlos und verärgert zurückgelassen. Nun wusste sie nicht genau, wie sie reagieren sollte, meinte aber, es sei die Aufgabe ihres voreiligen und eigenbrötlerischen Kollegen, die Angelegenheit wieder ins Lot zu bringen. Genauer gesagt: Sie wartete auf eine, wenn auch noch so kleine, Geste der Entschuldigung.

»Worauf wartest du? Wir haben zu tun«, entfuhr es Thomas, der keine Lust hatte, gegenüber seiner neuen Partnerin Schwäche oder gar Schuldgefühle zu zeigen.

»Auf Ihre freundliche Einladung, Herr Kollege«, erwiderte Mandy und zwängte sich an Thomas vorbei hinaus auf den Flur des Präsidiums.

Vermutlich will sie nun auch noch den Dienstwagen fahren, dachte Thomas voller Ingrimm, als er Mandy zum Portal hinaus folgte. Entgegen seiner Befürchtung steuerte Mandy jedoch die Beifahrertür an.

Mit eingeschaltetem Martinshorn fuhren sie die Arnstorfer Straße hinunter und bogen dann rechts in die Kolpingstraße ein. Der Weg führte an der Rennbahnstraße über die Bahngleise und nach wenigen Metern hatten sie das weiträumige Areal der Pfarrkirchner Rennbahn erreicht. In der Tat war es nur ein Katzensprung vom Präsidium zum Ort des Geschehens.

Thomas kannte die örtlichen Gegebenheiten und musste nicht lange überlegen, welcher Weg ihn zum sogenannten Traberstüberl brachte. Nach der Einfahrt auf das Gelände kamen sie an flachen Stallungen vorbei, deren Holzkonstruktion mit schwarzer Beize wetterfest gemacht worden war. Der Zahn der Zeit hatte an den Wänden, Türen und Luken heftig genagt, aber die meisten dieser Kompartimente waren noch in Gebrauch. Nach einigen Metern bog Thomas rechts ab in eine innenhofartige Anlage mit mehreren abgetrennten Koppeln und einem Trainingskarussell für die sportlichen Vierbeiner. Gegen Norden hin reihten sich offene Pferdeboxen an einem Kiesweg entlang. Sie dienten während der Renntage zu Pfingsten den auswärtigen Trabern als Unterstand.

Als Thomas und Mandy am Ende dieser Ställe ein weiteres kleines Gebäude erreichten, stand dort zur Überraschung beider bereits ein Polizeiauto mit Pfarrkirchner Kennzeichen. Das Gebäude aus Holz beherbergte ebenfalls Pferdeboxen, welche durch einen Zugang auf der Hofseite betreten werden konnten. Polizeihauptmeister Karl Auer war gerade dabei, das weitere Umfeld des Traberstüberls an der südwestlichen Ecke der Stallungen mit einem rot-weißen Signalband abzusichern. Neben dem Streifenwagen hatten sich mehrere Personen versammelt.

Auf dem Rücksitz des Polizeiautos saß eine junge Frau um die 30 Jahre, die sichtlich vom Geschehen gezeichnet war. Sie hatte die Ellbogen auf den Knien abgestützt und den Kopf in die gespreizten Hände versenkt. Falls ihre langen hellblonden Haare am frühen Morgen noch in eine modische Form gebracht worden waren, so fielen sie nun wirr vor das Gesicht. Ein Kollege Karl Auers, der junge Polizeiobermeister Stefan Wegerer, versuchte psychologischen Beistand zu leisten, das war deutlich zu erkennen.

Ein kleines Grüppchen von drei weiblichen Personen jüngeren Alters hatte sich in gebührendem Abstand zum Polizeiauto positioniert. Die hohen schwarzen Reitstiefel wiesen darauf hin, dass sie keine zufälligen Beobachter der Ereignisse waren.

Thomas stellte das Martinshorn ab und parkte hinter dem Streifenwagen. Er und Mandy stiegen aus und eilten zu Auer.

»Morgen, Karl«, grüßte Thomas den Streifenpolizisten. »Wer ist der Tote?«

»Der Staudinger Sepp«, entgegnete der Polizeihauptmeister.

»Was? Der Staudinger Sepp? Der ist gestern noch im Zuchtrennen g'fahren!«

»Und disqualifiziert worden«, ergänzte Auer.

»Warst du gestern auch auf der Rennbahn?«, fragte Huber nach, der seinen Kollegen dort nicht gesehen hatte.

»Logisch, und vorgestern auch.«

Jetzt mischte sich Mandy Hanke in die Diskussion ein, die wie ein Schatten hinter ihrem Kollegen stand und den Kopf schüttelte. »Scheinbar sind an Pfingsten in Pfarrkirchen tatsächlich alle auf der Rennbahn.«

»Sag ich doch.«

»Die Leiche liegt im Traberstüberl, oder?«, fragte Thomas Huber seinen Kollegen.

»Ja, ich zeig es euch. Gehts mit!«

»Ich hoff, ihr habt nichts verändert.«

»Wir haben nichts verändert. Aber was der Notarzt g'macht hat, weiß ich ned.«

»Was hat der Notarzt g'sagt?«

»Dass er tot ist, hat er g'sagt. Und dann ist er gleich weiterg'fahren, weil er wieder angefunkt worden ist.«

Die drei Polizisten gingen den Stall entlang, an dessen Rückseite sich der Eingang zum Traberstüberl befand. Thomas war mit etwas weichen Knien unterwegs, denn der Anblick einer Leiche schlug ihm immer auf den Magen, noch dazu, wenn er den Toten, in diesem Fall allerdings nicht persönlich, gekannt hatte. Zu seinen Münchner Zeiten war er öfters auf Leichen gestoßen, aber in Pfarrkirchen kam das, Gott sei Dank, nicht allzu häufig vor.

Karl Auer sperrte die Tür auf. Sepp Staudinger lag blutüberströmt auf dem Rücken am Boden. Seine Augen standen offen und starrten an die Decke. Der hölzerne Tisch und drei der vier Stühle waren umgekippt. Zwei Brote mit Marmelade lagen am Boden sowie ein zerbrochener Teller und eine Thermoskanne, aus der Kaffee ausgelaufen war. Eine Tatwaffe war weit und breit nicht zu sehen.

»Das schaut nach Messerstichen aus, und vorher hat wohl ein Kampf stattgefunden«, vermutete Thomas Huber.

»Das sehe ich genauso«, stimmte ihm seine Kollegin bei. Mandy Hanke beugte sich über die Leiche und betrachtete den leblosen Körper, als sie hinter sich eine fremde Stimme hörte.

»Das ist meine Aufgabe. Gestatten, Doktor Tremmel, Rechtsmedizin Passau.«

»Kommissar Huber, das ist meine Kollegin Hanke und der Kollege Auer«, stellte Thomas Huber sich und die Seinen vor.

»Sind Sie von Passau hergeflogen?«, fragte Karl Auer nach, der sich wunderte, dass der Rechtsmediziner aus der Drei-Flüsse-Stadt schon da war.

»Nein, ich bin aus Bad Griesbach, meinem Wohnort, hergefahren. Ich hätte heut meinen freien Tag. Aber Sie wissen ja …«, antwortete der Arzt im weißen Overall.

»Erstens kommt es anders und zweitens als man denkt«, ergänzte Huber.

»Wo ist die Spurensicherung?« Der Mediziner wunderte sich, dass die SpuSi ihre Arbeit noch nicht aufgenommen hatte.

»Die rufen wir gleich an«, gab Thomas zurück.

»Was, jetzt erst?«, empörte sich der Arzt.

»Wir wussten vor wenigen Minuten noch nicht, ob es sich um ein Gewaltverbrechen handelt«, rechtfertigte sich Huber.

»Ihr seid ja lustig. Mir scheint, ihr habt in Pfarrkirchen schon länger nichts mehr zu tun gehabt.«

Huber stand da wie ein begossener Pudel. Erschwerend kam hinzu, dass seine Kollegin diese Demütigung live mitbekam. Er hatte die Situation falsch eingeschätzt. Die Spurensicherung hätte er vorsorglich sofort anfordern müssen. Ein solcher Fehler sollte ihm so schnell nicht mehr passieren.

»Jetzt würde ich gerne meine Arbeit machen. Vielleicht kann ich Ihnen nachher schon ein paar Fakten nennen«, sagte Doktor Tremmel, der mit diesen Worten die drei Polizisten nach draußen komplimentierte.

Beim Rausgehen rief Huber die Kollegen der Spurensicherung an und forderte das volle Programm.

»Wer hat den Toten gefunden?«, fragte Mandy Hanke ihren Kollegen Auer, während Thomas Huber mit der Spurensicherung telefonierte.

»Seine Mitarbeiterin Kerstin Schmid. Der Stefan kümmert sich um sie. Die ist ziemlich fertig«, antwortete Karl Auer.

Die letzten Worte hatte Thomas mitbekommen, nachdem er das Telefonat beendet hatte. »Die Mandy und ich gehen zu ihr und befragen sie. Du bleibst da und kümmerst dich um die SpuSi-Kollegen. Die müssten gleich kommen«, ordnete er an.

Kerstin Schmid saß immer noch kreidebleich im Polizeiauto. Polizeiobermeister Stefan Wegerer stieg aus dem Streifenwagen aus, als er seine beiden Kollegen kommen sah.

»Können wir mit ihr sprechen, Stefan?«, fragte Huber.

»Ja, ich denk schon«, mutmaßte Wegerer.

Die Pferdepflegerin Kerstin Schmid hatte das kurze Gespräch mitbekommen und stieg nun ebenfalls aus dem Auto.

Huber und Hanke zückten ihren Polizeiausweis und stellten sich vor. »Sind Sie in der Lage, uns einige Fragen zu beantworten?«, wollte Huber wissen.

»Wie kann so was passieren? Wer macht so was?«, stieß Kerstin hervor, und dabei begann ihr Körper zu zittern. »Das gibt doch koan Sinn!«

Mandy ging einen Schritt auf die verstörte Frau zu und legte ihr den Arm um die Schulter. Kerstin nahm diese Geste des Mitfühlens dankend an.

»Können wir irgendwo hingehen, wo wir uns ungestört unterhalten können?«, fragte der Kriminalkommissar.

»Außer im Traberstüberl gibt's bei uns keine Sitzgelegenheiten«, antwortete Kerstin Schmid.

»Dann unterhalten wir uns im Auto«, schlug Mandy vor.

»Stefan, du kannst die Kollegen von der SpuSi unterstützen«, ordnete Thomas an. Die Experten in ihren weißen Overalls waren soeben eingetroffen.

»Alles klar, Thomas, mach ich«, sagte der Polizeiobermeister und ging in Richtung Stall.

»Wann haben Sie den Toten g'funden?«, fragte Thomas, der sich neben die Zeugin auf den Rücksitz des BMW Touring gesetzt hatte. Mandy saß auf dem Beifahrersitz und drehte sich zu den beiden um.

»Genau um 8 Uhr. Meine erste Schicht beginnt immer um die Zeit.«

»Was heißt ›erste Schicht‹?«, hakte Mandy nach.

»Ich arbeite von 8 bis 12 Uhr und von 17 bis 19 Uhr. Da bringe ich die Pferde in den Stall und füttere sie.«

»Dann müssen Sie ja zweimal täglich zur Arbeit fahren«, wunderte sich Mandy.

»Das macht mir nichts. Ich wohne nicht weit weg von hier in Mooshof, genauer gesagt, in der Konrad-Wirnhier-Straße. Ich fahr immer mit dem Fahrrad zum Stall.«

»Ich hab den Eindruck, dass Sie der Tod Staudingers ziemlich mitnimmt«, mutmaßte Thomas.

»Wie würden Sie reagieren, wenn Sie Ihren Chef gerade tot aufg'funden hätten? Ich war seine einzige Mitarbeiterin«, schluchzte die Pferdepflegerin.

»Wie lange arbeiten Sie schon bei Sepp Staudinger?« Mandy Hankes Tonfall wurde weicher. Sie spürte, dass die Zeugin kurz vor dem nächsten Weinkrampf stand.

»Seit drei Jahren bin ich jetzt bei ihm. Vorher hab ich als Tierarzthelferin in Schönau g'arbeitet.«

»Was war er für ein Chef?«, wollte Thomas wissen.

»Der Sepp war ein sehr guter Chef, ein echter Pferdefachmann, von dem ich viel g'lernt hab. Man könnt auch sagen, der Sepp war ein Rossnarrischer«, antwortete Kerstin, die sich wieder etwas gefangen hatte.

»Um wie viel Uhr hat der Staudinger seine Arbeit im Stall begonnen?« Mandy musste sich kurz nach vorne drehen, sie bekam mittlerweile ein steifes Genick.

»Der Sepp war ein Frühaufsteher. Der ist jeden Tag, Sommer wie Winter, um halb sechs in den Stall 'kommen, um die Pferde zu füttern«, erklärte die junge Frau.

Bevor Thomas seine nächste Frage stellen konnte, kam ihm seine Kollegin zuvor. »Wann hat er denn dann gefrühstückt?«

Thomas schaute Mandy irritiert an, da sich ihm der Sinn dieser Frage nicht sogleich erschloss.

»Während die Pferde g'fressen haben, so zwischen 6 und 6.30 Uhr im Traberstüberl.«

»Dann können wir auch den Tatzeitpunkt auf diese Zeitspanne eingrenzen«, schlussfolgerte die Polizeikommissarin.

»Wie kommst du darauf?«, fragte Thomas verwundert nach.

»Hast du die Marmeladenbrote am Boden nicht gesehen?«

»Ja, ja, das wird bestimmt im Bericht der Spurensicherung stehen«, mutmaßte Thomas, der die Brote am Boden tatsächlich übersehen hatte.

»Gut, dass die Spurensicherung schon da ist.« Diese Bemerkung konnte sich die hübsche Kommissarin ihrem Kollegen gegenüber, der sich gerne als Chef fühlte, nicht verkneifen.

Das war heute nicht sein Tag. Thomas fiel keine passende Antwort ein. Daher wechselte er das Thema. »Hat Sepp Staudinger Familie?«

»Der Sepp ist verheiratet. Seine Frau, die Monika, hat eine Boutique in der Bahnhofstraße. Kinder haben s' keine«, gab Kerstin an.

»Das Geschäft kenne sogar ich«, freute sich Mandy, die sich im Gegensatz zu ihrem Kollegen in Pfarrkirchen und Umgebung so gut wie nicht auskannte.

Thomas öffnete das Autofenster, als er sah, dass Karl Auer auf sie zukam.

»Du, Thomas, der Doktor Tremmel will mit euch sprechen.«

»Ja, wir kommen gleich«, gab Thomas ihm zu verstehen und wandte sich wieder der Zeugin zu. »Ich denke, fürs Erste war's das, Frau Schmid. Bitte halten Sie sich weiter zu unserer Verfügung und geben Sie Herrn Wegerer Ihre genaue Adresse und Telefonnummer an.«

Im Traberstüberl packte Doktor Tremmel gerade seine Sachen in den Koffer, als Thomas und Mandy eintraten. »Und, Herr Doktor, können Sie uns schon was sagen?« Jetzt sah auch Thomas die Marmeladenbrote und die Thermoskanne, die am Boden lagen. Die Kollegen der Spurensicherung in ihren weißen Overalls waren fleißig dabei, zu fotografieren und zu pinseln, um eventuelle Fingerabdrücke sichtbar zu machen.

»Er ist noch nicht lange tot. Vielleicht drei bis vier Stunden«, äußerte sich der Rechtsmediziner.

Mandy unterbrach ihn. »Dann können wir von einem Todeszeitpunkt zwischen 6 und 6.30 Uhr ausgehen?«

»Ja, das könnte in etwa hinkommen«, bestätigte der Arzt.

Mandy lächelte Thomas kurz an, als ob sie sagen wollte: Ich hab's gewusst.

Thomas ignorierte Mandy und fragte: »Wie ist er umgekommen?«

Doktor Tremmel beugte sich über die Leiche und deutete auf den Einstich in Brusthöhe. »Der Mörder stach mit einem ungefähr zwei Zentimeter breiten scharfen Messer in die Brust. Vermutlich traf er damit das Herz. Der Tod könnte durch eine Herzbeuteltamponade eingetreten sein. Aber das sind nur Vermutungen. Genaueres kann ich Ihnen erst nach der Obduktion sagen, ich ruf Sie morgen an.«

»Wurde die Tatwaffe g'funden?« Thomas wandte sich an einen Kollegen der Spurensicherung.

»Nein, bisher noch nicht«, entgegnete der Beamte.

»Bitte fragts die Pflegerin, ob im Traberstüberl was fehlt«, bat Thomas.

Anschließend verabschiedete sich Doktor Tremmel mit einer weiteren Spitze an die Kripobeamten: »Viel Glück beim Ermitteln, ihr werdet es brauchen.«

Diese Bemerkung überhörte Thomas Huber geflissentlich und ging gar nicht erst darauf ein. »Habt ihr schon was Brauchbares?«, fragte er seinen Kollegen von der SpuSi ungeduldig.

»Bis jetzt nicht, aber wir sind noch lang ned fertig«, entgegnete dieser.

»Dann fahren wir zur Ehefrau in die Boutique«, beschloss Thomas mit einer bestimmenden Geste hin zu seiner Kollegin.

Auf der Fahrt vom Rennbahngelände zur Bahnhofstraße herrschte Eiseskälte zwischen den beiden Kommissaren im Auto. Weder Thomas noch Mandy sagten irgendetwas. Thomas war wegen der Vorführungen durch den Rechtsmediziner und durch seine Kollegin ziemlich bedient. Mandy wusste genau, dass ihr eitler Kollege explodieren würde, wenn sie jetzt den Mund aufmachte, so gut kannte sie ihn schon. Deshalb verzichtete sie darauf.

Thomas stellte den Dienstwagen direkt vor der Boutique in der Bahnhofstraße ab. Er kannte das Geschäft, hatte aber nicht gewusst, dass die Frau des hiesigen Trabertrainers die Inhaberin war. Mandy ging es ähnlich. Ihre Zweizimmerwohnung in der Pflegstraße war nur einen Katzensprung entfernt, aber eingekauft hatte sie dort noch nicht.

Als sie die Eingangstür der Modeboutique öffneten, stieg ihnen der typische Geruch eines Textilgeschäftes in die Nase. In dem sehr übersichtlichen, modern gestalteten Laden waren an den Wänden Regale angebracht, in denen Pullis, Blusen und Hosen auslagen. In der Mitte standen einige runde Ständer mit feschen Jacken für die neue Saison. Kunden waren nicht anwesend.

Es dauerte nicht lange, bis eine top gestylte und elegant mit weißem Blazer und dunkelblauem Rock gekleidete blonde Frau um die 40 die Besucher freundlich empfing. »Grüß Gott. Wie kann ich Ihnen helfen?«

»Mein Name ist Huber und das ist meine Kollegin Hanke, wir sind von der Kripo Pfarrkirchen.« Die beiden Kommissare zückten ihre Dienstausweise.

Die Gesichtszüge der Frau verfinsterten sich. »Ist was passiert?«

»Sind Sie Frau Staudinger?«

»Ja«, sagte die Geschäftsfrau verunsichert.

»Können wir kurz in Ihr Büro gehen?«, schlug Mandy Hanke vor.

Das kleine Büro befand sich im hinteren Teil des Ladens. Als sie an einem Tisch in der Ecke Platz genommen hatten, rückte Thomas mit der traurigen Nachricht heraus. »Frau Staudinger, wir müssen

Ihnen leider mitteilen, dass Ihr Mann heute früh in seinem Traberstüberl tot, genauer g'sagt, erstochen aufgefunden wurde.«

Monika Staudinger stand der Schreck ins Gesicht geschrieben. »Was? Der Sepp? Erstochen? Das kann nicht sein!« Die Boutique-Inhaberin schaute auf einen imaginären Punkt in weiter Ferne. Alle Gesichtsmuskeln schienen angespannt. Dann atmete sie tief durch den geöffneten Mund und schüttelte den Kopf.

Die Kommissare erwarteten einen Aufschrei oder zumindest ein Schluchzen, doch nichts dergleichen geschah.

Monika Staudinger blickte kurz auf die beiden Polizisten, erhob sich von ihrem Stuhl, ging zum Schreibtisch und fing dort an, Papiere zu ordnen. Nach einer geraumen Weile wandte sie sich wieder den Ermittlern zu. »Das kann doch ned wahr sein!«

»Leider ist das die Wahrheit«, bestätigte Thomas.

»Sind Sie in der Lage, uns einige Fragen zu beantworten, oder sollen wir das später machen? Wünschen Sie psychologischen Beistand?«, fragte Mandy sehr einfühlsam.

»Nein, ich brauche keinen psychologischen Beistand, das macht den Sepp auch nicht mehr lebendig«, antwortete sie.

»Haben Sie eine Ahnung, wer so etwas g'macht haben könnte?«, fragte Huber, der damit gleich auf den Punkt kam.

»Nein, hab ich nicht. Der Sepp hat doch niemanden was ’tan.«

»Hatte er Streit mit jemandem?«, hakte Mandy nach.

Monika Staudinger schwieg.

Die zwei Beamten sahen ihr an, dass ihre Gedanken kreisten.

»Jeder noch so kleine Hinweis könnte uns weiterhelfen. Sie sind doch auch an der Aufklärung des Mordes interessiert«, forderte Thomas Huber die Zeugin sehr direkt auf, ihre Gedanken zu äußern.

»Natürlich bin ich daran interessiert, aber ich kann mir nicht vorstellen, dass sein Bruder der Mörder ist«, entgegnete Monika Staudinger mit erhobener Stimme auf die provokante Frage.

»Sein Bruder?«, fragten die zwei Beamten gleichzeitig.

»Ja, der Sepp hatte Streit mit seinem Bruder Jakob. Es geht um eine Erbschaftsangelegenheit. Ihr Vater ist vor einem halben Jahr verstorben. Der hat vor Jahren dem Sepp versprochen, dass er ein ziemlich großes Waldstück erben wird. Aber bei der Testamentseröffnung war auf einmal der Jakob der Erbe dieses Waldes und nicht der Sepp.«

»Da hat der Vater wohl seinen letzten Willen g’ändert«, resümierte Huber.

»Genau, und zwar drei Monate vor seinem Tod. Der Sepp sagte aber, dass der Vater schon ein Jahr vor seinem Tod dement war. Aus seiner Sicht ging das nicht mit rechten Dingen zu.«

»Das klingt kompliziert. Wer hat denn den Vater gepflegt?«, hakte Mandy nach.

»Er lebte bis zum Schluss auf Jakobs Hof in Johanniskirchen. Meine Schwiegermutter ist bereits vor fünf Jahren verstorben. Jakob und seine Frau, die Elisabeth, kümmerten sich um ihn.«

»Wollte Ihr Mann das Testament anfechten?«

»Er hat immer g'sagt, dass er sich das nicht g'fallen lassen wird, aber was er genau vorhatte, weiß ich ned.«

Jetzt war es für Thomas Huber an der Zeit, die klassischste aller Fragen zu stellen: »Wann haben Sie Ihren Mann zuletzt g'sehen?«

»Gestern Abend. Nach den Trabrennen haben wir sehr spät gemeinsam zu Abend 'gessen und dann ist er bald ins Bett 'gangen, weil er sehr müd war und heute wieder früh raus musste.«

»Wann sind Sie heute aufg'standen?«

»Im Gegensatz zu Sepp bin ich ein Nachtmensch. Ich steh nie vor 7.30 Uhr auf.«

»Für ihn lief es gestern nicht besonders gut auf der Rennbahn. War er deswegen geknickt?«, fragte Thomas, der sich an die misslungene Fahrt mit Kilian im Zuchtrennen erinnerte.

»Er redete nicht viel über seine Pferde, aber Sie haben recht, er war schon etwas deprimiert«, antwortete die Witwe.

Weil es jetzt um den Trabrennsport ging, hielt sich Mandy mit Fragen zurück.

Im Gegensatz zu Thomas, der durch seine Freunde Helmut Drexler und Hans Baumgartner und natürlich durch seine jährlichen Rennbahnbesuche auf dem Pfarrkirchner Oval einigermaßen über diesen Sport Bescheid wusste. »Die Entwicklung im Trabrennsport in den letzten Jahren war ja nicht grad rosig. Hat sich Ihr Mann als selbständiger Trabertrainer über Wasser halten können?«

»Anscheinend schon. Ich kümmerte mich ned um sein Geschäft. Außer an Pfingsten war ich nie auf der Rennbahn. Ich hab selber ein Geschäft, wie sie sehen, und hierfür setz ich meine gesamte Energie ein«, antwortete Frau Staudinger und erstickte damit alle weiteren Fragen bezüglich des Berufs ihres Mannes im Keim.

»Wo finden wir den Hof von Jakob Staudinger in Johanniskirchen?«, erkundigte sich Thomas.

»Der liegt mitten im Dorf. Den können S' ned verfehlen.«

Die Kripobeamten verabschiedeten sich mit dem Versprechen, dass sie alles tun würden, um den Mörder von Sepp Staudinger zu finden.

Auf der gegenüberliegenden Seite der Boutique war eine Bäckerei, in der sie sich gelegentlich ihr Mittagessen kauften. So auch heute, allerdings zum ersten Mal gemeinsam. Wegen des schönen Wetters aßen sie ihr

Plunderhörnchen beziehungsweise Sandwich auf einer Bank am Stadtplatz im Rücken des Wimmer-Rosses.

»Ein ziemlich ungleiches Paar, die Staudingers, findest du nicht auch?«, eröffnete Mandy die Konversation, um die Stimmung etwas zu heben.

»Genau wie wir zwei«, entfuhr es Thomas.

Mandy glaubte, nicht richtig zu hören, und schaute ihn mit großen Augen an. »Hä? Wir sind doch kein Paar!«

»Privat nicht, aber zwangsweise beruflich«, rechtfertigte sich Thomas, der keinen gesteigerten Wert auf eine bessere Stimmung zwischen ihnen legte, zu groß war die morgendliche Demütigung gewesen.

»Du wärst am liebsten immer noch mit dem Baumgartner Hans unterwegs, stimmt's?«

»Mit dem Hans war ich gern zusammen. Von dem hab ich auch viel g'lernt«, gab Thomas Huber zu.

Mandy verkniff sich ein »aber nicht genug«, um die Stimmung nicht ganz in den Keller sacken zu lassen. Stattdessen fragte sie: »Und am zweitliebsten wärst du alleine unterwegs, dann kann dir keiner dreinreden, oder?«

»Da hätt ich kein Problem damit. Vor zwei Jahren musste ich einige Monate alleine ermitteln, und es ist auch gut 'gangen.«

»Wie? Du musstest alleine ermitteln?«

»Ja, der Hans hat vor zwei Jahren einen Freizeitblock g'nommen.«

»Das hast du bestimmt genossen.«

»Genossen ned, aber mir hat keiner oder keine dreing'redt, und deswegen habe ich meine Fälle auch g'löst.«

»Ich würde vorschlagen, wir recherchieren jetzt in unserem Fall weiter.«

»Und was sollten wir deiner Meinung nach tun?«

»Wir unterhalten uns als Nächstes mit dem Bruder.«

»Das macht Sinn.«

Auf dem Weg zum Auto sah Thomas auf der gegenüberliegenden Straßenseite seinen Freund Helmut Drexler, der sich ebenfalls etwas Essbares in der Bäckerei gekauft hatte. »Guten Appetit, Helmut«, schrie er aus ungefähr 50 Meter Entfernung.

Als Helmut seinen Freund erkannte, überquerte er umgehend die Straße und hielt auf ihn und Mandy zu. »Du, sag mal, Thomas, stimmt das mit dem Staudinger?«

»Ja, das stimmt. Pfarrkirchen hat den letzten Trabertrainer verloren«, bestätigte Thomas.

»Weiß man schon, wer ihn um'bracht hat?«

»Leider nein, wir haben gerade zu ermitteln begonnen, und außerdem darf ich sowieso nichts sagen«, antwortete Thomas, der vor seiner neuen Kollegin keinen weiteren Fehler begehen wollte.

Weil Thomas keinerlei Anstalten machte, Helmut seine neue Kollegin vorzustellen, wandte der sich selbst der jungen Thüringerin zu. »Sie müssen seine neue Kollegin sein, stimmt's?«

»Ja. Seit heute bin ich seine Partnerin, ob's ihm gefällt oder nicht. Ich bin die Mandy.«

»Ich bin der Helmut. Dann habt ihr ja gleich am ersten gemeinsamen Tag einen kniffligen Fall zu lösen.« Helmut schüttelte Mandy die Hand.

»Sieht ganz danach aus«, orakelte Mandy.

»Dann wünsch ich euch beiden einen schönen Tag und viel Erfolg beim Ermitteln«, sagte der Bankangestellte und ging in Richtung seines Arbeitsplatzes davon.

SECHS

Mandy wollte gerade »Johanniskirchen« in das Navigationssystem ihres Dienstwagens eingeben, als Thomas auf dem Fahrersitz ein Veto einlegte.

»Was machst denn da mit dem Navi?«

»Ich gebe Johanniskirchen ein«, rechtfertigte sie sich.

»Das brauchst doch ned. Nach Johanniskirchen find ich blind, und außerdem nervt mich das ständige Gequatsche der Navi-Tussi«, grantelte Thomas.

»Sorry, ich vergaß, großer Meister, dass du der personifizierte Niederbayern-Führer bist.«

»Oh! Jetzt kommt diese Leier wieder.« Thomas war sichtlich genervt.

»Ich sage schon nichts mehr«, entgegnete Mandy beleidigt.

Das Betriebsklima innerhalb des jungen Pfarrkirchner Kripo-Duos blieb auf seinem Tiefpunkt. Auf dem Weg nach Johanniskirchen herrschte Funkstille im Auto.

Im Dorf angekommen, fragte Thomas den ersten Passanten, wo sich der Staudinger-Hof befinde. Dem erhaltenen Hinweis folgend, bog der Kommissar nach zirka 200 Metern in die von einer steinernen Einfriedung gesäumte Hofeinfahrt und parkte seinen Dienstwagen vor dem Wohnhaus von Jakob Staudinger. Das gesamte Gelände zwischen den Gebäuden war gepflastert und von diversen landwirtschaftlichen Gerätschaften bevölkert. Ein Stadel aus unverputzten Ziegeln, der offensichtlich ausgebaut wurde, zeigte mit seinem hohen Tor an, dass dort der Fuhrpark untergebracht war.

Als die beiden aus dem Auto stiegen, kam ihnen von der gegenüberliegenden Stallseite ein bärtiger Mann mittleren Alters mit blauer Latzhose, weißem Feinripp-Unterhemd und Gummistiefeln entgegen.

»Grüß Gott. Mein Name ist Huber und das ist meine Kollegin Hanke von der Kripo Pfarrkirchen«, sagte Thomas und zückte seinen Dienstausweis, genauso wie Mandy.

»Ich hab's schon g'hört.«

»Was haben S' schon g'hört?«, fragte der Kripobeamte nach.

»Dass mein Bruder tot ist«, entgegnete der wortkarge Bauer.

Jetzt wussten die Beamten zumindest, dass ihr Gegenüber der Bruder des Opfers war.

»Von wem haben Sie das gehört?«, wollte Mandy wissen.

»Meine Schwägerin hat mich ang'rufen«, antwortete Jakob Staudinger.

»Können wir ins Haus gehen? Wir hätten einige Fragen an Sie«, schlug Thomas Huber vor.

»Wenn's sein muss.« Sein Widerwillen stand ihm ins Gesicht geschrieben.

Weil Jakob Staudinger seine Gummistiefel am Hauseingang nicht auszog, behielten die Kripobeamten ihre Schuhe ebenfalls an. Im Hausgang bemerkten sie einen unangenehmen, muffigen Geruch. Kein Wunder, wenn der Bauer seine Stall-Gummistiefel auch im Haus trägt, dachte Thomas. Im rustikalen Esszimmer kam ihnen sogleich die korpulente Frau des Hauses in einer blau-rot karierten Schürze entgegen. Huber schätzte sie auf etwa 40, obwohl sie um einiges jünger sein konnte. Elisabeth Staudinger war keine Frau, nach der sich ein Mann umdrehte. Mit ihrer top gestylten Schwägerin war sie ganz und gar nicht zu vergleichen.

Die Polizisten stellten sich vor und wurden daraufhin von der Hausherrin an den Esszimmertisch gebeten. Auf diesem aus Eichenholz gefertigten Tisch waren die Spuren der Gläser, die zuletzt darauf gestanden hatten, noch deutlich zu sehen. An der Wand über der Kommode hingen, schön eingerahmt, das obligatorische Hochzeitsfoto sowie einige Kinderfotos.

»Stimmt's wirklich, dass den Sepp um'bracht haben?«, fragte die Hausherrin.

»Ja, das stimmt. Ihr Schwager ist erstochen worden«, bestätigte der Kommissar.

Jetzt konnte sich selbst der wortkarge Bauer einen Kommentar nicht verkneifen: »Ich hab immer schon g'sagt, dass auf der Rennbahn lauter Baazen sind.«

»Was sind Baazen?«, fragte Mandy, die den Dialekt des Bauern nicht verstand.

Thomas überlegte kurz. »Das kann man mit ›Halunken‹ übersetzen. Wir werden hier aber nie fertig, wenn ich simultan dolmetschen soll«, entfuhr es ihm. Er schien von der Zwischenfrage seiner Kollegin genervt zu sein.

In Mandy brodelte es, doch sie riss sich zusammen und sagte nichts mehr.

»Ist Ihre Kollegin nicht von hier?«, wollte Elisabeth von dem einheimischen Polizisten wissen, nicht von der auswärtigen Mandy Hanke.

»Nein, meine Kollegin kommt aus Thüringen«, gab Thomas an.

»Eine DDR-lerin«, kommentierte Staudinger spitz.

Mandy platzte fast der Kragen, doch sie bewahrte weiterhin die Contenance und biss die Zähne zusammen.

Das weitere Gespräch führte ausschließlich Thomas Huber mit Elisabeth Staudinger. Auch wenn Thomas ihren Mann direkt ansprach, sprang seine Frau kurzerhand für ihn ein. Sie hatte am Hof eindeutig die Hosen an.

»Wir haben erfahren, dass Sie nach dem Tod Ihres Vaters einen Erbstreit mit Ihrem Bruder hatten?«

Elisabeth meldete sich zu Wort. »Streit kann man nicht direkt sagen. Der Sepp war halt mit dem Testament ned zufrieden.«

»Warum?«

»Der Schwiegervater hat ihm vor Jahren seinen Wald zwischen Hub und Malling versprochen. Ein paar Monate, bevor er g'storben ist, hat er das Testament g'ändert, gell, Jak.«

Der Angesprochene nickte nur kurz.

»Ihr Schwiegervater soll bereits ein Jahr vor seinem Tod dement g'wesen sein.«

»Mei, was heißt scho dement. Vergessen hat er ab und zu was. Aber ansonsten hat er sich noch gut auskennt.«

»Wie kam es zu dem plötzlichen Sinneswandel des Vaters?«

»Der Schwiegervater war ein Bauer vom alten Schlag. Ihm war wichtig, dass der Hof erhalten bleibt, und zwar mit Küh. Die Schwiegermutter hat immer g'sagt: ›Von Küh hat man immer was. Zuerst hat man die Milli und dann das gute Fleisch.‹ Das war auch der Grund, warum der Sepp den Hof ned kriagt hat.«

»Das versteh ich jetzt nicht. Wollte der Vater dem Sepp den Hof geben?«

»Ja, zuerst schon. Der Sepp war der Ältere und auch der Liebling vom Schwiegervater. Aber als er aus dem Hof eine Trainieranstalt für Rennpferde machen wollt, hat der Vater umg'schwenkt und dem Jak den Hof übergeben, gell, Jak. Der Vater hat immer g'sagt: ›Auf dem Hof g'hören Küh her, keine Rennross.‹«

»Wie hat dann der Sepp reagiert?«

»Aus'zogen ist er, nach Pfarrkirchen ist er 'gangen. Der Schwiegervater hat ihn aus'zahlt und er hat sich in Pfarrkirchen ein Haus 'kauft mit seiner schönen Boutique-Besitzerin. Aber der Alte hat ihn trotzdem noch gerne mögen und ihm deswegen versprochen, dass er den Wald kriagt, wenn er stirbt.«

»Warum hat der Schwiegervater seine Meinung g'ändert?«

»Kennen Sie die aktuellen Milchpreise?«

»Ned genau, ich weiß nur, dass sie ziemlich niedrig sind.«

»Richtig, und deswegen hat er das Testament g'ändert. Wir haben dem Schwiegervater g'sagt, wenn er will, dass weiter Küh auf dem Hof bleiben, dann muss er uns den Wald überschreiben, weil wir auf Dauer mit dem Milchpreis ned überleben können. Und außerdem haben wir uns eine neue Melkanlage kaufen müssen.«

»Das hat der Schwiegervater eing'sehen?«

»Ja, das hat er eing'sehen. Weil der Sepp keine Kinder hat, wär der Wald früher oder später eh zu unseren Kindern zurückkommen. Wir sind mit dem Schwiegervater zum Notar g'fahren, dass das Ganze amtlich wird. Wir haben schon vermutet, dass es nachher mit dem Sepp Ärger gibt, gell, Jak.«

»Bei welchem Notar wurde das Testament g'ändert?«

»Das hat der Erlacher z'Pfarrkirchen g'macht.«

»Dem sein Pferd hat gestern das Bayerische Zuchtrennen g'wonnen. Wissen Sie das?«

»Das wissen wir ned. Das ist uns auch wurscht. Das Testament ist auf alle Fälle hieb- und stichfest.«

»Ich muss Sie das jetzt fragen. Wo waren Sie heut früh zwischen 6 und 7 Uhr?«

»Ja, wo werden wir scho g'wesen sein? Im Stall natürlich, wie jeden Tag. Der Jak hat die Küh g'melkt und ich hab derweil ausg'mist und zwar von halb sechse bis achte«, gab die resolute Bäuerin an, die wie so viele bei der Alibifrage etwas beleidigt reagierte.

»So war's«, fügte der Bauer hinzu.

Schon beim Rausgehen hatte Thomas ein schlechtes Gewissen seiner Kollegin gegenüber. Man konnte ihr ansehen, dass sie schmollte. Hatte er vielleicht überreagiert? Hoffentlich weint sie sich nicht beim Kiermeier aus, dachte er. Denn sein Chef legte viel Wert auf Teamarbeit.

Im Auto änderte sich nichts an der Situation. Mandy saß auf dem Beifahrersitz und schmollte. Thomas versuchte mit Small Talk vorzufühlen. »In Niederbayern ist es oft so, dass die Frau wie ein Wasserfall redet und der Mann wie ein Grab schweigt.«

»Bei uns beiden ist es genau umgekehrt«, stellte Mandy beleidigt fest.

»Was kann ich dafür, wenn du den Dialekt der Einheimischen ned verstehst?«

»Wenn du lieber alleine ermitteln willst, dann musst du es dem Kiermeier sagen«, schlug Mandy provokant vor.

»Nein, das will ich ned. Ich will aber auch ned alles ausdeutschen müssen während einer Befragung«, antwortete Thomas, der schon die ganze Zeit überlegte, wie er die Wogen einigermaßen glätten konnte. »Wir müssen unbedingt beim Notar vorbeischauen und ihn wegen der Umstände der Testamentsänderung befragen. Da übernimmst du die Gesprächsführung. Ich denke, den Notar verstehst du besser als den Bauern.«

»Da bin ich gespannt. Und du weißt bestimmt, wo wir den Notar antreffen«, antwortete Mandy, deren Stimmung sich etwas aufhellte.

»Logisch weiß ich das. Der hat seine Kanzlei direkt am Stadtplatz«, antwortete Huber mit einem Grinsen im Gesicht.

SIEBEN

Die Kanzlei von Klaus Erlacher befand sich im ersten Stock eines Geschäftshauses direkt am Stadtplatz. Unweit dieses Gebäudes stand das Wohnhaus von Georg Sebastian Plinganser, der als Anführer der Freiheitskämpfer im bayerischen Volksaufstand gegen die kaiserlich-österreichischen Besatzer im Jahre 1706 bekannt geworden war. Mandy und Thomas gingen in eine Passage und sahen das polierte Schild der Kanzlei. Die Eingangstür stand offen. Sie stiegen die Treppe hinauf in den ersten Stock und betraten die großzügigen Büroräume.

Eine ältere Dame saß im Eingangsbereich. Ein Namensschild auf dem Empfangstresen wies sie als Maria Steinleitner aus. Mit heiserer Stimme begrüßte sie die beiden und fragte, was sie für sie tun könne.

Mandy führte das Wort, stellte sich und Thomas vor und wies sich mittels ihres Dienstausweises aus. »Wir müssten dringend mit Herrn Erlacher sprechen.«

»Sie haben Glück. Herr Erlacher ist in seinem Büro«, antwortete die Sekretärin und zeigte auf eine gegenüberliegende Tür.

Mandy klopfte an, und nach einem lauten »Herein« betraten sie und ihr Kollege das Büro.

»Mein Name ist Hanke und das ist mein Kollege Huber. Wir sind von der Kripo Pfarrkirchen.«

Klaus Erlacher, ein gepflegter, großer, grau melierter Mann um die 60, zeigte sich überrascht über den Besuch der Kriminalpolizei. »Kripo, bei mir? Mit was kann ich dienen?«

»Bevor wir in medias res gehen, möchte ich Ihnen zum gestrigen Zuchtrennsieg gratulieren, Herr Erlacher«, eröffnete Thomas, entgegen der Absprache mit seiner Kollegin, das Gespräch.

Die Gesichtszüge des Notars entspannten sich. »Ja, das war ein grandioser Sieg gestern. Der Pangraz war einfach großartig«, schwärmte der Notar und war voller Stolz, dass sogar die Kripo diesen Erfolg mitbekommen hatte.

»Wir haben auf ihn g'setzt«, ergänzte Thomas begeistert.

»Dann haben Sie mit meinem Pferd eine Menge Geld gewonnen«, vermutete Erlacher.

»Nicht ganz so viel wie Sie«, antwortete der Kripobeamte mit einem breiten Grinsen.

Ein Grinsen war im Gesicht von Mandy definitiv nicht zu erkennen, sie war sauer. Der Gesichtsausdruck seiner Kollegin blieb Thomas nicht verborgen.

Klaus Erlacher bot seinen Gästen einen Platz am runden Besprechungstisch an. »Sie sind bestimmt nicht nur gekommen, um mir zum Zuchtrennsieg zu gratulieren, Herr Huber?«, fragte Erlacher.

»Nein, sicher nicht. Den Grund für unseren Besuch wird Ihnen meine Kollegin erklären«, bestimmte Thomas, der sich mit Blick auf die Thüringerin wieder an die Abmachung erinnerte.

»Heute früh ist die Leiche von Herrn Josef Staudinger in seinem Stall am Rennbahngelände gefunden worden«, begann Mandy, doch sie wurde vom Notar unterbrochen.

»Furchtbar, ich hab schon gehört davon. Aber was hab ich damit zu tun?«

»Wie wir erfahren haben, hatte das Opfer mit seinem Bruder einen Streit wegen einer Erbschaftsangelegenheit«, erklärte Mandy.

»Aha. Davon weiß ich nichts«, gab der Notar an.

»Der Erblasser, also der Vater des Opfers, hat bei Ihnen wenige Monate vor seinem Tod eine Testamentsänderung erwirkt.«

»Wann soll das gewesen sein?«, fragte Erlacher nach, der sich anscheinend nicht mehr erinnern konnte.

»Vor ungefähr neun Monaten.«

Der erfolgreiche Pferdebesitzer stand auf und ging zu einem Schrank, öffnete diesen und zog an einer großen Schublade, in der zahlreiche Hängeordner aufbewahrt waren. Nach wenigen Augenblicken kam er mit einer Akte an den Tisch zurück. Er öffnete die Akte und las kurz darin. »Ja, jetzt erinnere ich mich dunkel. Der Herr Staudinger senior war mit seinem Sohn und seiner Schwiegertochter da und wollte sein Testament geändert haben. Seinem Wunsch habe ich natürlich entsprochen. Warum soll es da Streit geben?«, fragte Erlacher.

»Weil der Staudinger senior bereits ein Jahr vor seinem Tod, somit also auch zum Zeitpunkt der Testamentsänderung, dement gewesen sein soll«, antwortete Mandy, die auf die Reaktion des Notars gespannt war.

Klaus Erlachers Gesichtszüge verfinsterten sich. Mit erhobener Stimme antwortete er mit einer Gegenfrage. »Behauptet wer?«

Sowohl Mandy als auch Thomas schauten den Notar an, zuckten kurz mit den Schultern und warteten auf eine weitere Erklärung.

»Das kann nicht sein. Ich habe die Testierfähigkeit meines Mandanten ausgiebig geprüft und keinerlei Anzeichen von Demenz festgestellt«, führte Erlacher im Notar-Deutsch aus.

»Wie prüft man die Testierfähigkeit eines Menschen?«, fragte Mandy, die froh war, dass der Notar kaum im Dialekt sprach.

»Man muss sich nach dem Gesamtbild seiner Persönlichkeit und seiner geistigen Fähigkeiten ein klares Urteil über die abzuwägenden Gründe bilden. Er muss also in der Lage sein, Informationen aufzunehmen, Ereignisse zu bewerten und die Gründe sowie den Inhalt der letztwilligen Verfügung richtig zu erfassen.«

»Und diese Prüfung fiel aus Ihrer Sicht bei Herrn Staudinger senior positiv aus?«, mischte sich Thomas ins Gespräch. Er wollte die Aussage des Notars etwas konkreter haben.

Erlacher blätterte in den Akten, die auf seinem Schreibtisch lagen. »Definitiv ja. Ich habe das jetzt wieder präsent. Es ging um ein Waldgrundstück, das er seinem Sohn Jakob überschreiben wollte. Ich habe mich mit ihm ausgiebig unterhalten – das war zwar nicht einfach, weil die Schwiegertochter ihn kaum zu Wort kommen ließ. Er hat mir die Gründe seiner Willensänderung jedoch ausführlich erläutert. Es ging um die niedrigen Milchpreise und um den Erhalt seines Hofes in Johanniskirchen«, antwortete der Notar.

»Mit der Schwiegertochter ging's uns genauso«, ergänzte Thomas.

»Dieses Phänomen stelle ich in unseren Breiten öfters fest, dass bei einem Ehepaar die Frau das Wort führt und der Mann nichts zu sagen hat«, bemerkte der 60-Jährige.

Diese Klischees wollte sich Mandy nicht länger anhören und kam auf das Thema zurück. »Das heißt also, Herr Erlacher, Sie haben bei Herrn Staudinger senior keine Anzeichen von Demenz festgestellt?«

»Absolut. Der alte Herr war völlig klar im Kopf«, resümierte der Notar.

»Gut, dann bedanken wir uns für Ihre Zeit«, sagte Mandy, stand auf und verabschiedete sich, genauso wie Thomas, mit einem Händedruck.

Auf dem Weg zum Auto beratschlagten die beiden jungen Kriminalbeamten ihre weitere Vorgehensweise. Ihnen war schnell klar, dass sie dringend Ergebnisse der Spurensicherung für ihre weiteren Ermittlungen brauchten. Per Handy riefen sie den Leiter der SpuSi an. Der erklärte ihnen allerdings, dass sie frühestens morgen Vormittag mit ersten Resultaten rechnen konnten.

»Na, dann können wir heut Feierabend machen«, schlug Thomas vor.

»Da habe ich nichts dagegen. Ich wollte mich noch aufs Fahrrad schwingen. Und du wirst dich auf deine Marion freuen. Sie war doch beim Wellnessen in Bad Griesbach?«

»Ja, im Hotel Maximilian. Wir werden uns einiges zu erzählen haben«, antwortete Thomas, dem erst jetzt einfiel, dass seine Marion schon zu Hause sein müsste.

Mandy verabschiedete sich und spazierte direkt vom Stadtplatz über den Kirchplatz zu ihrer Wohnung in die Pflegstraße. Thomas dagegen ging zum Dienstwagen. Doch er schlug nicht den Weg zur Dienststelle ein – er hatte ein ganz anderes Ziel.

ACHT

Thomas fuhr stadtauswärts auf der Alois-Gäßl-Straße, bog an der WEKO-Kreuzung links ab in Richtung Triftern und lenkte seinen Wagen wenige Kilometer später nach links zum Weiler Aign. Den Besuch bei seinem früheren Kollegen Hans Baumgartner wollte er Mandy nicht unbedingt auf die Nase binden.

Hans Baumgartner war gerade dabei, den Zaun an seinem liebevoll restaurierten Sacherl zu streichen, als Thomas Huber bei ihm ankam.

»Servus, Hans, hast ein paar Minuten für mich?«, begrüßte ihn sein ehemaliger Kollege.

»Grüß dich, Thomas, für dich hab ich immer Zeit«, sagte der Pensionist, legte seinen Pinsel auf die Seite und bat seinen Gast auf die Terrasse vor seinem Sacherl. »Magst eine Feierabend-Halbe mit mir trinken?«

»Da sag ich ned nein. Die kann ich heut gut vertragen.«

Hans ging ins Haus und kam kurz darauf mit zwei perfekt eingeschenkten Weißbiergläsern an den Tisch zurück. Von hier aus bot sich den beiden ein herrlicher Blick auf die Kreisstadt an der Rott und auf ihr Wahrzeichen, die Wallfahrtskirche Gartlberg. Vor zehn Jahren hatte der handwerklich geschickte Polizist dieses Anwesen einschließlich 3.000 Quadratmeter Grund gekauft und in liebevoller Kleinarbeit restauriert. Allerdings hatte dieser hohe zeitliche Aufwand seinen Preis gehabt. Es war der Hauptgrund, warum sich seine Frau vor fünf Jahren einem anderen Mann zugewandt hatte, der seine Freizeit lieber mit ihr als mit einem alten Gebäude zubrachte.

Das hoch gelegene Sacherl Baumgartners war ein intimes Gefüge, bestehend aus dem Wohnhaus, einer dazu rechtwinklig stehenden Stallanlage und einem kleineren Gebäude, welches ehemals Hühnerstall oder Geräteschuppen gewesen war. Mit viel Liebe zum Detail hatte der Ex-Polizist das bäuerliche Anwesen über mehrere Jahre hinweg in ein Kleinod verwandelt und dazu sicher nicht wenig Geld in die Hand genommen, um ein so überzeugendes Resultat zu erzielen.

Die Wohnanlage bestand, wie so viele Kleinbauernhöfe des späten 18. und frühen 19. Jahrhunderts, aus einem gemauerten Erdgeschoss und einem zweiten, hölzernen Obergeschoss mit verhältnismäßig flachem Dach. Baumgartner hatte auch den Stall samt der darüber befindlichen Holzkonstruktion in Wohnräume umgestaltet, sodass er nun über eine Fülle von Räumlichkeiten verfügte, die über seinen Bedarf hinausging. Zusätzlich hatte er einen neuen Balkon über zwei Drittel der Längsseite angebracht, der in Form und Gestaltung dem Charakter des Sacherls perfekt angeglichen war. Auch der ehemalige Stadel hatte seine ursprüngliche Funktion eingebüßt und diente nun vor allem als großzügige Werkstatt und Autogarage. Die letzte bauliche Veränderung betraf den früheren Geräteschuppen. Baumgartner, dem seine Gesundheit immer mehr am Herzen lag, hatte ihn in eine finnische Sauna umgestaltet. Er konnte also bei Bedarf seinen Gästen und Besuchern in mehrerlei Hinsicht einen angenehmen Aufenthalt bieten.

»Prost, Hans, auf deinen Ruhestand«, sagte Thomas und stieß mit seinem Gegenüber an.

»Ja, da musst du noch ungefähr 30 Jahr arbeiten, bis du so weit bist.«

»Ich darf gar ned dran denken. Besonders jetzt, wo mir der Kiermeier die g'scheide Thüringerin ins Büro g'setzt hat.«

»Ist sie schwierig, die Mandy?«

»Das derfst du glauben. So schnell, wie die beleidigt ist, wenn ich was Falsches sag, kann ich gar ned schauen.«

»Dann derfst du halt nichts Falsches sagen. Vielleicht müsst ihr euch erst noch zamraufen.«

»Wer bei dem Kampf als Sieger hervorgeht, weiß ich ned ... Hast du des mit dem Staudinger schon g'hört?«

»Logisch, das war heute Mittag Stadtgespräch z'Pfarrkirchen.«

»Mir wär's lieber, wenn du mit mir den Fall aufklären würdest.«

»Das schaffst du auch mit der Mandy. Wenn du was wissen willst, darfst mich aber gerne fragen.«

»Deswegen bin ich da. Hast du was g'hört auf der Rennbahn? Wer hat mit dem Staudinger Ärger g'habt?«

»Ich hab nur g'hört, dass sich der Dietl Manfred am Montag und am Dienstag im Stall recht aufg'führt haben muss.«

»Ist das der, der nicht fahren kann?«

»Genau, der ist das. Am Montag muss er den Staudinger g'schimpft haben, weil sei Pferd so müd war und er als Letzter ins Ziel kommen ist. Dass er ihn schlecht trainiert habe, muss er dem Staudinger vorg'schmissen haben, derweil ist er das ganze Rennen mit dem Dark Fighter in der dritten Spur g'fahrn. Das hält keiner aus.«

»Und was war am Dienstag?«

»Da ist doch der Staudinger mit seinem Kilian im Zuchtrennen disqualifiziert worden. Da muss er ihn auch richtig zur Sau g'macht haben.«

»Ja, stimmt. Jetzt fällt's mir wieder ein. Dann sollten wir uns mit dem Dietl unterhalten.«

»Das würd ich auch tun ... Was habts bis jetzt rausg'funden?«

»Sei Frau hat erzählt, dass der Sepp mit seinem Bruder einen Erbschaftsstreit g'habt hat. Der Vater ist vor einem halben Jahr g'storben, und angeblich hat er dem Sepp seinen Wald versprochen. Drei Monate vor seinem Tod hat der Vater das Testament geändert und dem Bruder den Wald überschrieben.«

»Und wegen was wird jetzt g'stritten? Der Vater kann doch seine Meinung ändern.«

»Richtig, aber der Sepp hat behauptet, dass der Vater schon lange dement war.«

»Oha, das klingt kompliziert.«

»Genau, und deswegen waren wir heut beim Notar, beim Erlacher. Der hat beim Vater keine Anzeichen von Demenz festg'stellt, hat er g'sagt.«

»Du weißt schon, dass der Erlacher seine Pferde bis vor ungefähr einem Jahr beim Staudinger Sepp g'habt hat?«

»Das weiß ich ned. Das ist ja interessant. Das hat er uns ned g'sagt.«

»Das glaube ich gern, dass er euch das ned g'sagt hat. Die G'schicht ist in den Traberkreisen kursiert. Der Erlacher hat letztes Jahr einen talentierten Dreijährigen g'habt, den Kosmo Grande. Der hat sich am Vorderfuß an der Sehne verletzt, und der Tierarzt hat dem Staudinger g'sagt, er soll ihn mindestens drei Monate schonen.«

»Und was hat der Staudinger g'macht?«

»Nach ein paar Wochen hat er ihn schon wieder trainiert und der Kosmo Grande hat sich einen richtigen Sehnenbogen zu'zogen.«

»Was heißt das?«

»Bei einem schlimmen Sehnenbogen kann das Pferd mit hoher Wahrscheinlichkeit seine Karriere auf der Rennbahn beenden.«

»Wie hat der Erlacher reagiert?«

»Ausg'flippt muss er sein. Er hat den Sepp zur Schnecke g'macht, und am nächsten Tag hat er alle seine Pferde zum Schwarz g'fahren. Seitdem trainiert der Schwarz Georg Erlachers Rösser.«

»Was hast g'sagt, wann war des genau?«

»Letztes Jahr um die Zeit.«

»Und drei Monat später war der Bruder mit seinem dementen Vater bei ihm und hat das Testament zu Ungunsten vom Sepp ändern lassen.«

»Das stinkt schon ein bisserl zum Himmel. Ich fürchte, ihr müsst euch noch mal mit dem Erlacher unterhalten.«

»Da kannst Gift drauf nehmen! So, ich sollt jetzt langsam aufbrechen, weil meine Marion ein paar Tage auf Wellness war und heut heim'kommen ist.«

»Versteh ich, Thomas. Frauen sollte man ned warten lassen, und was Falsches sollt man auch ned sagen«, philosophierte der ehemalige Polizist mit einem breiten Grinsen.

Thomas verabschiedete sich von seinem väterlichen Freund und bedankte sich bei ihm für die nützlichen Informationen.

NEUN

Thomas freute sich auf das Wiedersehen mit seiner hübschen Frau Marion. Ein etwas ungewohntes Gefühl beschlich ihn dennoch, als er die Haustür aufsperrte. Denn seit sie vor fünf Jahren ein Paar geworden waren, hatten sie ihren Urlaub immer gemeinsam verbracht. Aber sie war ja nur fünf Tage weg gewesen, und die hatten ihrer Beziehung sicherlich nicht geschadet, eher im Gegenteil, dachte Thomas. Endlich hatten sie sich mal wieder viel zu erzählen.

»Hallo, Schatz! Bist du zu Hause?«, rief er im Flur ihres Einfamilienhauses.

»Ja, in der Küche«, schallte es zurück.

»Schön, dass du wieder da bist«, begrüßte Thomas seine Frau und drückte sie fest.

»Ich hätt es schon noch ein paar Tage mit Wellness ausg'halten«, sagte Marion.

Thomas enttäuschte diese Begrüßung. »Freust du dich ned, dass du wieder bei mir bist?«

»Natürlich freu ich mich.« Marion gab ihrem Mann einen Kuss und wechselte sofort das Thema. »Warum bist du so spät dran heut?«

»Das erzähl ich dir alles später. Was gibt's denn zu essen?«

»Salat mit Putenbruststreifen. Ich hoff, du hast Appetit darauf?«

»Und ob, und nachher hab ich noch einen ganz anderen Appetit.« Thomas umarmte seine Frau zärtlich von hinten und küsste sie am Hals.

»Du kannst auf der Terrasse aufdecken. Ich muss nur noch das Fleisch anbraten.« Marion befreite sich aus der Umarmung und holte das Fleisch aus dem Kühlschrank.

In großer Vorfreunde auf den Abend deckte Thomas den Tisch sehr festlich. Er holte sogar den silbernen Kerzenständer aus der Vitrine, stellte ihn in die Mitte der Tafel und zündete drei Kerzen an. Zur Feier des Tages öffnete er eine gute Flasche Riesling.

Wenig später saß das Ehepaar auf der Terrasse ihres Hauses an dem liebevoll gedeckten Tisch und aß zu Abend. Sie hatten einen wunderschönen Blick auf die Rott und das Rennbahngelände.

»Jetzt sag schon. Wie war's in Griesbach?«, eröffnete Thomas das Gespräch.

»Super war's. Das Essen war hervorragend und die Anwendungen haben mir richtig gut 'tan.«

»Freut mich, dass du dich erholt hast. Und wie hast du dich mit deiner Freundin verstanden?«

»Sehr gut. Wir hatten uns viel zu erzählen. Wir haben uns ja ewig nicht mehr g'sehn. Und wie war's bei dir und deinen Kumpels auf der Rennbahn? Habt ihr euer Geld wieder sinnlos verprasst?«

»Nein, wir haben nichts verprasst. Im Gegenteil, wir haben g'wonnen. Der Hans hat ein paar gute Tipps für uns g'habt«, berichtete Thomas mit etwas Stolz.

»Dann kannst du mich ja wieder mal zum Essen ausführen, oder?«, schlug seine Frau vor.

»Klar, das können wir gern machen. Den Gewinn hab ich noch ned ausgegeben.«

Marion wechselte sogleich das Gesprächsthema, weil das Thema Rennbahn vom Vorjahr noch viel Konfliktpotenzial in sich barg. »Du wolltest mir noch erzählen, warum du heute so spät von der Arbeit heim'kommen bist.«

»Hast du es noch nicht g'hört?«

»Was soll ich g'hört haben?«, entgegnete die ahnungslose Marion.

»Dann bist du vermutlich die einzige in Pfarrkirchen, die noch nicht weiß, dass es einen Mord auf der Rennbahn 'geben hat.«

»Ein Mord in Pfarrkirchen auf der Rennbahn?«, wiederholte Marion fassungslos.

»Ja, ein Trabertrainer wurde erstochen«, ergänzte Thomas.

»Wer?«, schreckte die 32-Jährige laut auf.

»Du wirst ihn ned kennen. Staudinger Sepp heißt er. Er ist heut früh in seinem Stall erstochen aufg'funden worden.«

»Das ist doch der, der seine Pferde auf der Rennbahn trainiert hat.«

»Genau, der ist das. Du bist gut informiert. Ich hab gedacht, dass dich der Trabrennsport und meine Arbeit kalt lassen«, wunderte sich Thomas.

»Dass der Staudinger seine Pferde auf der Rennbahn trainiert, hab ich mal in der Zeitung g'lesen, und außerdem ist ein Mord in Pfarrkirchen nichts Alltägliches.«

»Das stimmt, und wir müssen den Mord aufklären.«

»Habt ihr schon irgendwelche Spuren?«

»Nein, nichts Konkretes. Es hat zwischen dem Sepp und seinem Bruder Erbstreitigkeiten 'geben, da müssen wir weiterermitteln«, informierte Thomas, der sich wunderte, dass sich Marion für seine Polizeiarbeit interessierte.

»Apropos ›wir‹. Wie geht's dir eigentlich mit deiner attraktiven Thüringerin?« In Marions Frage schwang durchaus ein Anflug von Eifersucht mit.

»Schwieriger Fall. Sie ist vorlaut, fühlt sich ständig benachteiligt und versteht den niederbayerischen Dialekt ned«, klagte Thomas.

»Was sich liebt, das neckt sich«, provozierte seine Frau.

»Dieses Sprichwort trifft auf mich und Mandy garantiert nicht zu. Wer sich nicht leiden kann, sollte sich aus dem Weg gehen. Dieser Satz passt schon eher, aber leider sieht das unser Chef anders.«

Nachdem sich die beiden das köstliche Abendessen und den fruchtigen Weißwein auf ihrer Terrasse hatten schmecken lassen, wollte Thomas zur »Nachspeise« übergehen. Er stand auf, kniete sich vor Marion und berührte sie. Zuerst streichelte er ihren Hals und küsste sie dort einfühlsam und leidenschaftlich. Dann glitten seine Hände nach unten zu den straffen Brüsten.

Doch seine Frau holte ihn aus seinen Träumen abrupt zurück. »Sei mir nicht bös, Thomas. Ich hab leichte Migräne und bin gar ned in Stimmung heute.«

Enttäuscht ließ Thomas von ihr ab. »Den zweiten Teil des Abends hab ich mir anders vorg'stellt«, gestand er.

»Wir holen das nach, Thomas«, versprach Marion.

Wenig später ging das Ehepaar »unverrichteter Dinge« ins Bett.

ZEHN

Donnerstag

Nach den Vorkommnissen vom Vortag konnte im Pfarrkirchner Kommissariat von Routinearbeit keine Rede sein. An diesem Donnerstagmorgen waren die Anspannung und Konzentriertheit aller Beteiligten mit Händen greifbar. Das allmorgendliche zweite Kaffeefrühstück mit Freizeitgeplauder entfiel ersatzlos.

Josef Kiermeier, der im Laufe des Vormittages der Stadtverwaltung und der Presse Rede und Antwort stehen musste, hatte für 9 Uhr eine Besprechung mit den beiden ermittelnden Kommissaren anberaumt, in der er sich über den Stand der Dinge informieren wollte. Dabei hoffte er auf erste Erkenntnisse, die er dem Bürgermeister Wolfgang Beißmann und vor allem der Presse unterbreiten konnte, soweit nicht aus ermittlungstechnischen Gründen Geheimhaltung geboten war. Solange sich die Polizeiarbeit mit den üblichen kriminellen Kleindelikten wie Diebstahl, Betrug oder Beleidigung beschäftigte, krähte kein Hahn nach den Erfolgen oder Misserfolgen der Beamten. Erreichten aber die Straftaten die Schwere eines Totschlags oder gar Mordes, war das öffentliche Interesse wie der Lichtkegel einer Taschenlampe auf das zuständige Kommissariat gerichtet. Und Kiermeier fühlte sich im Zentrum dieses Kegels, der von nun an jede seiner Bewegungen verfolgen würde.

Mandy und Thomas waren dabei, ein vorläufiges Protokoll zu erstellen, welches ihre einstweilen noch dürftigen Einsichten zusammenfasste. Zuvor hatten sie die erforderlichen Telefonate geführt und sich über die rechtsmedizinischen Untersuchungen sowie die Arbeit der Spurensicherung informiert, deren endgültiger Bericht leider noch nicht vorlag.

Der Passauer Rechtsmediziner Doktor Tremmel bestätigte Mandy seine Aussagen vom Tatort am Vortag. Ein Stich in die Herzgegend hatte den sofortigen Tod Staudingers herbeigeführt. Der Tat war ein leichtes Gerangel vorausgegangen. Das Fehlen von Hämatomen und Hautabschürfungen am Leichnam widersprach jedoch einer starken körperlichen Auseinandersetzung. Der Stich selbst war mit einer zwei Zentimeter breiten glatten Messerklinge ausgeführt worden. Es konnte keine Aussage dazu getroffen werden, ob der Stich am stehenden oder liegenden Körper des Opfers erfolgt war, und damit war auch keine Einschätzung zur Größe des Täters oder der Täterin möglich. Ansonsten gab es keine weiteren Auffälligkeiten wie etwa Blutalkohol oder sonstige Betäubungsmittel. Dies veranlasste den Rechtsmediziner, auf zusätzliche Untersuchungen zu verzichten und die Leiche für die Bestattung freizugeben. Die

Erläuterungen Doktor Tremmels waren nicht gerade berauschend und ohne Aussagekraft für eine Eingrenzung der Täterschaft. Also konzentrierten sich Mandys Erwartungen auf das Gespräch ihres Kollegen mit der Spurensicherung.

Da sich Thomas nahezu gleichzeitig mit ihr hinter das Telefon geklemmt hatte, hatte sie die Ergebnisse nicht mithören können. Offensichtlich gab es interessante Neuigkeiten, denn ihr Kollege war während des Gesprächs an seinem Schreibtisch in typischer Denkerpose verharrt, den Kopf in die Hand gestützt und den Blick starr nach unten gerichtet.

»Na, schieß schon los! Was haben sie gefunden?«, fragte Mandy, als auch Thomas aufgelegt hatte, und holte ihn damit aus seiner Versenkung zurück in die Teamarbeit.

»Viele Nieten und ein Überraschungsei!«, erwiderte Thomas kryptisch. »Wie vermutet kein Tatwerkzeug, keine anderen Blutspuren und keine besonderen Stoff- oder Faserreste. Die aufgefundenen DNA-Spuren werden noch untersucht und verglichen. Fingerabdrücke haben s' an allen Ecken und Enden g'funden, sind aber fast durchgehend vom Opfer selbst oder von dieser Kerstin Schmid. Also nichts, was uns schnell weiterbringen könnte. Auch Staudingers Handy gab bisher nicht viel her. Es wurde unter der Spüle der Kücheneinrichtung g'funden. Wahrscheinlich ist es runterg'fallen, als der Tisch umg'stoßen wurde. Die

Schmid hat den SpuSi-Kollegen g'sagt, dass der Staudinger das Handy erst vor drei Wochen 'kauft hat. Die genaue Auswertung der Handydaten läuft noch, aber die Zahl der angewählten Privatpersonen ist anscheinend recht übersichtlich: seine Frau, normal, seine Angestellte, logisch, dazu ein gewisser Helmut Dietl, dessen Pferde Staudinger betreut, auch nachvollziehbar. Ein passionierter Telefonierer war er demnach nicht.«

»Und das Überraschungsei?«

»Ja, das ist tatsächlich eine unglaubliche Sache. Da drauf kommst du nie! Wobei sich die Frage stellt, ob das Ei wirklich mit dem Mord in Zusammenhang steht.«

»Geht's auch genauer?«

»Falls du dich erinnerst, steht im Traberstüberl ein kleiner alter Holzschrank. Der Schrank war verschlossen, aber das ist für die Spurensicherung kein großes Problem. Darin hat man Gegenstände wie eine Haarbürste, Hygieneartikel und gebrauchte Arbeitskleidung g'funden, die eindeutig Sepp Staudinger zuzuordnen sind.«

»Und, worauf willst du hinaus?«

»Langsam, langsam. Aus der Innentasche einer Weste wurde ein Plastikbeutel sicherg'stellt, darin befanden sich 20.000 Euro in frischen, banksauberen Scheinen.«

»Tss, etwas zu viel für eine Trinkgeldkasse.«

»Richtig. Aber bevor wir weiterreden, solltest du einen Blick auf die Uhr werfen, fünf nach neun, der Chef will uns sehen.«

Kurz darauf fanden sich die beiden Ermittler im Büro des Polizeioberrates Kiermeier ein. Das Chefzimmer war nicht sehr groß, dennoch hatte neben dem obligatorischen Schreibtisch und diversen Aktenschränken auch eine sechsteilige Sitzgarnitur Platz. Dort wurde nun die Besprechung des Tatgeschehens fortgesetzt. In der Regel wählte der Polizeioberrat den ovalen Tisch mit den sechs Stahlrohrstühlen für den Austausch mit seinen Mitarbeitern. Dahinter stand die Absicht Kiermeiers, seinen Untergebenen anzuzeigen, dass sie eine unteilbare Mannschaft bildeten, mit ihm als Primus inter Pares. Die Staatsdiener sollten nicht in Reih und Glied vor seinem Schreibtisch antreten wie Schulkinder, das entsprach nicht seinem Verständnis von Menschenführung. Gleichwohl lag ihm daran, die Zügel in der Hand zu behalten, nur sollten seine Anweisungen von den ausführenden Beamten eher als gute Ratschläge und Hinweise denn als Befehle betrachtet werden.

Über eine halbe Stunde hatte er den Ausführungen von Thomas und Mandy zugehört, ohne deren Bericht mit einer Zwischenfrage zu unterbrechen. Dann begann er zu rekapitulieren, um auf die zielführenden Fragen hinzuarbeiten.

»Wir haben also keine Tatwaffe. Können wir dennoch eine Vermutung dazu anstellen?«

»Zu dieser Traberstube hatten eigentlich nur Sepp Staudinger und seine Gehilfin Kerstin Schmid regelmäßig Zugang. Und Kerstin hat der Spurensicherung gegenüber angegeben, es fehle, ihrer Meinung nach, ein Küchenmesser, das sie dort ab und zu gesehen habe, ohne es selbst benutzt zu haben. Die Beschreibung des Küchenmessers deckt sich weitgehend mit der Einschätzung Doktor Tremmels zum Einstich im Brustkorb Staudingers«, führte Mandy aus.

»Wenn sich diese These als richtig herausstellt, hätten wir es also nicht mit einem geplanten Mord, sondern mit Totschlag im Affekt zu tun«, schlussfolgerte Kiermeier. »Staudinger sitzt am frühen Morgen am Tisch vor seinen Marmeladenbroten. Jemand, der verdammt schlechte Laune wegen Staudinger hat, kommt herein, streitet mit ihm, es geht in Handgreiflichkeiten über, dann sieht der Angreifer ein Küchenmesser, das Staudinger zum Frühstücken auf den Tisch gelegt hat, greift es, sticht zu und verschwindet mit der Tatwaffe. So könnte es gewesen sein.«

Bevor Thomas und Mandy zustimmen konnten, setzte Kiermeier seine Überlegungen fort.

»Wie passt dieses Szenario mit den aufgefundenen 20.000 Euro zusammen? Wusste der Täter von diesem Geld? Wieso hat er es dann nicht gesucht und den Schrank aufgebrochen? Was wissen wir hierzu?«

Diesmal war es Thomas, der die darauf bezogenen Erkenntnisse erläuterte. »Die Banknoten sind unbenutzt. Es handelt sich also definitiv nicht um einen Betrag, den jemand langfristig Schein für Schein zur Seite g'legt hat, etwa um ihn vor dem Fiskus zu verstecken. Das Geld hat sich jemand auf einen Schlag b'sorgt, wahrscheinlich direkt von einer Bank. Auf dem Plastikbeutel, der als Kuvert gedient hat, befinden sich die Fingerabdrücke von zwei Personen. Eine davon ist Staudinger, für die zweite haben wir keine Vergleichsdaten in unserer Datenbank. Kerstin Schmid konnte von der Spurensicherung ausg'schlossen werden.«

»Im Moment haben wir also nur den Jakob, der aufgrund des Erbschaftsstreites ein Motiv für die heftige Auseinandersetzung mit seinem Bruder hat.«

»Ned ganz«, widersprach Thomas seinem Chef. »Da gibt es auch noch den Dietl, Manfred Dietl, er besitzt eine Hühnerfarm bei Schönau – eine große Hühnerfarm. Und außerdem Rennpferde. Er sitzt ab und zu selbst im Sulky, wie letztes Wochenende. Seine Pferde lässt er vom Staudinger versorgen und trainieren … ließ, wollt ich sagen. Beide Pfingstrennen, an denen der Staudinger beteiligt war, endeten im Fiasko. Das erste hat Dietl selbst in den Sand g'setzt mit seinem fahrerischen Unvermögen, im zweiten Rennen ist der Staudinger mit dem Ross vom Dietl wegen Galoppierens disqualifiziert worden. Er hat also doppelten Grund g'habt, auf seinen Pferdetrainer sauer zu sein, und soweit ich g'hört hab, hat er es Staudinger an beiden Renntagen auch wissen lassen. Der muss ganz schön ausgerastet sein. Ein ähnliches Problem hat der Staudinger übrigens mit Erlacher g'habt, ist mir g'sagt worden. Der Notar besitzt mehrere Traber. Früher war es der Staudinger, der diese Pferde betreut hat. Bis zu dem Zeitpunkt, das muss vor zirka einem Jahr g'wesen sein, als Erlacher seinen Trabertrainer beschuldigte, sein bestes Pferd im Stall nach einer Verletzung falsch trainiert zu haben. Der Streit ging schließlich so weit, dass er alle seine Pferdl vom Staudinger ab'zogen und einem Konkurrenten, dem Schwarz Georg, übergeben hat.«

»Das sind ja fast mafiöse Strukturen in unserer schönen Pfarrkirchner Pfingstgaudi. Sagen Sie mal, Herr Huber, woher haben Sie denn Ihre Einblicke hinter die Kulissen des hiesigen Trabrennsports? Sind Sie da selbst daran beteiligt?«, wollte Kiermeier wissen.

»Nein, natürlich ned!«, stellte Thomas klar. »Ich hab das aus erster Hand erfahren, darauf kann man vertrauen.«

Diese Antwort genügte seinem Chef allerdings nicht. »Vertrauen ist okay, aber glauben Sie nicht, dass wir schwerwiegenden Verdachtsmomenten nachgehen werden, bloß weil Sie Gerüchte einer unbekannten Quelle vortragen. Wir sind hier in einer kriminalistischen Besprechung, also bitte deutlicher!«

Thomas lehnte sich zurück, blickte kurz zu Mandy und brachte ans Licht, was er gerne verschwiegen hätte. »Hans Baumgartner hat mich darauf aufmerksam g'macht. Er ist eben ein Pferdefanatiker, und keiner im Rottal ist so über die Szene informiert wie der Hans.«

Mandy zog ihre dunklen Augenbrauen zusammen und schoss mit Blicken wie Pfeile auf Thomas.

Der Polizeioberrat dagegen war beruhigt. »Warum haben Sie das nicht gleich gesagt? Mit dem Baumgartner sind doch alle Zweifel ausgeräumt. Das wirft ein ganz neues Licht auf die Sachlage und erweitert unsere Perspektive. Es gibt also nicht nur familiäre Streitigkeiten. Welche Rolle spielen dabei die 20.000 Euro? Hat sich Staudinger das Geld bereitgelegt, um etwas wiedergutzumachen, wozu es nicht mehr kam? Oder resultiert der Betrag aus einer Erpressung? Jedenfalls sind damit Ihre nächsten Aufgaben abgesteckt. Sie statten diesem Dietl einen Besuch ab, am besten beide. Er ist derjenige, der offensichtlich aktuell am meisten Wut auf Staudinger hatte. Dann müssen wir die Ehefrau noch einmal befragen und sehen, ob sie uns etwas zu dem Geld in der Weste sagen kann. Und schließlich soll uns der Erlacher erklären, warum er die Kontroverse mit seinem ehemaligen Pferdetrainer verschwiegen hat.«

Mit dem Wechsel in die erste Person Plural bekräftigte Kiermeier seinen Wunsch nach Teamarbeit. Es hieß nicht, dass er sich selbst an den Befragungen beteiligen wollte. Dafür waren in diesem Fall einzig seine beiden Ermittler zuständig. In diese Kerbe schlug seine nächste Frage. »Apropos, wie steht es mit der Zusammenarbeit? Kommen Sie mit der Einteilung und Aufgabenverteilung zurecht? Ich muss Sie nicht darauf hinweisen, dass wir unter öffentlicher Beobachtung stehen. Das Letzte, was ich brauchen kann, ist internes Kompetenzgerangel!« Bei den letzten Worten richtete der Polizeioberrat seinen Blick eindeutig auf Thomas.

Dennoch war es Mandy, die darauf zuerst reagierte. »Ja, Herr Huber hält sich an die Absprachen. Mit gewissen niederbayerischen Gepflogenheiten, darunter fallen sprachliche Aspekte, muss ich noch besser zurechtkommen. Aber ich habe hierzu von meinem Teamkollegen bisher immer die nötige Unterstützung erhalten.«

»Schön, das freut mich zu hören, dann machen Sie genau so weiter«, schloss Kiermeier die Besprechung.

Kaum hatte Mandy hinter Thomas das gemeinschaftliche Büro wieder betreten, riss sie ihn an der Schulter herum und bellte ihn an: »Du machst genau so weiter! Alles im Alleingang, als wäre ich deine dienstliche Kaffeekocherin und Brotzeitholerin. Was soll das mit Baumgartner? Warum bin ich nicht eingeweiht? Warum erfahre ich das erst im Chefzimmer?«

»Ich hatte keine Zeit, vor der Unterredung die Neuigkeiten mit dir durchzukauen«, wich Thomas aus und machte zwei Schritte rückwärts hin zu seinem Schreibtisch.

»Du hast es nicht einmal versucht.« Seine Kollegin ließ nicht locker und baute sich erneut vor ihm auf. »Du hättest mir gestern schon sagen können, dass du zu Baumgartner fährst und ihn um Mithilfe bittest. Aber das kommt dir scheinbar nicht in den Sinn. Am liebsten würdest du mich doch in den Spind einsperren und die Tour mit deinem Busenfreund Baumgartner bestreiten.«

»Ich hab ihn nicht um Mithilfe gebeten!« Thomas war mittlerweile – immer noch rückwärts – an seinem Schreibtisch angelangt und versuchte umständlich, ohne Sichtkontakt zum Stuhl, sich zu setzen. »Er hat mich b'sucht, weil er mich über die Traberinterna informieren wollt«, log er in seiner Bedrängnis.

»Das kannst du deiner Oma erzählen. Du hältst mich wohl für komplett beschränkt!«

»Nein, ganz sicher ned …«

Thomas deutete an Mandy vorbei zur Tür, in der Hilde stand und hilflos von der einen zum anderen blickte.

»Ich möcht nicht stören«, sagte die Sekretärin fast im Flüsterton, »aber am Telefon ist ein Rechtsanwalt, der wo eine wichtige Aussage zum Staudinger Sepp macha möcht.« Damit reichte sie das Telefon an Mandy weiter, die in diesem Moment am Nächsten stand.

»Kommissarin Hanke. Was kann ich für Sie tun?«, meldete sich Mandy freundlich, blickte aber weiterhin zornig auf Thomas.

»Rechtsanwalt Scheuenpflug, Franz Scheuenpflug. Ich habe heute in der Passauer Neuen Presse über den Mord auf der Trabrennbahn gelesen.«

»Es kann auch ein Totschlagsdelikt sein«, korrigierte Mandy.

»Ja, gut, das liegt in Ihrer Kompetenz. Ich rufe deshalb an, weil das Opfer, Josef Staudinger, sich vor zwei Wochen mit mir in Verbindung gesetzt hat.«

Die längere Pause des Anwaltes veranlasste Mandy nachzufragen. »Und, worum ging es dabei?«

»Er bat um einen Termin, aber ich musste ihn auf die Zeit nach Pfingsten vertrösten. Vorher war es bei mir unmöglich. Durch die vielen Feiertage mit Ostern und Pfingsten sind –«

»Verstanden«, kürzte Mandy den Redefluss des Mannes ab. »Können Sie genauere Angaben zu dieser Terminanfrage machen?«

»Deshalb rufe ich ja an! Er bezog sich auf eine Erbschaft. Es ging um ein Waldgrundstück. Er fühlte sich übervorteilt und wollte das Testament mit meiner Hilfe anfechten. Meine Praxis hat viel Erfahrung mit Erbschaftsstreitigkeiten. Wir konnten schon vielen Mandanten –«

Mandy unterbrach erneut. »Hat Ihnen Herr Staudinger erläutert, worauf sich seine Zweifel an der Rechtmäßigkeit des Testaments gründeten?«

»Er sprach von Beweisen, die er habe. Aber zu einer Unterredung kam es nicht mehr. Wie gesagt, ich hatte vor Pfingsten keinen Termin mehr frei. Wir waren so verblieben, dass ich mich diese Woche bei ihm melde, um ein Treffen zu vereinbaren, bei dem wir die Details besprechen wollten.«

»Okay, ich danke Ihnen jedenfalls für diesen Hinweis. Hinterlegen Sie bitte Ihre Adresse bei unserer Sekretärin, Frau Bernauer. Falls Ihnen doch noch eine wichtige Erwähnung Staudingers einfällt, lassen Sie es mich bitte wissen.« Das Wort »wichtige« betonte Mandy dabei besonders, denn über weitere anwaltliche Terminschwierigkeiten wollte sie nicht mehr informiert werden.

»Schau an. Staudinger wollte wegen des Testaments vor Gericht ziehen und erwähnte Beweise. Damit hat er seinem Bruder bestimmt vorher gedroht. Der Konflikt hat sich also in den letzten Wochen zugespitzt. Wir müssen Jakob Staudinger mit den Aussagen des Anwalts konfrontieren.« Mandys Ärger über die Eigenmächtigkeiten ihres Kollegen schien vergessen.

»Das ist eine gute Idee, aber zuerst fühl ich dem Erlacher noch einmal auf den Zahn, denn wenn der Notar absichtlich mit einem dementen Mandanten eine Testamentsänderung durchführt, kann er seine

Kanzlei zusperren. Du kümmerst dich um die Ehefrau und fährst in die Boutique oder zum Wohnhaus, wo immer sie sich aufhält«, entgegnete Thomas, griff sich sein Diensthandy und war sichtlich bemüht, so schnell wie möglich das Büro zu verlassen. Zu groß war seine Angst, Mandy könnte die vorhergehende Diskussion erneut aufgreifen.

ELF

»Sie schon wieder. Wollen Sie mir ein Pferd abkaufen, oder warum kommen Sie erneut zu mir?«, begrüßte der Notar Klaus Erlacher den Kripobeamten Thomas Huber in seiner Kanzlei und gab ihm die Hand.

»Nein, sicher nicht. Ich bin dienstlich hier und hätt noch ein paar Fragen im Fall Staudinger an Sie«, antwortete Thomas, der spürte, dass seinem Gegenüber eine weitere Befragung in dieser Angelegenheit nicht angenehm war.

»Ich habe schon alles gesagt. Wo haben Sie denn Ihre junge Kollegin gelassen? Woher haben Sie die importiert? Ihrem Dialekt nach tippe ich auf Sachsen«, vermutete der Notar.

»Thüringen«, entgegnete Thomas kurz.

»Knapp daneben ist auch vorbei«, resümierte Erlacher und bot Thomas wieder den Platz an seinem Besprechungstisch an. »Schießen Sie los, Herr Huber, so viel Zeit habe ich nicht.«

Ohne Umschweife kam Thomas gleich zur Sache. »Herr Erlacher, warum haben Sie uns verschwiegen, dass Sie Ihre Pferde bis vor einem Jahr von Sepp Staudinger haben trainieren lassen?«

Die Gesichtszüge des Notars verfinsterten sich, seine Stimme wurde lauter. »Ganz einfach, weil Sie mich nicht danach gefragt haben. Außerdem habe ich nicht geleugnet, dass ich den Sepp gekannt habe. Was tut das eigentlich zur Sache?«

»Das ist relevant, wenn man weiß, dass Sie vor einem Jahr einen ziemlichen Streit mit Sepp Staudinger g'habt haben sollen«, erklärte der Polizist sachlich.

»Und deswegen soll ich den Staudinger nach einem Jahr umgebracht haben, oder was?«, brauste der Notar auf.

»Das hab ich nicht behauptet. Ich hab lediglich g'sagt, dass Sie uns gestern einen Streit zwischen Ihnen und dem Opfer verschwiegen haben, mehr nicht«, berichtigte Thomas.

»Weil ich dieses Problem von damals für nicht relevant betrachtet habe«, erklärte der Notar.

»Um was ging es bei diesem Problem von damals genau?«, hakte Thomas nach.

»Ich habe mir vor drei Jahren auf einer Auktion auf der Trabrennbahn Berlin-Mariendorf im Rahmen der Derbywoche einen Jährling für teures Geld gekauft.«

»Kosmo Grande?«

»Genau, den Kosmo Grande habe ich mir gekauft. Der Sepp war begeistert von diesem Pferd, als er ihn ein Jahr später antrainiert hat. Ich war auch begeistert, weil er als Zweijähriger seinen ersten Start gleich gewann. Unser Traum war allerdings das Derby, das er als Dreijähriger bestreiten sollte. Doch leider wurde aus diesem Traum nichts, wie Sie sicherlich schon wissen.«

»Wie ging es dann weiter?« Thomas wollte die ganze Geschichte von ihm hören.

»Kosmo hat sich im Frühjahr letzten Jahres auf der Koppel an der Sehne am rechten Vorderfuß verletzt. Der Tierarzt hat ihn behandelt und für mindestens drei Monate Trainingsverbot angeordnet. Doch der Sepp hat sich nicht an diese Anordnung gehalten und den Hengst nach sechs Wochen wieder eingespannt.«

»Und dann hat er sich erneut verletzt, oder?«, fragte Thomas dazwischen.

»Genau. Schon beim ersten Training hat er sich einen schlimmen Sehnenbogen zugezogen. Da wäre kein Pferdebesitzer dieser Welt hocherfreut gewesen«, gab der Notar zu.

»Und wie haben Sie reagiert?«

»Gelobt habe ich den Staudinger sicher nicht, eher im Gegenteil. Geschimpft habe ich ihn, und am nächsten Tag habe ich alle meine Pferde zum Schwarz Georg gefahren.«

»Wie geht's dem Kosmo Grande heute?«

»Der Hengst steht auch beim Schwarz und wird jeden Tag behandelt. Ob er irgendwann auf die Rennbahn zurückkehren kann, steht in den Sternen«, erklärte Erlacher, der seine Stimme nun wieder gesenkt hatte. »Das ist ja alles Schnee von gestern. Ich habe meinen Frieden damit gemacht und bin vorgestern mit dem Sieg von Pangraz entschädigt worden. Für Ihren Fall ist diese alte Angelegenheit bestimmt nicht mehr relevant.«

Thomas wusste, dass seine weiteren Fragen dem eloquenten Notar sicher nicht behagen würden, aber trotzdem musste er ihn damit konfrontieren. »Das sehen wir allerdings anders, Herr Erlacher. Vor wenigen Stunden hat sich ein Rechtsanwalt aus der Region bei uns g'meldet, dessen Aussage Ihre Version infrage stellt.« Thomas sah, wie der Zorn erneut in Erlacher aufstieg. Wie befürchtet brachte diese Behauptung den Herrn Notar in Wallung.

»Was hat dieser Mensch behauptet?«, schrie der 60-Jährige.

»Der Rechtsanwalt hat uns berichtet, dass sich Sepp Staudinger vor ungefähr zwei Wochen bei ihm g'meldet und um einen Termin gebeten hat«, erklärte Thomas in gebotener Ruhe.

»Und was hat das mit mir zu tun?«

»Der Rechtsanwalt behauptet, der Sepp Staudinger habe von Beweisen g'sprochen, dass es bei der Testamentsänderung seines Vaters nicht mit rechten Dingen zugegangen sei«, führte Thomas weiter aus. Er versuchte, möglichst ohne Dialekt zu sprechen, um sachlich zu wirken.

»Was sollen das für Beweise sein?«, schrie der Notar erneut, dessen Nasenflügel sich vor Erregung weiteten.

»Das wissen wir nicht, da der Termin erst diese Woche g'wesen wäre. Den kann der Staudinger bekanntermaßen nicht mehr wahrnehmen«, gab der Polizeibeamte kleinlaut zu.

»Dann kommen Sie wieder zu mir, wenn Sie diesbezüglich Beweise haben, und hören Sie auf mit irgendwelchen haltlosen Unterstellungen!«

»Sie müssen zugeben, dass die zeitliche Konstellation zwischen Ihrem Streit mit dem Staudinger vor einem Jahr und die Enterbung drei Monate später und jetzt der Anruf dieses Rechtsanwaltes bei uns erhebliche Zweifel Ihrer Version mit sich bringt.« Thomas wusste, dass er sich auf sehr dünnes Eis begab.

»Ich geb überhaupt nichts zu. Das sind lauter haltlose Beschuldigungen, die ich mir nicht mehr länger gefallen lassen werde«, polterte Erlacher, stand auf und wollte das Gespräch beenden.

»Eine letzte Frage hätte ich noch, Herr Erlacher. Wir haben in einem Schrank in Staudingers Traberstüberl eine größere Menge Bargeld in einer Plastiktüte g'funden. Haben Sie eine Ahnung, von wem das Geld stammen könnte?« Thomas erhob sich ebenfalls von seinem Stuhl.

»Von mir sicher nicht. Vor einem Jahr hab ich ihm zum letzten Mal Geld für den Unterhalt meiner Pferde gegeben. Danach war ich froh, dass ich mit dem Mann nichts mehr zu tun hatte«, sagte Erlacher und zeigte Thomas die Tür seines Büros.

Thomas überlegte, ob er noch eine Frage stellen sollte. Jetzt ist es eh schon egal, dachte er. »Dann haben Sie bestimmt nichts dagegen, wenn wir im Präsidium Ihre Fingerabdrücke nehmen?«

Ein paar Sekunden lang wusste Erlacher nicht, was er erwidern sollte. Doch dann kam die Reaktion, die Thomas befürchtet hatte. »Das ist ja die Höhe. Ich lasse mich nicht behandeln wie einen Schwerverbrecher. Sollten Sie mich nochmals belästigen wollen, nur noch mit Termin und im Beisein meines Anwaltes. Ist das klar, Herr Huber!«

»Das habe ich verstanden«, entgegnete der Kripobeamte, um Deeskalation bemüht.

»Eine Unverschämtheit ist das. Anstatt unbescholtene Bürger zu behelligen, sollten Sie sich besser das Liebesleben vom Staudinger genauer anschauen.«

»Wie darf ich das verstehen?«

»So wie ich es gesagt habe. Fragen Sie seine Pferdepflegerin, mit der hat er auch rumgevögelt«, schimpfte der Notar, der seine Contenance immer noch nicht gefunden hatte.

Thomas Huber wusste, dass er seinem Gesprächspartner beim Abschied seine Hand nicht anzubieten brauchte, zu tief war dieser wegen der Beschuldigungen gekränkt. Thomas war sich nicht sicher, ob der Notar bei der Testamentsänderung nicht seinen Rachegefühlen Sepp Staudinger gegenüber erlegen war. Andererseits war ihm klar, dass er ohne hieb- und stichfeste Beweise nicht mehr antreten sollte. Dankbar war er ihm jedoch für den Hinweis über das Liebesleben von Sepp Staudinger. Er hatte bereits bei dem Gespräch mit Kerstin Schmid den Eindruck gehabt, dass zwischen ihr und dem Opfer mehr als nur ein Arbeitsverhältnis gewesen war. Liebe und Eifersucht gehörten seit jeher zu den Hauptmotiven für Gewalttaten.

ZWÖLF

Als Thomas die Kanzlei verlassen und den schmucken Stadtplatz betreten hatte, wollte er noch nicht gleich zur Dienststelle in die Arnstorfer Straße zurückkehren. Er überlegte, wie er das lästige Thema Fingerabdrücke umgehen könnte. Wenn sie die Abdrücke einer anderen verdächtigen Person zuordnen könnten, dann bräuchten sie diesbezüglich nicht mehr zu Erlacher. Wer weiß, vielleicht hatte Staudinger das Geld von jemand ganz anderem erhalten, den sie noch nicht auf dem Schirm hatten? Er zückte sein Handy und wählte die Nummer seines Freundes Helmut Drexler, der wenige Meter vom Stadtplatz entfernt seinen Arbeitsplatz hatte. Thomas hätte auch einfach in das Bankgebäude gehen und Helmut besuchen können, doch dessen Vorgesetzter sah private Besuche während der Arbeitszeit sehr ungern.

»Servus, Helmut. Hast schnell drei Minuten für mich? Ich bin grad am Stadtplatz. Ich geb dir ein Eis aus«, lockte der Kripobeamte, denn er wollte seinen Freund um einen heiklen Gefallen bitten.

Wenig später standen die beiden im Eiscenter an der Bahnhofstraße und genossen die köstliche Erfrischung.

»Das Eis hab ich nicht umsonst kriagt, oder, Thomas?«, vermutete der Banker in weiser Vorahnung.

»Das ist nur die Anzahlung«, entgegnete Thomas.

»Oh je, dann ist es wohl wieder eine größere Sach«, befürchtete Helmut, der seinem Spezi in der Vergangenheit schon mal den einen oder anderen Tipp für dessen Ermittlungsarbeit gegeben hatte, obwohl er wusste, dass mit dem Bankgeheimnis und den immer strenger werdenden Datenschutzverordnungen nicht zu spaßen war. »Wenn irgendwas rauskommt, musst du mich bei der Kripo oder bei dir als Gärtner anstellen, das ist dir hoffentlich klar, denn als Banker hab ich dann keine Zukunft mehr«, drohte er.

»Da wird nichts rauskommen, du kannst dich auf mich verlassen, und außerdem ist das alles im Dienst der Gerechtigkeit«, beruhigte ihn Thomas.

»Jetzt rück schon raus. Was soll ich tun?«, fragte Helmut ungeduldig.

»Wir haben beim Staudinger im Stall eine Plastiktüte mit 20.000 Euro g'funden und müssen dringend herausfinden, von wem er diese Summe kriagt hat. Du könntest eine kleine Auswertung machen, wer in den letzten Wochen einen solch hohen Geldbetrag bei eurer Bank, inklusive aller Filialen versteht sich, bar abg'hoben hat«, bat Thomas seinen Freund.

»Und wenn der Betrag bei einer anderen Bank abg'hoben wurde?«

»Dann haben wir eben Pech g'habt.«

»Halt bloß dicht. Wenn das rauskommt.«

»Ich weiß, ich weiß. Dann wirst du Kriminaler.«

»Aber heut schaff ich das nicht mehr.«

»So schnell wie möglich halt. Du weißt ja, im Dienst der Gerechtigkeit.«

Zum Schluss ihres Gesprächs kam Helmut auf ein ganz anderes Thema zu sprechen. »Wo hast du heut deine neue Kollegin 'lassen?«

»Wir ermitteln grad getrennt. Das ist mir hundertmal lieber«, antwortete Thomas mit genervter Stimme.

»Na ja, so einen schlechten Eindruck macht sie auch wieder ned«, konterte Helmut.

»Du kennst sie ned wirklich. Ich sag's dir, die hat Haar auf den Zähnen.« Thomas erinnerte sich besonders an die gestrigen Demütigungen am Tatort.

»Übertreib nicht, Thomas«, entgegnete Helmut.

»Wenn man vom Teufel spricht …«, flüsterte der Kripobeamte seinem Freund ins Ohr, als er seine Kollegin bemerkte, die auf der Bahnhofstraße direkt auf sie zukam.

»Habt ihr zwei schon wieder Pause?«, begrüßte Mandy die beiden provokant.

»Wir haben uns zufällig am Stadtplatz getroffen«, log Thomas, der unbedingt vermeiden wollte, dass seine Kollegin von seinen externen Hilfegesuchen etwas mitbekam.

»Ich komme gerade von Staudingers Boutique«, berichtete Mandy.

»Ich dachte, die Staudingerin würd ihr G'schäft ein paar Tage zumachen«, vermutete Thomas.

»Das dachte ich auch, aber sie könne sich keine Schließungstage leisten, sagte sie. Außer am Montag, an diesem Tag wird ihr Mann beerdigt. Da bleibt der Laden zu«, informierte Mandy.

»Für mich wird's Zeit.« Helmut wollte bei den dienstlichen Gesprächen nicht stören. Er verabschiedete sich und ging zurück zu seiner Bank.

»Was hat die Staudingerin zu den 20.000 Euro g'sagt?«

»Sie habe keine Ahnung, woher ihr Mann so viel Geld bekommen hat. Von seinem Konto stamme es garantiert nicht, hat sie gesagt«, berichtete Mandy kurz und bündig.

»Hätt mich auch g'wundert, wenn es anders g'wesen wär«, kommentierte Thomas enttäuscht.

»Und wie war's bei dir mit dem Notar?« Mandy legte nach den vorausgegangenen Erfahrungen großen Wert auf einen Informationsaustausch nach getrennten Befragungen.

»Genau so, wie ich es befürchtet hab«, antwortete Thomas sehr wortkarg.

»Geht's ein wenig genauer?«

»Den Krach mit dem Staudinger hat er zwar zu'geben, aber mit der Testamentsänderung des Vaters sei alles richtig g'laufen, hat er g'sagt.«

»Und was ist mit dem Geld?«

»Von dem weiß er natürlich auch nix. Und wie ich mit den Fingerabdrücken daher'kommen bin, da ist er erst richtig zintig 'worden«, erzählte Thomas in seinem Dialekt.

»Was heißt ›zintig‹?« Mandy wusste, dass die Frage ihrem Kollegen nicht schmecken würde.

»Oh, ich vergaß. Ich muss zu jedem Dialektwort ja gleich die Übersetzung liefern, simultan.«

»Nein, musst du nicht. Du sollst nur so sprechen, dass ich es verstehe«, forderte Mandy.

»›Zintig‹ heißt ›narrisch‹. Ah, das verstehst ja auch nicht. ›Ungehalten‹ vielleicht. Das dürftest du verstehen.«

»Ja, das versteh ich. Weißt du, Thomas, ich habe den Eindruck, dass du mit mir absichtlich so sprichst, damit ich nicht alles verstehe. Mit dem Notar zum Beispiel redest du ja auch hochdeutsch«, beschwerte sich die Thüringerin.

»Du bist aber meine Kollegin und nicht irgendein Notar, und außerdem befinden wir uns in Pfarrkirchen, im tiefsten Niederbayern, genau da, wo du dich hinbeworben hast«, rechtfertigte sich Thomas.

»Wenn ich das gewusst hätte, hätte ich es vielleicht nicht getan«, gestand die junge Kripobeamtin.

Auf der einen Seite war Thomas von dieser Diskussion genervt, auf der anderen Seite erinnerte er sich an Kiermeiers Worte, was die Teamarbeit betraf. Deswegen durfte er die Auseinandersetzung nicht eskalieren lassen und versuchte den Schaden zu begrenzen. »Schau, Mandy, wir arbeiten erst seit zwei Tagen zusammen, da ist es doch normal, dass wir noch Abstimmungsbedarf beziehungsweise Kommunikationsprobleme haben, das wird schon mit der Zeit. Ich werd an mir arbeiten, und du wirst dich auch immer besser einfinden.«

»Ich will ja nur, dass du mich als deine Kollegin und nicht als Auszubildende betrachtest und dass du mit mir so sprichst, dass ich dich verstehe«, stellte Mandy klar.

»Ja, ja, ich hab schon kapiert«, wiegelte Thomas ab und beendete die leidige Diskussion hiermit. Er stellte die Konversation mit seiner Kollegin zunächst ein. Denn bevor er wieder ein falsches Wort sagte, verzichtete er auf weitere Ausführungen. Den Hinweis vom Notar, die Beziehung zwischen Kerstin Schmid und Sepp Staudinger betreffend, behielt er vorerst für sich. So ein Informationsvorsprung hat noch nie geschadet, dachte er.

Mandy hatte den Dienstwagen am Stadtplatz geparkt. Sie gingen zum Auto, stiegen ein und fuhren zur Polizeiinspektion, um dort ihre Mittagspause im Büro zu machen.

DREIZEHN

Das Kommissariat verfügte über eine kleine Küche mit dem Notwendigsten für die Zubereitung einfacher Mahlzeiten. Allerdings wurde nur in Ausnahmefällen von den Polizeibeamten richtig gekocht. Das am meisten benutzte Arbeitsgerät war die Mikrowelle zum Erhitzen von Speisen, die von Zuhause mitgebracht wurden. Meistens wickelte man jedoch einfach seine morgens geschmierten Brote, die Leberkässcheiben oder das Geräucherte aus, vielleicht noch eine Essiggurke dazu, und das Mittagsessen war fertig. Für höhere Ansprüche gab es zahlreiche Gaststätten in der Nähe.

Mandy und Thomas gehörten heute beide zur Mikrowellen-Fraktion. Zum Essen kehrten sie in ihr Gemeinschaftsbüro zurück, denn die Befragung Manfred Dietls stand an. Darauf wollte sich jeder auf seine Art und Weise vorbereiten. Während die Polizistin am Computer die bisherigen Vernehmungsprotokolle und Erkenntnisse durchforstete, um Ansatzpunkte für Fragen an Dietl zu gewinnen, stocherte ihr Kollege etwas lustlos in seinem Gemüseauflauf, den ihm Marion zubereitet hatte, und ging in Gedanken das Gespräch mit seinem Ziehvater Baumgartner noch einmal durch. Entsprechend schweigsam verlief das gemeinsame Mahl an getrennten Schreibtischen.

»Wir müssen los.« Damit läutete Thomas schließlich das Ende der Mittagspause ein. »Vielleicht könntest du ganz kurz unser Geschirr in der Küche abstellen. Ich besorg uns inzwischen das Set für die Fingerabdrücke.«

Mandy schaute ihn entrüstet an und wollte zum Widerspruch ansetzen, sammelte dann aber das benutzte Geschirr ein und räumte es in die Geschirrspülmaschine.

»Nach Schönau fahren wir die Arnstorfer Straße Richtung Norden.« Wie immer hatte sich Thomas hinter das Steuer des Dienstwagens geklemmt. Trotzdem fühlte er sich bemüßigt, seiner Begleitung die Wegstrecke zu erklären. Nach einem steilen Anstieg der Staatsstraße 2112 fuhren sie an den Wohngebieten Ziegelstadel und Gehring vorbei in sanft hügeliges Gelände. Kurz nach Pfarrkirchen folgte die Abzweigung links in Richtung Schönau, bekannt vor allem durch das gleichnamige Wasserschloss und dessen weiträumiger Parkanlage, die nach dem Vorbild des Englischen Gartens in München geschaffen worden war. Das Ziel der Ermittler war der Weiler Pflanzenöd mit der Hühnerfarm Dietls, ungefähr zwei Kilometer östlich von Schönau.

Weder Mandy noch Thomas hatten sich das Anwesen des Eierproduzenten so großflächig und komplex vorgestellt. In mehreren Reihen standen lang gezogene flache Bauten mit quadratischen Fenstern in regelmäßigen Abständen. Unterhalb der Fensterlinie befanden sich vergitterte Öffnungen wie Schiffsbullaugen, die vermutlich der Belüftung dienen sollten. Am hinteren Ende jeder dieser Konstruktionen stand ein hoch aufragendes, stählernes Silo. Der Eindruck, den diese Anlagen vermittelten, hielt genau die Waage zwischen Stallung und Fabrikgebäude. Gegenüber befand sich eine weitere Ansammlung von Bauten rund um einen Innenhof, die schon eher dem Aussehen eines üblichen landwirtschaftlichen Gehöftes glichen. Vor dem Wohnhaus, welches durch zwei breite Balkone – der untere davon umlaufend – leicht als solches zu identifizieren war, stand ein schwarzer BMW X5.

Thomas parkte das Polizeiauto neben dem teuren Geländewagen und machte sich auf die Suche nach dem Hausherrn. Trotz der Größe der gesamten Anlage herrschte wenig Betrieb, es wirkte wie ausgestorben. Niemand bewegte sich zwischen den Gebäuden, den man um Auskunft hätte bitten können. Also steuerten die beiden direkt auf das protzige Wohnhaus zu, welches einer zehnköpfigen Familie reichlich Raum geboten hätte. Der schrille Ton der Hausglocke glich einem Alarm.

Eine geraume Zeit verstrich, bis endlich ein hoch gewachsener und breitschultriger Endvierziger die Tür öffnete.

»Was gibt's?«, fragte er ohne weitere Begrüßung.

»Kriminalpolizei Pfarrkirchen«, stellte Thomas sich und Mandy vor. »Ich nehme an, Sie sind Herr Dietl. Wir hätten einige Fragen an Sie im Zusammenhang mit dem Tod von Josef Staudinger.«

»Ja, tragisch, ich hab davon g'hört«, gab Dietl knapp zurück.

»Davon gehen wir aus. Sie waren ja mit Herrn Staudinger in engem Kontakt. Wollen wir nicht reingehen?«, forderte Thomas den Hausherrn auf.

Der schien an einer längeren Unterhaltung nicht interessiert, öffnete jedoch kommentarlos die Tür etwas weiter und trat einen Schritt zur Seite. Thomas drängte sich, eng gefolgt von Mandy, vorbei und dachte kurz an die meist schwarz gekleideten Türsteher bei seinen ersten Discobesuchen in München.

Er hatte eine breite Diele erwartet, was er aber sah, übertrumpfte seine Vorstellung bei Weitem. Vor ihm eröffnete sich eine große Halle mit Galerie, geschwungener Marmortreppe und Kristalllüster. Kein Hühnerbaron, eher ein Hühnerkaiser, dachte der Polizeibeamte und warf seiner Kollegin einen vielsagenden Blick zu. Auch Mandy bekam große Augen.

»Viel Zeit hab ich ned«, erklärte Dietl gleich zu Beginn seinen Gästen. »Mit wem hab ich es überhaupt zu tun?«

»Das ist Kommissarin Hanke und mein Name ist Thomas Huber. Wie erwähnt, sind wir leitende Ermittler im Mordfall Staudinger. Zeugen haben geschildert, dass Sie an den Tagen vor dem Unglück Streit mit Ihrem Pferdetrainer hatten. Was können Sie uns dazu sagen?«

»Freilich hab ich mit Sepp an Streit g'habt«, gab der Hühnerkaiser unumwunden zu. »Er hat mir mit seiner Unfähigkeit die Pfingstrennen versaut. Den Darkie hat er schlecht trainiert g'habt. Mit dem bin ich Stockletzter g'worden. Was glaubts, haben mich meine Freund ausg'lacht? Und mit dem Kilian ist er disqualifiziert worden im Zuchtrennen, weil er ned aufpasst hat beim Rausnehmen«, erklärte Dietl aufgebracht.

»Und dann haben S' ihn recht g'schimpft, oder?«, fragte Thomas provokant nach.

»Einen Verdienstorden hab ich ihm ned überreicht. Dass er keine Ahnung hat von dem Sport und dass er ein Loser ist, hab ich ihm g'sagt«, gab er zu.

»Und am Mittwoch in der Früh haben S' ihm das noch mal g'sagt und dann gab's Streit?«, versuchte Thomas, ihn zu überrumpeln.

»Am Mittwoch? Wieso am Mittwoch? Na, na, auf koan Fall. Ich hab ja auch noch was anders zu tun«, erwiderte Dietl erregt.

»Was haben S' denn zu tun g'habt? Haben S' Zeugen dafür?« Thomas ließ den Blick auffordernd durch den imposanten Raum gleiten.

»Ich war den ganzen Morgen dahoam, hier … Aber allein, ich bin g'schieden. Um halb neun kommt zurzeit jeden Tag a Fremdfirma für den Abtransport. Die können bezeugen, dass ich am Mittwoch in der Früh da war.«

»Es geht aber nicht um die Zeit um halb neun. Wir wollen wissen, wo Sie zwischen 6 und 7 Uhr waren«, stellte Mandy klar.

»Um die Zeit war ich noch im Haus und hab g'frühstückt«, gab Dietl an.

»Kann das jemand bezeugen? Vielleicht einer Ihrer Angestellten?«, hakte die Polizistin nach.

»Meine Arbeiter haben in meim Haus nichts zu suchen, die sind in den Hallen und arbeiten. Die kriegen ned mit, ob ich dahoam bin oder ned. Oder haben S' vielleicht irgendeinen da heraußen g'sehen? Außerdem sollten S' gut polnisch können, wenn S' mit ihnen sprechen wollen«, empfahl der Inhaber der Hühnerfarm auf arrogante Art und Weise.

»Wenn Sie keine Zeugen haben, haben S' auch kein Alibi. Ist Ihnen des klar?«, folgerte Thomas.

»Ich brauch kein Alibi, weil ich nix do hab!« Das Gesicht des Hühnerfarmers hatte sich deutlich rot gefärbt.

»Wir haben beim Staudinger eine größere Menge Bargeld g'funden. Stammt das Geld von Ihnen?«, fragte der Kommissar, der Dietl dabei sehr genau beobachtete und auf eine verräterische Reaktion hoffte.

»Von mir? Ich soll ihm a Geld 'geben haben? Vielleicht als Belohnung für seine gute Arbeit? Jetzt wird's aber hinten höher wie vorn«, erzürnte sich der Landwirt.

»Sie haben ihm doch den Unterhalt für Ihre Pferde bezahlen müssen, oder?«, wollte Mandy klargestellt haben.

»Das hab ich ihm monatlich überwiesen, ich Depp. Mit den Überweisungen wär jetzt sowieso Schluss g'wesen, weil ich meine Ross zum Schwarz bringen werd«, erklärte Dietl.

»Das haben S' dem Staudinger am Mittwoch in der Früh g'sagt, oder?«, provozierte Thomas ihn erneut.

»Zefix, ich war am Mittwoch ned bei ihm, wie oft soll ich euch das no sagen?«, schrie Dietl, der jetzt auf hundert war.

»Herr Dietl, ob Sie am Mittwoch hier waren oder doch an der Trabrennbahn, das wird sich noch herausstellen. Auf alle Fälle brauchen wir Ihre Fingerabdrücke!« Der Zeitpunkt für diese Ankündigung war wahrscheinlich nicht der glücklichste, aber Thomas beabsichtigte, Dietl noch einmal aus der Reserve zu locken.

»Ihr seids doch hirnverbrannt. Wegen so einem Schmarrn bring ich niemand um. Scherts euch zum Teufel!« Der Hausherr breitete die Arme aus, um die beiden Polizisten zur Tür zu drängen.

Mandy reagierte sofort. »Nicht anfassen! Eine Beleidigung haben Sie bereits ausgesprochen. Wenn eine Tätlichkeit dazukommt, handeln Sie sich eine

Anzeige ein. Das geht schnell und kompromisslos. Dann werden Ihnen die Fingerabdrücke im Kommissariat abgenommen. Anscheinend ist Ihnen das lieber.«

Dietl ließ die Arme sinken. Der ganze Körper knickte ein.

»Thomas, kannst du bitte das Abnahmeset aus dem Auto holen? Ich glaube, Herr Dietl hat es sich überlegt und ist kooperativ.«

Da der Hühnerfarmer tatsächlich ruhig blieb, beeilte sich Thomas, die verlangten Utensilien herbeizuschaffen, allerdings nicht ohne sich innerlich über die ungewohnte Richtung der Befehlskette aufzuregen.

Nachdem er Dietl die Fingerabdrücke abgenommen hatte, ordnete er harsch an: »Sie halten sich für uns bereit, verstanden, Herr Dietl!« Er hoffte, so seine verloren geglaubte Autorität wiederherzustellen.

»Entschuldige, Thomas, dass ich dich geschickt habe, aber ich wollte vermeiden, dass ihr zwei aneinandergeratet. Oder hättest du dich lieber mit diesem angeberischen Zehnkämpfer herumgeprügelt?«, rechtfertigte sich Mandy, als sie wieder in ihrem Dienstwagen saßen.

Thomas musste Mandy recht geben, aber die Degradierung zum Hilfssheriff wurmte ihn dennoch, deshalb zog er es vor, auf die Klarstellung seiner Kollegin nicht zu antworten.

Nach einer Weile nahm er das Gespräch wieder auf. »Lass mal die Profilerin in dir zum Vorschein kommen.

Was hältst du von diesem Dietl?« Bevor seine Kollegin darauf antworten konnte, fügte er hinzu: »Das ist doch genau die Art von Hitzkopf, die in einer Konfliktsituation den Kopf verliert und losdrischt … losschlägt, meine ich. Der reißt den Hühnern im Dutzend den Kopf ab, wenn ihm etwas nicht schnell g'nug geht.«

»Wir haben ihn unter Mordverdacht gestellt, da reagieren viele aggressiv«, überlegte Mandy. »Aber er war offensichtlich richtig sauer auf Staudinger und er hat kein Alibi, denn um 8.30 Uhr hätte er nach der Tat problemlos zurück auf seiner Farm sein können. Die Fingerabdrücke werden uns nicht viel helfen, da meines Erachtens das Geld nicht von ihm kommt. Das ist keiner, der sich erpressen lässt. Am ehesten könnten wir weiterkommen, wenn wir nachforschen, ob jemand sein Fahrzeug zur Tatzeit in der Nähe gesehen hat. Das ist ja nicht gerade unauffällig.«

»Versuchen kann man es. Aber von denen gibt's hier mehr, als du denkst. Viele Menschen im Rottal arbeiten bei BMW. Das Werk Dingolfing ist nur 50 Kilometer von Pfarrkirchen entfernt«, entgegnete Thomas.

VIERZEHN

»Fahren wir doch gleich jetzt beim Jak vorbei und befragen ihn wegen der Erbschaft und wegen dem Geld«, schlug Thomas vor.

»Du meinst, wir befragen Elisabeth«, korrigierte Mandy ihn augenzwinkernd, die sich daran erinnerte, wer am Hof der Staudingers das Sagen hatte. »Wie weit ist es von hier?«

»Um die zehn bis zwölf Kilometer schätze ich, mehr nicht.«

»Navi brauchen wir vermutlich keines?«

»Du hast es erfasst«, bestätigte Thomas kurz und knapp.

Sie fuhren von Pflanzenöd nach Nöham und dann auf die Staatsstraße 2112 in Richtung Arnstorf. Auf Höhe der Ortschaft Furth bogen sie rechts ab. Nach einigen Kilometern auf der Landstraße erreichten sie Johanniskirchen.

Im Hof der Staudingers war niemand zu sehen, aber die Haustür stand offen.

Thomas klopfte an den Türstock und rief: »Ist jemand dahaom?«

»Ja, wir sand in der Küch«, schallte es zurück. Die Frage, ob sie ihre Schuhe ausziehen sollten, stellte sich für die Kommissare nicht mehr. Den Weg und den Geruch im Haus kannten sie auch.

Elisabeth Staudinger war in der Küche mit Abspülen beschäftigt, während ihr Mann in Stallkleidung und Gummistiefeln an einem kleinen Tisch saß, Zeitung las und ein Glas Bier vor sich stehen hatte.

»Grüß Gott.« Thomas nickte den beiden zu.

»Griast eich«, sagte die Bäuerin.

Ihr Ehemann ließ sich durch den Besuch der Polizisten nicht aus der Ruhe bringen und blieb in den Rottaler Anzeiger vertieft.

»Habt's was vergessen gestern?«, fragte die Hausherrin.

»Ned direkt. Wir hätten noch ein paar Fragen an Sie. Heut hat sich ein Rechtsanwalt bei uns g'meldet. Der behauptet, dass der Sepp gerichtlich mit ihm gegen die Testamentsänderung vorgehen wollt, weil er Beweise g'habt hätte, dass es ned mit rechten Dingen zu'gangen sei«, erklärte der 35-jährige Kommissar gewohnt sachlich.

»Was sollen des für Beweise sei?«, polterte die Bäuerin mit aufgerissenen Augen.

»Das wissen wir nicht, weil wir den Sepp nicht mehr fragen können«, antwortete Thomas.

»Schauen S', Herr Kommissar, der Vater wollte das Testament ändern, wir sand mit eam zum amtlichen Notar 'gangen. Was sollen wir falsch g'macht haben?«, schilderte Elisabeth recht ruhig und voller Unschuld.

»Wenn da was falsch g'laufen sein soll, dann müsst ihr zum Notar gehen«, ergänzte sie.

Bei dem war ich gerade und hab auch nichts Neues erfahren, dachte Thomas. Er sah die Aussichtslosigkeit bei diesem Thema ein und stellte gleich die nächste Frage. »Gestern haben wir in einem Schrank im Traberstüberl Ihres Schwagers eine Tüte mit einer größeren Menge Bargeld g'funden. Jetzt wollen wir wissen, ob das Geld von Ihnen stammt?«

»Von uns?«, fragte Elisabeth verwundert zurück. »Von uns, besser g'sagt, vom Vater, hat der Sepp vor zehn Jahr 's letzte Mal a Geld kriagt, gell, Jak. Ja, wie kemmt's denn da drauf?«

»Wir müssen in alle Richtungen ermitteln«, erklärte Thomas standardmäßig.

Jetzt meldete sich auch Mandy zu Wort. »Dann haben Sie bestimmt nichts dagegen, wenn wir von Ihnen beiden Fingerabdrücke nehmen, oder?«

»Fingerabdrücke, wie im Fernsehen?« Elisabeth reagierte sehr entgeistert.

»Genau«, bestätigte Mandy.

»Aber meine Händ wasch ich mir deswegen ned extra«, kündigte der Hausherr am Tisch entschlossen an.

»Mandy, könntest das Stempelkissen und die Formblätter aus dem Auto holen?« Thomas merkte nicht, dass er schon wieder ins Fettnäpfchen getreten war.

Sie schnaufte tief durch und fügte sich schweren Herzens. »Ist recht, Chef.«

Während Mandy zum Auto ging, fragte die Bäuerin: »Sie sind der Chef, gell?«

Thomas ging auf Nummer sicher und vergewisserte sich, dass seine Kollegin außer Hörweite war. »Schon«, sagte er kurz und bündig.

Wenig später nahmen die Beamten die Fingerabdrücke von beiden Staudingers. Bei Jakob waren sie sich nicht sicher, ob der Abdruck seiner Papillarleisten für die Spurensicherung überhaupt erkennbar war, so stark waren seine Hände mit festgesetztem Schmutz überlagert.

Thomas erwartete aufgrund der Reaktion des Ehepaars keine Übereinstimmung mit den unbekannten Spuren auf der Geldtüte. Im Gegensatz dazu ging ihm die Reaktion des Notars auf die Frage nach den Fingerabdrücken nicht aus dem Kopf. Hatte er mit dem Geld etwas zu tun oder war er nur arrogant? Er musste der Sache auf den Grund gehen.

Nun kam Thomas auf die Sache zu sprechen, wegen der er heute unbedingt zu den Staudingers gewollt hatte. »Habt ihr in Johanniskirchen noch einen Arzt?«

»An Doktor? Freili haben wir noch an Doktor. Den Doktor Schmerbeck, der hat sei Praxis an der Hauptstraß«, antwortete die Frau des Hauses, die sich über die ungewöhnliche Frage des Polizisten wunderte.

»Und, gehen Sie zum Doktor Schmerbeck, wenn Ihnen was fehlt?«, hakte Thomas nach.

»Ja freili gehen wir zu dem. Zu wem sonst?«

Jetzt mischte sich der Hausherr in die Diskussion ein. »Was hat denn des mit dem Tod vom Sepp zu tun?«

Nun war Thomas in Erklärungsnot, da er den Staudingers nicht erzählen wollte, dass er den Arzt über die Demenzerkrankung des Vaters und die damit verbundene Testierfähigkeit befragen wollte.

Mandy begriff die Situation, obwohl sich Thomas über diesen Gedanken nicht mit ihr abgesprochen hatte, und sprang mit einer Notlüge für ihren Kollegen ein. »Das hat mit dem Fall nichts zu tun. Es geht um eine private Angelegenheit. Meine Schwester hat Arzthelferin gelernt und sucht einen neuen Arbeitsplatz in der Gegend um Pfarrkirchen.«

»Genau«, bestätigte Thomas, der für die Unterstützung sehr dankbar war.

»Ah so.« Frau Staudinger wirkte erleichtert.

Herr Staudinger wandte ein: »Da muss sie aber besser bayerisch schmatzen als Sie, sonst versteht s' die Patienten ned.«

Sowohl Thomas als auch Mandy schmunzelten. Sie verabschiedeten sich und verließen das Haus.

»Danke für die Unterstützung, Mandy«, sagte Thomas, als die beiden im Auto saßen.

»Immer gerne.« Mandy lächelte ihn an.

»Das nächste Mal hol ich wieder das Stempelkissen und die Formblätter aus dem Auto«, versprach er.

»Das nächste Mal könntest du mich auch in deine Strategie einweihen, dann fällt mir die Unterstützung noch leichter«, konterte die Thüringerin.

»Das brauch ich doch gar ned, du kannst anscheinend meine Gedankengänge lesen«, flachste Thomas.

»Aber verlassen würde ich mich nicht darauf.«

»Ich will mit dem Arzt vom Staudinger senior sprechen, weil mir das Verhalten des Notars nicht mehr aus dem Kopf geht. Du hättest ihn sehen sollen, als ich das Thema Fingerabdrücke ang'sprochen hab. Mit seinem Rechtsanwalt hat er mir 'droht«, erklärte Thomas.

»Und du meinst, der Notar hat mit dem Mord was zu tun?«

»Könnt gut sein. Der hat eine unheimliche Wut auf seinen ehemaligen Trainer g'habt, und der Sepp soll Beweise g'habt haben für die Unrechtmäßigkeit der Testamentsänderung, laut der Aussage des Rechtsanwalts Scheuenpflug.«

»Dann sollten wir uns auf alle Fälle mit der Pferdepflegerin unterhalten, denn die hat den Streit zwischen Erlacher und ihrem Ex-Chef bestimmt mitbekommen«, schlug Mandy vor.

»Das machen wir morgen gleich nach der Frühbesprechung. Und wegen dem Dietl fragen wir sie auch. Aber zuerst fahren wir zum Arzt.«

Die Praxis des Johanniskirchner Arztes Johannes Schmerbeck an der Hauptstraße war schnell gefunden. Doch an der Eingangstür zur Praxis hing ein Zettel, der den Urlaub des Arztes für diese Woche anzeigte.

FÜNFZEHN

Freitag

Der zweite Tag nach dem Gewaltverbrechen an der Trabrennbahn begann wie der Tag zuvor. Die beiden Ermittler bereiteten die dienstliche Besprechung mit Josef Kiermeier vor, die für 9.30 Uhr anberaumt worden war. Verglichen mit dem Vortag war die Sachlage jedoch bedeutend komplexer und keineswegs transparenter geworden. Die Vernehmungen von Klaus Erlacher, dem Hühnerfarmer Dietl und Jakob Staudinger samt Ehefrau hatten verschiedenste Verdachtsmomente hervorgebracht, ohne dass die Indizien und

Motive in eine eindeutige Richtung wiesen. Dafür war der Erkenntnisstand zu dürftig. Es war diese Phase der Ermittlungstätigkeit, die Thomas am allerwenigsten behagte. Er sah sich einem dichten Nebel ausgesetzt, in dem diffuse Konturen auszumachen waren, die aber bei Weitem nicht ausreichten, um sich daran orientieren zu können. Wagte man sich zwei, drei Schritte voran, wurde der Nebel nicht weniger, sondern die Position unsicherer. Thomas' beste Momente kamen, wenn sich ein Verdacht erhärtete, wenn die Konturen sich zu einem stringenten Bild ordneten und die Indizien zu einer Kette zusammenfügt werden konnten. Aber davon waren sie noch weit entfernt.

Die beiden Kriminalpolizisten waren an diesem Morgen so vertieft in die Aufarbeitung der Fakten, dass sie die Zeit vergaßen und Kiermeier sie abholte. Er stand in der offenen Bürotür, aber anstatt etwas zu sagen, wies er mit dem Finger auf die Uhr an seinem Arm. Nacheinander folgten ihm Mandy und Thomas an den ovalen Tisch im Chefzimmer.

»Hilde hat mich über den Anruf eines Rechtsanwaltes informiert«, begann Kiermeier ohne Umschweife.

»Ja, Staudinger wollte das Testament seines Vaters anfechten. Er glaubte, Beweise für eine Manipulation zu haben«, erläuterte Thomas.

»Dann haben Sie sicher bereits mit dem Hausarzt des Vaters gesprochen?« Man merkte dem Polizeioberrat deutlich an, unter welchem Druck er seit der Bluttat im Traberstüberl stand.

»Nein, Chef, wir konnten nicht …«

Kiermeier unterbrach ihn. »Ich will jetzt nicht hören, dass die Zeit zu knapp ist oder Ihnen die Unterstützung fehlt. Für die Klärung dieses Falles sind die üblichen Dienstzeiten aufgehoben, das muss ich hoffentlich nicht zweimal sagen, und wenn Sie zusätzlich Leute brauchen, dann …«

Diesmal war es Thomas, der Kiermeier ins Wort fiel: »Chef, wir waren an der Sache dran, wir standen vor der Praxis, aber der Arzt ist erst am Montag wieder erreichbar.«

Kiermeier lehnte sich im Stuhl weit zurück und atmete tief durch. »Kinder, ihr ahnt nicht, wer alles von mir wissen will, wann und wie wir den Täter zur Strecke bringen. Die machen eine verdammte Staatsaffäre daraus. Für jeden Tag, der ohne konkretes Ergebnis vergeht, lassen die mich bluten … Bluten, habt ihr verstanden?«

So hatte Thomas seinen Vorgesetzten noch nie erlebt und er spürte tatsächlich so etwas wie Zorn über die unbefriedigende Situation in sich hochsteigen.

»Erschwerend kommen Anrufe wie von diesem Notar Erlacher hinzu, der sich furchtbar über Ihren Auftritt beschwert hat.« Kiermeier legte seinen Kopf schräg und blickte seinem Untergebenen in die Augen.

»Nein, da lass ich mir nichts anhängen«, erwiderte Thomas. »Ich habe diesen Unsympathen korrekt und sachlich behandelt. Wenn ihm meine Fragen unangenehm waren, dann wohl deswegen, weil er etwas zu verbergen hat. Dass der bei Ihnen anruft, zeigt doch, wie hinterhältig und rachsüchtig der Kerl ist. Der Staudinger hat ihm, seiner Meinung nach, sein bestes Pferd im Stall, den Kosmo Grande, verdorben. Und dann wendet sich der Bruder mit der Erbschaftsgeschichte an ihn. Das ist doch für den Erlacher eine prima Gelegenheit, sich bei seinem Pferdetrainer zu revanchieren. Für mich hat sich hier genügend Konfliktpotenzial aufgebaut, um in einem tödlichen Streit zu enden.«

»Okay«, warf Kiermeier ein, »gehen Sie der Sache weiter nach, aber mit der gebotenen Vorsicht. Dieser Erlacher hat Verbindungen bis in die höchsten Kreise, das musste ich mir am Telefon anhören. Das könnte unsere Arbeit erheblich erschweren. Machen wir weiter. Wie hat die Ehefrau die 20.000 Euro in der Weste erklärt?«

Mit dieser Frage war nun Mandy an der Reihe, zu berichten. »Sie konnte gar nichts dazu sagen, das wirkte sehr glaubwürdig. In der letzten Zeit sei ihr Mann stets knapp bei Kasse gewesen. Sie scheint ebenfalls nicht besser gestellt, denke ich. In dieser Boutique ist außer der Besitzerin nie jemand anzutreffen. Ich bin vielleicht nicht die beste Adresse für eine Einschätzung, aber die Klamotten, die in diesem Laden aushängen, sind für Pfarrkirchen eine Nummer zu exklusiv. Ich vermute, da hat ein Paar zusammengefunden, das geschäftliche Misserfolge anhäuft und dringend Geld benötigt. Wohlgemerkt: beide! Insofern sind die 20.000 Euro sicher kein Zufall. Aber wer ist der unbekannte Spender? Monika Staudinger hat kein Alibi für die Tatzeit. Doch welches Motiv hätte sie für die Tötung ihres Mannes? Nur auf sich allein gestellt und abhängig vom Umsatz ihrer Boutique dürfte sie kaum ein Auskommen haben. Dennoch, ein vernünftiges Alibi hat im Grunde niemand zu bieten, der mit dem Getöteten zuletzt in einem engeren Kontakt gestanden hat.«

»Richtig«, fügte Thomas hinzu, »der Hühnerfarmer Manfred Dietl hat ebenfalls kein Alibi und scheint mir ein sehr erregbarer Charakter zu sein. Und die Wut auf den Sepp Staudinger war bei ihm am Mittwochmorgen sicher noch am Kochen.«

»Wie sieht es mit dem Alibi des Notars aus?«, warf Kiermeier ein, der diesen Aspekt für alle Verdächtigen abgeklärt haben wollte.

»Das, ähh …« Thomas fiel es bleischwer ins Gedächtnis, dass er hier ein Versäumnis zu verantworten hatte. »Tut mir leid, das hab ich den Erlacher nicht g'fragt.«

»Das ist allerhand! Wofür bereitet man Vernehmungen vor? Huber, wir dürfen uns in dieser Geschichte keine solchen eklatanten Fehler erlauben!« Kiermeier schüttelte den Kopf und machte keine Anstalten, seine Enttäuschung vor den Ermittlern zu verbergen.

»Chef«, mischte sich Mandy ein. »Hätte Thomas dem Erlacher auch noch die Frage nach dem Alibi gestellt, hätte dieser es mit Sicherheit nicht bei einem Anruf belassen. Dann wäre er in Begleitung seines Anwalts im Präsidium aufgetaucht, und wer weiß, wen er noch in Bewegung gesetzt hätte. Sie selbst haben vorhin angeraten, gegen Erlacher mit Bedacht vorzugehen. Das hat mein Kollege in diesem Fall gemacht.«

Thomas war derart überrascht von dem unerwarteten Beistand, dass er nur ein etwas blödsinniges »Genau, Chef!« hervorbrachte.

Der Polizeioberrat war nicht überzeugt, gab aber klein bei und drehte weiter am Karussell der Verdächtigen. »Wie sieht es beim Bruder und seiner Frau aus, haben Sie dort nach dem Alibi gefragt?«

Mandy übernahm die Antwort. »Natürlich, die decken sich gegenseitig, aber die unvermeidliche Stallarbeit am Morgen kann man bei Milchbauern auch kaum in Zweifel ziehen. Die Fingerabdrücke der beiden habe ich heute früh sofort an die KTU geschickt.«

»Was die Stallarbeit betrifft, die kann zur Not auch einer allein erledigen.« Kiermeier ließ nicht mehr locker. »Und die Abdrücke«, er sah kurz auf seine Armbanduhr, »da könnte bereits ein Ergebnis vorliegen. Frau Hanke, auf meinem Schreibtisch steht das

Telefon. Rufen Sie mal an. Die Nummer der KTU kennen Sie ja«, fügte er etwas angesäuert hinzu.

Mandy erhob sich von ihrem Stuhl, ging die paar Schritte zum Arbeitsplatz ihres Chefs und griff sich den Apparat. Während sie telefonierte, legte Kiermeier den Kopf wieder schräg und fixierte Thomas mit einem prüfenden Blick, sagte jedoch nichts.

Es gebe keine Übereinstimmung mit den Spuren auf der Geldtüte, wurde Mandy mitgeteilt, obwohl die Überprüfung der Abdrücke Jakob Staudingers aufgrund starker Verunreinigung schwierig gewesen sei. Diese letzte Bemerkung des Mitarbeiters der kriminaltechnischen Untersuchung ließ Mandy vor ihrem Chef lieber unerwähnt.

Nachdem sich die Polizistin wieder an den Besprechungstisch gesetzt hatte, erteilte Kiermeier seine Aufträge, wie immer in freundliche Empfehlungen gekleidet. »Ich denke, es ist ratsam, so schnell wie möglich herauszufinden, woher die 20.000 Euro stammen. Das ist im Moment das stärkste Indiz oder Motiv oder wie wir es auch nennen wollen. Und wir sollten nicht vergessen«, der Blick war fest auf Thomas gerichtet, »am Montag den Hausarzt des alten Staudinger zu befragen. Außerdem steht am Montag ein weiteres wichtiges Ereignis bevor.« Der Kopf Kiermeiers bewegte sich wie bei einem Tennismatch zwischen seinen beiden Ermittlern hin und her, um zu ergründen, ob einer von ihnen dieses wichtige Ereignis erahnte.

Weil keiner der beiden etwas sagte, erklärte er: »Die Beerdigung, meine Herrschaften! Am Montagvormittag wird um 10 Uhr Josef Staudinger im Gartlberger Friedhof beerdigt. Anscheinend will die Witwe nicht, dass Staudinger nach dem Erbschaftstreit im Familiengrab in Johanniskirchen begraben wird. Da müssen wir vor Ort sein. Bei wenigen Gelegenheiten lässt sich so viel über die sozialen Beziehungen eines Menschen erfahren, wie bei seiner Beerdigung.«

Thomas überlegte, ob dies eine anerkannte wissenschaftliche Erkenntnis war oder eine Privat-Theorie seines Chefs.

»Geht in Ordnung«, stimmte Mandy zu, »wir haben das auf unserem Terminplan.«

»Ich würd mich gerne heut noch mit Kerstin Schmid unterhalten, denn sie könnt am ehesten die Streitigkeiten zwischen ihrem Dienstherrn und dem Erlacher beziehungsweise dem Dietl mitbekommen haben. Vielleicht gab's ja schon früher Handgreiflichkeiten«, schlug Thomas vor.

»Gute Idee! Das machen wir«, fügte Mandy hinzu, um den verbal formulierten Alleingang ihres Kollegen im Keim zu ersticken. Weil niemand zu einer weiteren Bemerkung ausholte, wollte sie aufstehen.

Doch Kiermeier hob kurz die Hand und hielt die beiden Polizisten mit dieser Geste am Tisch zurück. »Unser Wissensstand ist noch sehr mau, gelinde gesagt. Umso wichtiger ist es also, koordiniert und überlegt vorzugehen, daher ziehen wir die Konsequenz und treffen uns morgen erneut, sagen wir um 9 Uhr, hier in gleicher Runde. Nur so kommen wir zielstrebig voran.«

Damit war die Unterredung endlich beendet und alle drei erhoben sich von ihren Stühlen. Die letzte Einlassung seines Chefs hatte Thomas gezeigt, dass dieser mit den bisherigen Ermittlungen nicht zufrieden war und stärkere Kontrolle ausüben wollte, woran Thomas nicht ganz unschuldig war. Andererseits hatte Mandy versucht, die gemeinsame Arbeit in bestem Lichte erscheinen zu lassen, das musste er zugeben.

Nachdem sie an ihre Schreibtische zurückgekehrt waren, fühlte er sich bemüßigt, ein »Danke!« zu ihr hinüberzurufen.

Mandy blickte auf und quittierte die Geste mit einem kurzen Nicken.

SECHZEHN

Als Thomas und Mandy aus ihrem Dienstwagen am Stallgelände ausstiegen, sahen sie bereits Kerstin Schmid, die mit einem Schubkarren voller Mist vom Stall zum gegenüberliegenden Misthaufen fuhr.

»Hallo, Frau Schmid. Haben Sie kurz Zeit für uns? Wir hätten noch ein paar Fragen an Sie.«

»Ja, habe ich. Wir können ins Stüberl gehen«, schlug die Pferdepflegerin vor.

Im Traberstüberl war alles wieder so, als wäre hier nichts geschehen. Nichts erinnerte an die schreckliche Tat vom Mittwoch. Sogar das Blut war fein säuberlich vom Linoleumboden entfernt.

Thomas eröffnete die Befragung und kam gleich auf seinen »Lieblings-Notar« zu sprechen. »Wir haben erfahren, dass der Notar Erlacher bis vor einem Jahr seine Pferde von Sepp Staudinger trainieren ließ. Dann soll es einen Streit zwischen den beiden 'geben haben. Können Sie uns darüber mehr erzählen?«

Kerstin Schmid wusste ausführlich Bescheid und berichtete über die leidige Geschichte mit dem Pferd Kosmo Grande, was zunächst nichts Neues für Thomas war.

»Waren Sie bei dem Streit persönlich anwesend?«,

hakte er nach. Er wollte die Auseinandersetzung von einer neutralen Person geschildet haben.

»Ja, ich war dabei. Ich habe gerade im Stall ausgemistet, als der Sepp dem Erlacher den Sehnenbogen vom Kosmo 'zeigt hat«, antwortete die Pferdepflegerin.

»Wie hat er reagiert, als er die Verletzung g'sehen hat?«

»Ausgeflippt ist er, der arrogante Schnösel. Rum'brüllt hat er wie ein Marktschreier«, berichtete Kerstin.

Jetzt meldete sich auch Mandy zu Wort. »Können Sie sich an den genauen Wortlaut erinnern?«

»Nicht mehr an alles. Aber ein paar Sätze, die er g'sagt hat, habe ich mir gemerkt. Der Sepp sei ein Dilettant, der von Pferden keine Ahnung habe, und am Schluss hat er g'sagt, dass der Sepp das bereuen werde. Wie er rausgangen ist, hat er noch g'schrien: ›Ich mach dich fertig‹.«

Thomas schaute Mandy kurz an und signalisierte ihr stolz, dass sich sein Verdacht damit erhärtet hatte.

»Und am nächsten Tag stand ein Pferdetransporter vor dem Stall, der alle seine Pferde zum Schwarz transportiert hat«, ergänzte die Pferdepflegerin.

»War der Erlacher seitdem noch mal auf dem Stallgelände beim Staudinger?«, fragte Thomas nach.

»Das kann ich mir nicht vorstellen. Der Erlacher hat den Sepp seitdem nicht mehr ang'schaut«, entgegnete Kerstin.

»Der Dietl Manfred muss sich an den beiden Renntagen auch ziemlich aufg'führt haben.« Thomas war gespannt, was Kerstin Schmid darüber wusste.

»Ja, aber der Manfred ist immer so emotional, wenn irgendwas ned nach seinem Kopf geht. Er hat schon mal 'droht, dass er seine Pferde wegbringt. Nach ein paar Tagen hat er sich dann wieder beruhigt.«

»Sagen S' mal, Frau Schmid. Sie und der Sepp haben doch mehr g'habt als ein Arbeitsverhältnis«, behauptete Thomas, der mit dieser Frage nicht nur die Angesprochene, sondern auch seine Kollegin Mandy Hanke überraschte.

Letztere schaute Thomas böse an. Wieder eine Info, die mit ihr nicht abgesprochen war.

Huber wusste genau, was es geschlagen hatte, als er Mandys Blicke sah. Parallel zum Gespräch musste er sich jetzt eine Notlüge einfallen lassen. Dafür blieb ihm etwas Zeit, denn Kerstin Schmid sagte zunächst gar nichts. Sie starrte zu Boden, ungefähr dahin, wo Sepp Staudinger vorgestern tot aufgefunden worden war.

Nachdem die junge Frau auch nach ein paar Minuten keine Anstalten machte, sich zu äußern, legte Thomas, der die Worte des Notars noch sehr gut in Erinnerung hatte, nach: »Frau Schmid, sagen S' uns doch bitte gleich die Wahrheit, weil früher oder später bringen wir's eh raus.«

Den Blick weiterhin nach unten gerichtet, begann

die Pferdepflegerin leise zu reden. »Ja, es stimmt, wir waren ein Paar.«

Im Anschluss entwickelte sich ein Dialog zwischen Kerstin und Thomas, während sich Mandy über die Verhaltensweise ihres Kollegen wieder maßlos ärgerte und schmollte.

»Wie lang ging das schon zwischen Ihnen?«

»Seit ungefähr eineinhalb Jahren.«

»Wer wusste davon?«

»Bis vor wenigen Minuten, hoffte ich, niemand.«

»Warum haben Sie Ihre Beziehung geheim g'halten?«

»Warum wohl, weil der Sepp verheiratet war.«

»Wollte er sich scheiden lassen?«

»Das hat er mir versprochen. Seine Ehe bestand sowieso nur noch auf dem Papier. Seine Frau und er waren grundverschieden. Wir wollten heiraten«, schluchzte sie und begann zu weinen.

Thomas unterbrach die Vernehmung und versuchte sie zu trösten, indem er seine Hand auf ihre Schultern legte. Er blickte zu Mandy und hoffte auf ihr weibliches Einfühlungsvermögen.

Mandy verstand sofort und rutschte mit ihrem Stuhl näher an Kerstin, woraufhin Thomas seine Tröstungsversuche einstellte. Sie legte ihren Arm um Kerstin, und diese ließ ihren Tränen freien Lauf.

Mandy wartete eine Weile, bis sie etwas sagte. »Sie wollen doch bestimmt auch, dass wir den Mörder Ihres Geliebten finden, oder?«

»Natürlich will ich das«, flüsterte Kerstin.

»Wir können Ihren Sepp zwar nicht mehr lebendig machen, aber wir können seinen Mörder finden, und dazu brauchen wir Ihre Mithilfe«, bat Mandy sehr einfühlsam.

»Ich unterstütze Sie, wo ich kann«, versprach die Pferdepflegerin, die sich langsam beruhigte und aufhörte zu weinen.

»Können wir Ihnen noch ein paar Fragen stellen, oder sollen wir später noch mal kommen?«, fragte Mandy in der Hoffnung, dass sie die Befragung jetzt fortsetzen konnten.

Kerstin trocknete sich die Tränen mit einem Taschentuch. »Es geht schon wieder.«

Die Aussage gab Thomas grünes Licht und er stellte seine nächste Frage. »Wusste seine Frau von der beabsichtigten Scheidung?«

»Nein, bisher nicht. Er könne sich momentan finanziell keine Scheidung leisten, hat er mir g'sagt.«

»Wie ging es ihm finanziell?«

»In letzter Zeit ned gut. Die Erfolge blieben aus und der wichtige Pferdebesitzer Erlacher hat ihn verlassen. Deswegen konnte er mir mein Gehalt nicht immer pünktlich zahlen.«

»Wie erklären Sie sich, dass wir in seiner Jackentasche, die hier im Schrank hing, 20.000 Euro g'funden haben?«

»Was? Das gibt's ned. Keine Ahnung, ich weiß nicht,

wo das Geld herkommt. Er hat zwar immer g'sagt, dass Licht am Horizont sei und dass sich seine finanzielle Situation bald verbessern werde, aber ich weiß nicht, was er damit g'meint hat. Dass er so viel Bargeld g'habt hat, begreif ich ned.«

Thomas' Handy klingelte. Er fingerte es aus seiner Hosentasche, sah auf das Display und sagte zu den beiden Frauen, dass er kurz telefonieren müsse. Draußen auf dem Stallgelände vergewisserte er sich, dass ihm niemand zuhörte. Der Anrufer war sein Freund Helmut Drexler, von dem er sich wichtige Infos erhoffte.

»Servus, Helmut. Hast was rausg'funden?«

»Ja, das könnt ziemlich interessant für dich sein«, deutete der Banker an.

»Mach's ned so spannend! Ich bin grad in einer Vernehmung«, drängte ihn der Polizist.

»Also, in den letzten vier Wochen haben drei Personen jeweils 20.000 Euro bei einer unserer Bankfilialen abg'hoben: ein gewisser Ludwig Königsbauer in Pfarrkirchen, eine Christa Brennsteiner in Triftern und zuletzt ein Georg Schwarz in Eggenfelden«, triumphierte Helmut.

»Das ist ja unser erfolgreicher Trabertrainer!« Thomas konnte seine Überraschung nicht verbergen.

»Genau der«, bestätigte Helmut.

»Volltreffer! Das kann kein Zufall sein«, jubelte Thomas.

»Sag bloß niemandem, woher du die Info hast«, drohte ihm Helmut.

»Ja klar, du kannst dich auf mich verlassen. Ich hab einen Plan. Du, ich muss jetzt Schluss machen. Du hast einiges gut bei mir.« Thomas verabschiedete sich und ging wieder zu den beiden Frauen ins Traberstüberl.

»Entschuldigung … meine Frau«, log er und kam damit der zu erwartenden Frage von Mandy nach dem Anrufer zuvor. »Hab ich was verpasst in der Zwischenzeit?«

»Frau Schmid hat mir gerade erzählt, dass am Montag alle Pferde abgeholt werden«, berichtete Mandy.

»Wo werden die Pferde hin'bracht?«, wollte Thomas wissen.

»Die meisten kommen zum Schwarz, und ein paar werden nach München zu Gerd Biendl 'bracht«, informierte Kerstin.

Thomas Huber war über das Stichwort »Schwarz« für die spätere Diskussion mit seiner Kollegin sehr dankbar. Denn diese folgte über kurz oder lang, sobald er den Verdacht äußerte, dass das Geld von Schwarz stammte. Doch vorerst blieb er beim jetzigen Thema und fragte Kerstin Schmid: »Wie geht's dann mit Ihnen weiter?« Thomas Huber hatte Mitleid mit der jungen Frau, die am selben Tag ihren Geliebten und ihren Arbeitsplatz verloren hatte.

»Ich muss mich um eine neue Stelle kümmern, vielleicht bewerb ich mich beim Schwarz Georg«, sagte die Pferdepflegerin.

»Der hat jetzt bestimmt eine Menge Arbeit«, versuchte Thomas ihr Hoffnung zu machen. Ob der Arbeitsplatz beim Schwarz für Kerstin Schmid allerdings langfristig sicher war, bezweifelte er angesichts der Informationen, die er vor wenigen Minuten von seinem Freund Helmut Drexler bekommen hatte. Wie er das Mandy beibringen sollte, wusste er noch nicht.

Dieser Herausforderung stellte er sich, als sie im Auto Platz nahmen. Thomas ging direkt in die Offensive, er wollte dadurch einen erneuten Vortrag wegen seiner vermeintlichen Teamunfähigkeit vermeiden. »Ich hab nichts über das Verhältnis der beiden g'wusst«, behauptete er mit voller Inbrunst.

»Was hast du nicht?«, ging ihn Mandy an.

»Ich hab geblufft. G'wusst hab ich's ned, das war nur so ein Gefühl.«

»Wer's glaubt, wird selig«, konterte Mandy, die meinte, ihren Kollegen nach wenigen Tagen der Zusammenarbeit bereits zu durchschauen.

»Auf alle Fälle war mein Bluff erfolgreich, oder?«

»Trotzdem sollst du mich vorher über deine Vermutungen und Gefühle informieren«, schimpfte Mandy.

»Der Gedanke ist mir spontan 'kommen, weil die Kerstin so traurig aussah.«

»Dann bist du ja ein richtiger Hellseher«, gab Mandy sarkastisch zurück.

»Manchmal hab ich eben gute Einfälle«, lobte sich Thomas erneut selber. »Was machen wir jetzt?«, fragte er, um erstens die Diskussion unter Kollegen zu beenden und zweitens ihr ein Mitspracherecht zu geben.

»Du wirst es mir gleich sagen«, antwortete die immer noch gekränkte Mandy.

»Wer profitiert eigentlich noch vom Tod Staudingers?« Thomas wollte, dass Mandy von selbst auf Schwarz kam.

»Auch das wirst du mir gleich sagen.«

»Der Schwarz Georg. Du hast doch die Kerstin g'hört. Die meisten Besitzer bringen ihre Pferde zum Schwarz. Dem sollten wir einen Besuch abstatten.«

SIEBZEHN

Georg Schwarz hatte eine professionelle Website ins Netz gestellt, die möglichst viele Pferdebesitzer ansprechen sollte, ihre Vierbeiner bei ihm trainieren zu lassen. Auf dieser Homepage war auch die Adresse der Anlage aufgeführt, die Mandy mit ihrem Smartphone googelte, als Thomas das Auto vom Rennbahngelände lenkte. Er bat Mandy, den Weiler Gengham ins Navigationssystem einzugeben. Schließlich kenne er nicht jeden Bauernhof im Rottal, wie er es formulierte.

»Jetzt enttäuschst du mich aber. Ich dachte, mit dir brauchen wir in Niederbayern kein Navi«, antwortete Mandy süffisant.

»Wahrscheinlich würden wir auch ohne hinfinden, aber ganz sicher bin ich mir diesmal nicht«, gab der Einheimische zu. Thomas fuhr auf der B388 in Richtung Eggenfelden. Wenige Kilometer vor der mit über 13.500 Einwohnern größten Stadt des Landkreises Rottal-Inn bog er links ab in Richtung Hebertsfelden. Von dort aus leitete das Navi sie auf kleinen Nebenstraßen zum Weiler Gengham. Schon von Weitem sahen die beiden die vielen Pferdekoppeln, die um den Hof angelegt waren.

Die ganze Fahrt über hatte Thomas überlegt, welche Strategie er bei der Befragung anwenden sollte. Er war hin- und hergerissen. Auf der einen Seite durfte er auf keinen Fall seinen Freund als Informationsquelle entlarven, auf der anderen Seite konnte er Mandy nicht erneut vor den Kopf stoßen.

Kurz vor dem Hof hatte Thomas einen Geistesblitz. »Mandy, die Bluff-Technik wend ich beim Schwarz auch an.«

»Wie? Was machst du?«, fragte die verdutzte Mandy.

»Lass dich überraschen«, antwortete Thomas, kurz bevor er in den Hof einfuhr.

Der stattliche Vierseithof lag auf einer Anhöhe, von der man einen herrlichen Blick auf das Rottal hatte. Am Stall waren unter dem Vordach zusätzliche Boxen in Holzbauweise aufgestellt, aus denen jeweils ein neugieriger Pferdekopf herauslugte. Vor dem Eingang zum eigentlichen Stall, in dem früher bestimmt Kühe ihr Dasein gefristet hatten, standen etliche Sulkys und andere Einspänner. Das Wohnhaus aus den 1970er-Jahren hatte schon bessere Zeiten gesehen. Der Putz an den Außenwänden war stellenweise abgeblättert. Auf der Rückseite des Hauptstalles stand ein Trainingskarussell, ähnlich wie auf dem Pfarrkirchner Stallgelände. Weiter hinten war neben den vielen Koppeln eine ovale Sandbahn in einer Wiese angelegt, auf der die tierischen Sportler trainiert wurden.

Als die beiden Polizisten aus dem Auto stiegen, kam ihnen ein gutaussehender Mann Anfang 30 in einem blauen Arbeits-Overall entgegen, der sie freundlich begrüßte. Thomas Huber erkannte den Entgegenkommenden sofort als Georg Schwarz, schließlich hatte er ihm noch vor wenigen Tagen im Pfarrkirchner Winnercircle applaudiert. Vermutlich hoffte Schwarz, Interessenten zu begrüßen, die ihre Pferde bei ihm trainieren lassen wollten. Doch die Miene des Trabertrainers wurde gleich ernster, als sich die beiden mit Huber und Hanke von der Kripo Pfarrkirchen vorstellten.

»Wir ermitteln im Mordfall Staudinger, und in diesem Zusammenhang hätten wir einige Fragen an Sie«, eröffnete Thomas das Gespräch.

»Ja, furchtbar. Ich kann es immer noch nicht fassen und frag mich jeden Tag, wer so etwas g'macht hat.«

»Das fragen wir uns auch. Können wir ins Haus gehen?« Mandy wollte nicht mitten im Hof mit dem Trabertrainer sprechen.

Wenig später saßen sie am großen Tisch in der Küche des Hauses. Die Unordnung hier war für Thomas ein Indiz, dass in diesem Haus eine weibliche Hand fehlte.

»Wie gut kannten Sie den Ermordeten?«, fragte Thomas als Erstes.

»Ganz gut, ich hab den Sepp seit der Zeit 'kennt, als ich meine Lehre bei Heli Biendl in Straubing gemacht hab. Wir mochten uns von Anfang an und waren später immer gute Kollegen«, berichtete der Pferdewirt.

»Sie waren aber auch Konkurrenten.« Mandy bezweifelte, dass zwischen den beiden Trainern stets pure Harmonie geherrscht hatte.

»Natürlich ist man im Trabrennsport auch Konkurrent, vor allem auf der Rennbahn, doch außerhalb der Bahn haben wir uns gut verstanden«, erklärte der diesjährige Sieger des Bayerischen Zuchtrennens.

»Obwohl ein Besitzer mit seinen Pferden vom Staudinger zu Ihnen g'wechselt hat? Das wird dem Staudinger sicher nicht g'fallen haben«, vermutete Thomas.

»Das stimmt. Das hat ihm nicht g'fallen, aber ich konnte dem Erlacher ja nicht sagen, dass er zu mir nicht kommen darf«, erklärte Schwarz.

»Auf was führen Sie Ihre Erfolge in diesem Sport zurück?«, wollte Thomas als Nächstes wissen.

»Da spielen viele Faktoren mit. Wir behandeln unsere Pferde als sensible Spitzensportler, trainieren sie nach den modernsten Methoden und füttern sie individuell mit hochqualitativem Pferdefutter. Darüber hinaus habe ich ein sehr motiviertes Mitarbeiterteam, das ich am Erfolg der Pferde teilhaben lasse«, erklärte der Pferdefachmann.

Als Schwarz die Trainingsmethoden erwähnte, konnte sich Mandy als Hobby-Triathletin eine Nachfrage nicht verkneifen. »Was sind das für moderne Methoden, die Sie bei den Pferden anwenden?«

»Zum Beispiel trainieren wir unsere Pferde, ähnlich wie bei menschlichen Ausdauersportlern, mit Herzfrequenzmessgeräten. Diese Geräte zeigen den Grad der Belastung während des Trainings an und überwachen die Ruhe- und Erholungsherzfrequenz. Das gibt uns Aufschluss darüber, was das Pferd an einem bestimmten Tag unter bestimmten Voraussetzungen leisten kann«, führte Schwarz aus. Es klang wie auswendig gelernt. Bestimmt hatte er diese Sätze schon öfters präsentiert.

»Ich hab mir sagen lassen, dass die Rennpreise in den letzten Jahren erheblich zurück'gangen sind. Hat der Trabrennsport überhaupt noch eine Zukunft?«, fragte Thomas, der sich an die Worte von Helmut Drexler am Pfingstsonntag erinnerte.

»Bis vor einigen Jahren sind die Rennpreise tatsächlich zurück'gangen. Aber jetzt ist ein französischer Wettanbieter eing'stiegen, und seitdem kann man wieder ordentliches Geld auf der Rennbahn verdienen. Man sollt allerdings auch mal ein Rennen g'winnen«, erklärte Schwarz.

Thomas hielt die Zeit für gekommen, um die bei Mandy angekündigte Bluff-Frage zu stellen. »Herr Schwarz, wir haben bei Sepp Staudinger in einem Schrank im Traberstüberl eine Plastiktüte mit 20.000 Euro g'funden. Auf dieser Tüte waren zweierlei Fingerandrücke drauf. Die einen stammen von dem Ermordeten, die anderen von einem bisher Unbekannten. Sie können gleich zugeben, dass das Geld von Ihnen ist. Wenn Sie es nicht tun, müssen wir Ihre Fingerabdrücke nehmen.«

Die beiden Kommissare beobachteten ihr Gegenüber ganz genau und sahen, wie sich dessen Gesichtsfarbe veränderte.

Nach wenigen Sekunden gestand er: »Ja, die 20.000 Euro sind von mir.«

Mandy war völlig perplex und schaute ihren Kollegen mit großen Augen an. Thomas signalisierte mit triumphierender Miene, dass seine »Bluff-Technik« schon wieder erfolgreich gewesen war.

»Weswegen haben Sie ihm so viel Geld in bar 'geben?«, fragte Thomas.

»Weil ich es ihm geschuldet hab. Vor ungefähr zehn Jahren hat mir der Sepp das Geld g'liehen, und jetzt hab ich es ihm zurück'geben. Das ist doch nicht strafbar, oder?« Der Trabertrainer tat unschuldig.

»Nein, grundsätzlich ist das nicht strafbar, es sei denn, es handelt sich um Geld, das am Fiskus vorbei erwirtschaftet wurde«, erklärte Mandy korrekt.

»Nein, nein, um Gott's Will'n, das Geld ist versteuert, das hab ich erst vor Kurzem von meinem Konto abg'hoben«, erläuterte der Pferdeexperte, der schon die Steuerfahnder in seinem Haus sah.

Letzteres brauchen wir nicht zu überprüfen, dachte Thomas. Allerdings wollte er über das Leihgeschäft noch mehr wissen. »Wofür hat Ihnen Staudinger das Geld geliehen?«

»Ich hab damals dringend Geld 'braucht für den Umbau. Ich wusste, dass der Sepp einen Haufen Geld von seinem Vater 'kriagt hat, und dann hab ich ihn g'fragt.«

»Warum haben Sie es ihm ausgerechnet jetzt zurückgeben?«, Mandy glaubte den Worten des Trabertrainers nicht so recht.

»Weil er das Geld jetzt 'braucht hat, bei ihm lief es nicht so gut. Vor ein paar Wochen hat er mir das g'sagt in Daglfing, nach einem Renntag. Und am Sonntag hab ich es ihm in seinem Traberstüberl zurück'geben«, führte Schwarz aus.

»Gibt's etwas Schriftliches oder Zeugen, die das Leihgeschäft bestätigen können?«, wollte Thomas wissen.

»Nein, was Schriftliches haben wir ned g'macht, und Zeugen gibt's auch ned. Das war eine Sache zwischen dem Sepp und mir.«

Thomas hatte erhebliche Zweifel an dieser Geschichte, genauso wie Mandy, konnte sie aber im Moment nicht widerlegen. Also stellte er die letzte Frage, die noch unbeantwortet war: »Herr Schwarz, wo waren Sie zur Tatzeit, also am Mittwoch früh zwischen 6 und 7 Uhr?«

»Bin ich etwa verdächtig, nur weil ich mir vom Sepp Geld g'liehen und es ihm zurück'geben hab?«, brauste Schwarz auf.

»Wir fragen das jeden, der mit Herrn Staudinger zu tun hatte. Von der Ehefrau bis hin zum Konkurrenten, äh … Kollegen«, beruhigte Mandy.

»Zu der Zeit hab ich meine Pferde g'füttert«, gab Schwarz an.

»Kann das jemand bezeugen?«

»Ich glaub ned. Frau hab ich keine, und meine Mitarbeiter haben am Mittwoch nach dem Renntag in Pfarrkirchen erst um 8 Uhr ang'fangen. Ich bin Frühaufsteher, deswegen macht es mir nichts aus, wenn ich mich am Morgen selbst um die Pferdl kümmere.«

»Dann haben Sie also kein Alibi«, resümierte Mandy.

»Ich brauch auch keins, weil ich's ned war. Wenn ich den Sepp um'bracht hätt, dann hätt ich meine 20.000 Euro wieder mitgenommen, oder?«

Dieser Gedanke hat eine gewisse Logik, aber ganz glaubhaft ist die Geschichte dennoch nicht, dachte Thomas. Doch im Moment würden sie nichts mehr erfahren. Deshalb verabschiedeten sie sich von dem Pferdeexperten.

Kurz darauf im Auto lobte Mandy ihren Kollegen. »Unglaublich, deine Bluff-Technik war tatsächlich schon wieder erfolgreich. Von dir kann ich noch einiges lernen.«

Thomas war sich nicht sicher, ob sie es ehrlich oder ironisch meinte. »Wenigstens wissen wir jetzt, woher das Geld stammt. Aber die dazugehörige Geschichte glaube ich nicht ganz«, schränkte Thomas ein.

»Ich fürchte, dass wir nicht zum letzten Mal auf diesem Hof gewesen sind«, prophezeite Mandy.

»Ich bin gespannt, was Kiermeier morgen sagt«, fügte Thomas hinzu.

»Morgen?« Mandy schaute ihren Kollegen fragend an.

»Weißt nimmer, der Kiermeier hat für Samstag eine Besprechung anberaumt.«

»Stimmt! Verdammt, ich dachte, es wäre Wochenende.«

ACHTZEHN

Samstag

»Das ist ja alles schön und gut, aber ich kann nicht vor die Presse treten und den Journalisten voller Stolz mitteilen, dass die gefundenen 20.000 Euro von einem Leihgeschäft zwischen dem Opfer und einem seiner Kollegen stammen. Das wird die nicht im Geringsten interessieren«, polterte Polizeioberrat Kiermeier, als er von Thomas und Mandy am Samstag um 9 Uhr morgens sehr euphorisch über die Herkunft des Geldes informiert worden war.

Die beiden Beamten waren von der Reaktion ihres Chefs enttäuscht, denn gestern hatte er als oberstes Zwischenziel ausgegeben, herauszufinden, von wem das Geld stammt.

»Herr Kiermeier, zumindest brauchen wir jetzt die Fingerabdrücke vom Notar Erlacher nicht mehr«, fügte Mandy hinzu, die mittlerweile genau wusste, wie sie ihren Chef zu nehmen hatte, und bereits ahnte, was der Polizeioberrat hören wollte und was nicht.

»Da haben Sie recht, Frau Hanke, ich bin tatsächlich erleichtert, dass wir den Herrn Notar nicht vorladen müssen, um ihm Fingerabdrücke abzunehmen«, gab Kiermeier zu.

Thomas Huber beherrschte die diplomatische Schule nicht so gut wie seine Kollegin. »Für mich steht der Erlacher nach wie vor ganz oben auf unserer Verdächtigenliste. Sie hätten die Pferdepflegerin hören sollen, wie der Erlacher dem Staudinger 'droht hat, als der ihn über sein verletztes Pferd informierte«, erklärte Thomas voller Überzeugung.

»Herr Huber«, begann der Polizeioberrat, entgegen seiner sonstigen Gepflogenheit, in typischer Oberlehrermanier. »Sie dürfen sich in unserem Job nicht von persönlichen Befindlichkeiten leiten lassen. Nur weil Ihnen der Erlacher nicht sympathisch ist, muss er noch lange nichts mit dem Mord zu tun haben. Gut, er hat sicherlich einen impulsiven Charakter, aber so einer macht sich nicht die Finger schmutzig«, belehrte Kiermeier.

»Das seh ich anders. Akademiker können auch morden«, konterte Thomas mutig.

Mandy fühlte sich nicht wohl bei der harten Diskussion zwischen ihrem Chef und ihrem Kollegen und schlug einen Kompromiss vor. »Warten wir doch die Befragung des Hausarztes am Montag ab. Dann können wir die Rolle Erlachers in unserem Fall viel fundierter bewerten.«

»Genau, das halte ich für eine gute Idee«, bestätigte Kiermeier, der eine Konfrontation mit seinem Mitarbeiter für nicht zielführend hielt. »Wie machen wir jetzt weiter?«

Ohne es mit Thomas vorher abgesprochen zu haben, machte Mandy einen Vorschlag. »Eine Durchsuchung des Hauses Staudinger würde uns bestimmt weiterhelfen.«

»Was versprechen Sie sich davon?«, fragte Kiermeier.

»Wir hoffen, Hinweise zu finden«, antwortete Thomas nebulös. Er wollte den Anschein erwecken, dass das weitere Vorgehen auch von ihm bedacht war.

»Welche Hinweise denn?«

»Wir glauben, dass wir vielleicht die Beweise finden könnten, von denen der Staudinger gegenüber dem Rechtsanwalt g'sprochen hat, und außerdem glauben wir, dass das Leihgeschäft vom Schwarz erfunden worden ist. Nach Aussage des Trabertrainers gibt es nichts Schriftliches und auch keine Zeugen«, erläuterte Thomas seine Einschätzung.

»Ich hör immer glauben, glauben, glauben. Wir sind doch nicht in der Kirche, sondern bei der Polizei! Da zählen Fakten, und die haben wir derzeit nicht. Ich kann beim Richter nicht wegen reiner Vermutungen antreten«, schimpfte der Polizeioberrat.

»Wenn Sie von unserer zweiten gestrigen Erkenntnis hören, vermute ich, dass Ihre Einschätzung zu einer Hausdurchsuchung bei Frau Staudinger anders ausfallen wird«, orakelte Mandy.

»Machen S' es nicht so spannend, Frau Hanke«, drängte Kiermeier.

»Diese Erkenntnis haben wir Thomas Huber mit seiner geschickten Gesprächsstrategie zu verdanken«, lobte Mandy ihren Kollegen und spielte ihm den Ball zu. Thomas sollte wieder Pluspunkte bei Kiermeier sammeln.

»Der Staudinger hatte mit seiner Pferdepflegerin Schmid ein Verhältnis«, sagte Thomas nüchtern. Mandy hatte ihn wieder einmal überrascht.

»Handelt es sich dabei um ein Gerücht oder ist das Fakt?«, fragte Kiermeier nach.

»Das hat uns Frau Schmid selbst bestätigt«, ergänzte Thomas.

»Das ändert die Gemengelage gewaltig. Wenn Liebe und Eifersucht im Spiel sind, wird die Motivlage viel komplexer, dann könnten sowohl die Geliebte als auch die Ehefrau ein Motiv haben«, führte der Polizeioberrat aus.

»Das werden wir herausfinden«, gab sich Mandy zuversichtlich.

»Weiß die Ehefrau von der Affäre ihres Mannes?«, hakte Kiermeier nach.

»Nach Angaben der Pferdepflegerin wusste niemand davon, aber sicher wäre ich mir da nicht«, erklärte Thomas.

»Trotz des öffentlichen Drucks schlage ich aus Pietätsgründen vor, dass wir erst am Dienstag, also nach der Beerdigung, in die Offensive gehen. Ich kümmere mich um den Durchsuchungsbeschluss und Sie vernehmen mit Ihrer geschickten Gesprächsstrategie die Ehefrau«, ordnete der Polizeioberrat mit einem Hinweis auf Mandys Lob an.

»Wir dürfen unseren Hühnerkaiser Dietl nicht vergessen«, erinnerte Thomas. »Der hat ein Motiv, ist ganz schnell auf hundert und hat kein Alibi. Er behauptet, dass er zur Tatzeit daheim war. Der Dietl fährt einen auffälligen dunklen X5. Was halten Sie davon, Herr Kiermeier, wenn der Auer und der Wegerer bei den Nachbarn und Zeitungsausträgern rund um das Rennbahngelände fragen, ob jemand dieses Auto zum Tatzeitpunkt g'sehen hat?«

»Eine gute Idee. Ich werde das in die Wege leiten. Die sollen am Montagfrüh gleich damit beginnen«, versprach der Chef. »Gut, dann sehen wir uns spätestens am Montag bei der Beerdigung. Ich werde auch hingehen«, kündigte er an. »Und noch was: gute Arbeit, Leute«, sagte er zum Erstaunen seiner Mitarbeiter, denn solche Worte rutschten ihm sehr selten über die Lippen. Kiermeier hielt es in der Regel wie viele Vorgesetzte im Bayernland: Ned g'schimpft ist g'lobt g'nua.

Thomas fand zunehmend Gefallen an der Zusammenarbeit mit seiner Kollegin aus dem »ostdeutschen Entwicklungsland Thüringen«. Sie konnte sich gut ausdrücken und hatte ein Gespür für die Zusammenarbeit. Hatte er Mandy etwa unterschätzt?

NEUNZEHN

Sonntag

Normalerweise wurde im Hause Huber am Sonntagvormittag immer ausgiebig gefrühstückt – im Winter im Esszimmer und im Sommer, sofern es die Temperaturen zuließen, auf der herrlichen Terrasse. An diesem sonnigen Sonntag war allerdings kein Frühstück auf dem Terrassentisch aufgedeckt. Stattdessen hatte Marion ein Treffen mit ihren drei Arbeitskolleginnen inklusive Partnern in Eggenfelden zum Brunchen vereinbart. Für Thomas zählte diese alljährliche Zusammenkunft nicht gerade zu seinen Jahreshighlights. Erstens, weil er mit dieser amerikanischen Art der Nahrungsaufnahme nichts anfangen konnte. Für ihn gab es entweder ein ausgiebiges Frühstück oder ein Mittagessen, wobei er dann bewusst auf das Frühstück vorher verzichtete. Aber beides hintereinander grenzte für den begeisterten Sportler an Völlerei. Kein Wunder, dass jeder zweite Amerikaner übergewichtig war.

Zweitens wusste er mit Marions Kolleginnen und deren Partnern nicht viel anzufangen, zumal zwei von ihnen um einiges älter waren und die dritte erst Anfang 20 war und keinen Freund dabei hatte. So waren die Interessen und Hobbys der Anwesenden deutlich andere als seine. Lediglich mit dem Inhaber der Eggenfeldener Arztpraxis, Doktor Georg Beer, einem begeisterten Motorradfahrer wie Thomas, konnte er sich gut unterhalten.

Eigentlich wollte Thomas lieber mit seinem Motorrad durch die Rottaler Hügellandschaft cruisen, zumal am Sonntagvormittag noch wenig Verkehr auf den niederbayerischen Straßen herrschte. Aber Marion zuliebe fuhr er mit nach Eggenfelden und fügte sich seinem Schicksal. Zugegeben, das historische Restaurant Luibl am unteren Ende des Eggenfeldener Stadtplatzes war eine echt coole Location. Auf der sonnigen Terrasse konnte er außerdem das Geschehen auf dem historischen Stadtplatz beobachten und musste sich nicht zwingend an den Gesprächen beteiligen. Trotzdem wäre er viel lieber auf seiner GS gesessen.

Als sie auf der Terrasse Platz nahmen, bekam er von den Kolleginnen seiner Frau eine für ihn schlechte Nachricht mitgeteilt. Der Chef der Arztpraxis, Doktor Beer, hatte für heute abgesagt, da er Besuch von einem dänischen Qigong-Guru erhalten hatte. Entschädigt wurde Thomas durch das herrliche Frühstücksbuffet, das die Mitarbeiter des Restaurants liebevoll auf zwei langen Holztischen in der Gaststube angerichtet hatten. Schon beim Betreten stieg ihm der appetitliche Geruch von diversen Leckereien in die Nase. Angefangen von Früchten in Hülle und Fülle,

Müslis, Eiern in den verschiedensten Variationen, Parmaschinken mit Melonen, einer maritimen Fischplatte mit Lachs, Garnelen und Kaviar bis hin zu bodenständigen Wurst- und Schinkenspezialitäten blieben keine Wünsche offen. Knusprige Backwaren fehlten ebenso wenig.

Marion bevorzugte Müsli und andere vegetarische Speisen. Er dagegen war beim Frühstücken eher der Schinken- und Salamityp. Bei diesen Delikatessen konnte Thomas nicht widerstehen und griff ordentlich zu.

»Thomas, mach langsam, sonst bist du gleich satt«, belehrte ihn seine Frau, die vorerst nur kleine Kostproben auf ihrem Teller mitnahm.

»Sag mal, Thomas, habt ihr den Mörder dieses Pferdewirtes schon dingfest gemacht?«, fragte ihn gleich zu Beginn der Partner der ältesten Kollegin, der erst vor wenigen Jahren vom Ruhrgebiet nach Eggenfelden gezogen war.

Thomas ging es richtig gegen den Strich, wenn er in seiner Freizeit über die laufenden Ermittlungen von aktuellen Fällen erzählen sollte, noch dazu vor einem Ruhr-Preußen. Anscheinend hatte dieser Fall tatsächlich großes öffentliches Interesse geweckt, zumal auch seine Frau entgegen ihrer sonstigen Gewohnheit jeden Abend nachfragte.

»Nein, haben wir nicht, aber wir sind mitten in den Ermittlungen. Deswegen kann ich nicht darüber reden«, antwortete Thomas genervt und hoffte, damit klargestellt zu haben, dass er keine weiteren Nachfragen in dieser Angelegenheit beantwortete.

Seine Absicht schien angekommen zu sein, denn ab jetzt unterhielten sich seine Tischnachbarn nicht mehr vorrangig mit ihm.

So lauschte er gelangweilt den Diskussionen am Tisch. Während sich die Frauen über Thermomixrezepte, günstige Rabatt-Aktionen in Eggenfeldener Geschäften und besondere Urlaubserlebnisse unterhielten, sprachen die beiden in die Jahre gekommenen Männer hauptsächlich über ihre Rücken- und Blutdruckprobleme. Thomas schaute neidvoll auf die Motorradfahrer, die im Minutentakt den Eggenfeldener Stadtplatz entlangfuhren.

Es kam, wie es kommen musste. Obwohl er mehr als satt war, konnte sich Thomas, eher aus Langeweile, nicht beherrschen, als weitere schmackhafte Speisen – knusprige Hähnchenschenkel, Gemüselasagne, Filetspitzen Stroganoff und gratinierter Zander – im Restaurant aufgetischt wurden. Er griff abermals kräftig zu. Anschließend ging es ihm alles andere als gut, was man ihm von Weitem ansah. Es dauerte nicht lange, bis seine Frau ein Einsehen hatte und am frühen Nachmittag, viel früher als geplant, missgelaunt mit ihrem Vielfraß nach Hause fuhr.

Im Auto kündigte Marion an, dass sie im nächsten Jahr alleine zum Brunchen mit ihren Kolleginnen fahren werde, da sie auf die Anwesenheit ihres griesgrämigen Ehemannes verzichten könne. Thomas war darüber grundsätzlich nicht unglücklich. Viel mehr betrübte ihn die Stimmung im Hause Huber und sein anhaltendes Unwohlsein.

ZWANZIG

Zweifelsohne zählte Radfahren zu Helmut Drexlers liebsten Freizeitbeschäftigungen. Auf seinem Trekkingrad konnte er richtig abschalten und den Kopf von seinem eher trockenen Job als Bankangestellter frei bekommen. Sportliche Ambitionen hatte er zwar nicht, aber eine gewisse körperliche Betätigung in Maßen tat ihm gut. Seine bevorzugte Radstrecke war der Rottalradweg, der sich von Velden an der Vils im Landkreis Landshut bis hin zur Mündung bei Neuhaus am Inn auf über 100 Kilometern erstreckte. Seine Heimatstadt Pfarrkirchen lag ungefähr in der Mitte dieses ausgeschilderten Radweges, sodass er sich immer entscheiden musste, ob er die Rott abwärts oder aufwärts fahren wollte.

An diesem Sonntagnachmittag wählte Helmut die Strecke von Pfarrkirchen die Rott flussaufwärts. Er fuhr stadtauswärts an den Schrebergärten und den großzügigen Pferdekoppeln vorbei bis Postmünster. Dort durfte die Rott ihren natürlichen Verlauf behalten. Anschließend umkurvte er den Rottauensee, der Anfang der 1970er-Jahre für den Hochwasserschutz aufgestaut worden war. Daneben diente dieser See als Naherholungsgebiet für die Bewohner der Region. Auf dem Gewässer waren Baden, Segeln und Surfen erlaubt. Rund um den See befanden sich zahlreiche Sport- und Freizeitanlagen, die sowohl von Einheimischen als auch von Urlaubern stark frequentiert wurden.

Helmut Drexler fuhr gerade am Golfplatz vorbei, der westlich des Sees in den Rottauen angelegt worden war, als ihn von hinten eine Frauenstimme ansprach.

»Grüß dich, Helmut.«

Eine Frau in sportlichem Outfit fuhr mit ihrem Rennrad neben ihn. Helmut musste zweimal hinschauen, bevor er sie erkannte. »Servus, Mandy.«

»Wo fährst du denn hin?«, fragte die Thüringerin.

»Richtung Eggenfelden«, antwortete Helmut.

»Fahren wir ein Stück zusammen?«

»Ja, gern, aber ich fürcht, ich kann bei deinem Tempo nicht mithalten«, entgegnete Helmut, der sich über das Angebot der attraktiven Sportlerin insgeheim freute.

»Du bestimmst das Tempo«, forderte sie ihn auf.

Wenig später radelten sie gemeinsam auf dem Radweg zwischen der Rott und der B388 bis nach Hebertsfelden. Dort überquerten sie den Fluss und fuhren auf der anderen Seite weiter. Über die altehrwürdige Hofmark Gern erreichten sie ein paar Kilometer später Eggenfelden.

Helmut wollte noch nicht umdrehen, er genoss seine charmante Begleitung. Ihm kam eine Idee. »Du, Mandy, was hältst du davon, wenn wir noch bis Massing fahren, dann könnt ich dir das Freilichtmuseum zeigen.«

»Gerne, ich war noch nicht dort. Was erwartet uns da?«

»Eine spannende Zeitreise in die Vergangenheit dieser Region«, beschrieb Helmut die Massinger Sehenswürdigkeit knapp, aber treffend.

»Hört sich gut an. Ich soll ja Land und Leute besser kennenlernen, legt mir mein Kollege immer nahe.« Mandy konnte sich eine Spitze gegen Helmuts Freund nicht verkneifen.

»Dann auf nach Massing«, freute sich Helmut, der schon länger nicht mehr in weiblicher Begleitung unterwegs gewesen war. Mit Frauen hatte Helmut bisher kein Glück gehabt. Ein Womanizer war er definitiv nicht, dessen war er sich bewusst.

Sie durchquerten Eggenfelden auf dem Rottalradweg und fuhren bis Huldsessen. Weil Mandy mit ihren schmalen Reifen nur sehr ungern auf Schotterstraßen radelte, entschieden die beiden, die wenig befahrene Nebenstraße über Oberdietfurt nach Massing zu nehmen.

Nicht nur der im 13. Jahrhundert in typischer wittelsbachischer Rechteckform angelegte Marktplatz, in dessen Mitte die neuromanische Marktkapelle einen prominenten Platz einnahm, sondern auch das Freilichtmuseum mit überregionaler Bedeutung, das es mittlerweile seit mehr als 50 Jahren gab, machten die 4.000 Einwohner starke Marktgemeinde zu einem ganz besonderen Ort. Darüber hinaus war Massing der Geburtsort von Berta Hummel, die später als Ordensschwester Maria Innocentia die weltberühmten Hummelfiguren schuf. Bis vor wenigen Jahren war in ihrem Geburtshaus am Marktplatz ein Museum untergebracht. Aus wirtschaftlichen Gründen wurde die Gedenkstätte aufgelöst. Darin hatten sich zahlreiche Exponate befunden. Auch das Leben der berühmten Tochter des Marktes wurde aufgezeigt. Die Marktgemeinde plante jetzt, dieses Berta-Hummel-Museum in das Freilichtmuseum zu integrieren.

Wenige Hundert Meter vom Marktplatz entfernt erreichten die beiden Radler das Freilichtmuseum.

»Du bist natürlich eingeladen«, sagte Helmut und bezahlte im Eingangsstadel den Eintritt. Mandy war begeistert, als sie anschließend das Herzstück des Museums betraten, den herrlichen Schusteröder-Vierseithof aus dem 18. Jahrhundert, in dem die Museumsgastronomie untergebracht war.

»Da spendiere ich dir nachher ein Vesper«, schlug Mandy ihrem Begleiter vor, der sich mächtig über die Einladung freute.

Zunächst schlenderten sie am Kinderspielplatz und an der hölzernen Kegelbahn vorbei durch die herrliche Pappelallee und steuerten den Lehner-Hof an. Dieses Gehöft, das nicht aus dem Rottal, sondern aus der Hallertau stammte, repräsentierte die bäuerliche Zeit um die Mitte des 20. Jahrhunderts. Auch die Tiere aus der Region fehlten nicht, von denen Mandy besonders beeindruckt war. Auf dem Weg zum nächsten Hof, der Marxensölde, einem sogenannten Mittertennhof, betrachteten sie die Schafe, die sich auf ihrer großzügigen Weide wohlfühlten. Anschließend schlenderten sie in Richtung Heilmeier-Hof, der aus dem Isartal stammte. Auf dem Weg dorthin sahen sie zwei Kühe, die sich das frische Gras schmecken ließen. Sie betraten auch das Innere der Häuser und bewunderten die alten Einrichtungen und Gegenstände, mit denen die niederbayerischen Vorfahren zurechtkamen beziehungsweise zurechtkommen mussten. Im nächsten Vierseithof, dem Koch-Hof aus der ersten Hälfte des 20. Jahrhunderts, standen jedoch die Tiere im Mittelpunkt. Hühner, Kaninchen, Gänse, Schweine und sogar Pfauen wurden dort artgerecht gehalten und waren teilweise sehr zutraulich, was Mandy besonders gefiel. Das mit Abstand älteste Gebäude war das kleine Freilinger-Häusl aus dem beginnenden 17. Jahrhundert. Die offene Herdstelle in der Küche des alten Holzhauses war absolut sehenswert.

Nach dieser ungefähr zweistündigen Zeitreise in die Vergangenheit erreichten die beiden wieder den Ausgangspunkt ihres Rundgangs, den Schusteröder-Hof mit dem Museumsstüberl. Sie nahmen im Biergarten unter einem riesigen Sonnenschirm Platz und bestellten sich, wie ein verliebtes Paar, eine Brotzeitplatte für zwei Personen. Helmut hatte sich schon lange nicht mehr so gut mit einer Frau unterhalten.

»Helmut, ich möchte mich bei dir ganz herzlich für diesen Nachmittag bedanken. Dieser Besuch war unheimlich interessant für mich.«

Der bescheidene Banker freute sich über Mandys Worte. Er wollte unbedingt mehr über die Kollegin seines Freundes erfahren. »Sag mal, warum bist du ausgerechnet in Pfarrkirchen gelandet?«

»Der Liebe wegen«, entgegnete die Thüringerin und irritierte damit den Bankangestellten sichtlich.

»Was? Du hast einen Freund in Pfarrkirchen?«

»Nein, ich habe keinen Freund hier, ich hatte einen in meiner Heimatstadt Gera, und der konnte nicht akzeptieren, dass ich mit ihm Schluss gemacht habe. Da kam mir das Stellenangebot aus Pfarrkirchen gerade recht«, erklärte Mandy.

»Dann bist du quasi von Thüringen nach Pfarrkirchen g'flüchtet«, vermutete Helmut.

»Kann man so sagen«, erwiderte Mandy und wechselte schnell das Thema. Sie wollte die Geschichte mit ihrem Ex-Freund vor Helmut nicht weiter vertiefen. »Übrigens, vielen Dank für deine Unterstützung bei unseren Ermittlungen.«

»Hä? Ich versteh nicht ganz, was du meinst.« Helmut wurde nervös.

»Ich meine den Tipp, den du Thomas wegen der 20.000 Euro gegeben hast«, erklärte die Polizistin.

Helmut bekam Schnappatmung und stellte sich noch immer unwissend, weil er nicht glauben konnte, dass sein bester Freund Thomas geplaudert hatte.

»Wir wären sonst nie auf Schwarz gekommen«, ergänzte Mandy, die sich während des Gesprächs die Brotzeitplatte genüsslich schmecken ließ.

Helmut dagegen war der Appetit vergangen. Er sah ein, dass ein weiteres Leugnen nichts bringen würde, und realisierte, dass Thomas wortbrüchig geworden war. »Aber sag bitte keinem was, sonst bin ich beruflich tot«, gestand er.

»Um Himmels Willen, ich bin die Letzte, die dir schaden will«, besänftigte sie ihn. »Weißt du, Thomas und ich arbeiten mittlerweile so eng zusammen, dass es keine beruflichen Geheimnisse geben darf«, behauptete Mandy.

Als sie wie versprochen die Rechnung beglichen

hatte und sie und Helmut gerade aufstehen wollten, kam Hilde Bernauer, Kiermeiers Sekretärin, auf die beiden zu.

»Servus, Mandy. Des ist ja eine Überraschung. Interessierst du dich a für die niederbayerische Geschichte?«

»Das gehört bei mir zum Einarbeitungsprogramm«, entgegnete Mandy schlagfertig, obwohl sie befürchtete, dass Gerüchte in der Polizeiinspektion die Runde machen würden.

Bei der Heimfahrt von Massing nach Pfarrkirchen wusste Helmut nicht, ob er sich über den wunderschönen Nachmittag freuen oder über die Indiskretion seines Freundes ärgern sollte. In Pfarrkirchen bedankte sich Mandy nochmals bei ihrem Fremdenführer, umarmte ihn kurz und verabschiedete sich. Helmut durchlebte ein Wechselbad der Gefühle. Auf jeden Fall würde er sich freuen, wenn er bald wieder Fremdenführer in Niederbayern spielen dürfte.

Die Stimmung im Hause Huber war am Sonntagabend noch nicht besser geworden. Während Thomas den ganzen Nachmittag auf dem Sofa vor dem Fernseher verbracht hatte, war seine Frau auf einer Liege im Garten gelegen und hatte sich gebräunt. Als sein Handy läutete, erwartete ihn ein weiterer Grund für schlechte Stimmung. Es war sein Freund Helmut, der seinem Ärger freien Lauf ließ.

»Was soll ich g'macht haben?«, brüllte Thomas ins Telefon, nachdem Helmut ihn mit heftigen Vorwürfen konfrontiert hatte. »Ich hab niemandem was von deinem Tipp g'sagt, schon gar nicht der Mandy«, rechtfertigte er sich.

»Ich hab sie heute zufällig beim Radfahren 'troffen, und da hat sie sich bei mir für meinen Tipp bedankt, sonst wärt ihr nie auf den Schwarz gekommen, hat sie g'sagt. Dir geb ich keinen Tipp mehr, des kannst dir abschminken! A sauberer Freund bist du!«

Jetzt ging dem Kriminalpolizisten ein Licht auf. »Die hat dich reing'legt. Ich hab ihr kein Wort g'sagt. Sie hat das ganz einfach nur behauptet, und du bist auf ihren Trick reing'fallen.«

Die hat keine Haare auf den Zähnen, die hat's faustdick hinter den Ohren. Vielleicht hat Thomas doch recht, was Mandy betrifft, dachte Helmut. Den schönen Nachmittag verschwieg er seinem Freund.

EINUNDZWANZIG

Montag

Die schlanke Doppelturmfassade der Wallfahrtskirche Gartlberg thronte weithin sichtbar an der nördlichen Flanke des Rottals hoch über Pfarrkirchen. Nach dem verheerenden Dreißigjährigen Krieg war an diesem Ort, welcher den Rottalern als Kultstätte und Bühne für Passionsspiele diente, ein Nachbau des heiligen Grabes zu Jerusalem entstanden. Wenige Jahre später wurde um das Grab Christi herum mit der Errichtung der barocken Kirche begonnen. Wer heute in den festlichen Saal des Kircheninneren tritt, dem präsentiert sich in Stuck und Fresken der Leidensweg Jesu von der Menschwerdung über die Kreuzigung bis hin zur triumphalen Auferstehung, gefeiert von zahllosen Engelsfiguren in Weiß und Gold. Das Heilige Grab befindet sich jedoch nicht mehr im Kirchenraum selbst wie noch zur Entstehungszeit, sondern hinter dem Hochaltar. Pilger gelangen über einen fast verborgenen, niederen Gang dorthin.

Thomas war kein besonders häufiger Kirchgänger, noch dazu, wenn es sich um eine Beerdigung handelte. Er empfand das Halbrund des Portals unterhalb zweier groß aufgerissener Fensteraugen als weit geöffnetes Maul, das ihn verschlucken könnte. Kurz nach 10 Uhr betrat er die Vorhalle, um an der Trauerfeier für Josef Staudinger teilzunehmen, entsprechend der Anordnung Kiermeiers. Da er sich etwas verspätet hatte, musste er Mandy und seinen Chef, die vor ihm zur Gartlbergkirche hochgefahren waren, im Kirchenraum erst lokalisieren. Die Messe hatte bereits begonnen und die Bänke waren bis zum letzten Platz besetzt. Auch im 21. Jahrhundert war es in vielen niederbayerischen Kirchen noch Usus, dass Frauen und Männer getrennt saßen, so auch in Pfarrkirchen. Männer saßen auf der rechten und Frauen auf der linken Seite. Wegen des Mangels an Sitzgelegenheiten hatten sich neben einem Seitenausgang vor der vielfigurigen Barockkanzel mehrere Personen postiert. Der Kommissar gesellte sich zu dieser Gruppe, denn von dort hatte er das Geschehen gut im Blick, insbesondere die vorderen Kirchenbänke mit den Hauptbeteiligten.

Auf der rechten Seite konnte er den Polizeioberrat in der vierten Bank neben Bürgermeister Beißmann ausmachen. Im Stuhl direkt vor ihm hatten Manfred Dietl und Georg Schwarz Platz genommen, insofern war Kiermeiers Position strategisch sehr günstig für Beobachtungen.

Weitere Vertreter des Trabrennsportes und des TUS Pfarrkirchen hatten zwei Bankreihen besetzt, während in der ersten Bank Jakob Staudinger ganz alleine saß. Offensichtlich hatte Sepp Staudinger keine weiteren männlichen Verwandten außer seinem Bruder.

In der vordersten Bank der Frauenseite hatte gleich neben dem Mittelgang die Ehefrau Monika Platz genommen. Soweit der Ermittler sehen konnte, trug sie ein schwarzes Kostüm und als einzige Frau einen Hut, ebenfalls in Schwarz, mit einer breiten Krempe und einem Schleier. Die Boutique-Besitzerin führt ihre teure Mode vor, dachte Thomas.

Am äußeren linken Rand dieser Bank saß Elisabeth Staudinger mit ihren beiden Kindern, sodass zwischen ihr und der Schwägerin eine größere Lücke geblieben war. Direkt hinter der Ehefrau erblickte der Polizist die Pferdepflegerin. Sie stützte sich mit den Ellbogen auf ihren Knien ab und hielt den Kopf in den Händen, aber Thomas erkannte sie an ihrem langen strohblonden Haar.

Somit waren alle Personen aus seiner Verdächtigenliste vertreten, mit Ausnahme des Notars Klaus Erlacher, der es anscheinend nicht für nötig befunden hatte, seinen langjährigen Pferdetrainer auf seinem letzten Weg zu begleiten.

Mit den eingeschobenen Gesängen eines hauptsächlich weiblichen Chores zog sich die Feier in die Länge, sehr zum Missfallen des Polizisten. Mit jedem Lied wuchs sein Verlangen, sich ebenfalls in eine Bank zu drücken, aber das Pflichtbewusstsein und die Anwesenheit seines Chefs hielten ihn weiterhin in der Beobachterposition. Erst jetzt wurde ihm bewusst, dass er Mandy noch gar nicht gesehen hatte. Er ließ seinen Blick die Frauenreihen vor ihm entlanggleiten, entdeckte sie jedoch nirgends.

Inzwischen hatte der Pfarrer mit der Trauerrede für den Ermordeten begonnen. Nach einem kurzen Abriss seines Lebensweges betonte er sein gesellschaftliches Engagement in den hiesigen Vereinen und kam schließlich auf die Liebe Staudingers zu den Pferden und der Natur zu sprechen. Mit einem Verweis auf den heiligen Franz von Assisi beendete er seine Ausführungen. Das unrühmliche Ende des Verstorbenen ließ er unerwähnt.

Der üblichen Liturgie folgend, teilte der Priester kurz darauf die Kommunion aus. In zwei Reihen und wieder nach Geschlecht getrennt, fand sich ein Großteil der Trauernden im Mittelgang der Kirche ein, angeführt von Jakob und Elisabeth, wobei sich Letztere bemüht hatte, noch vor ihrer Schwägerin Monika als Erste neben ihrem Mann vor den Geistlichen zu treten und die Hostie in Empfang zu nehmen. Bei der Rückkehr zu den Kirchenstühlen blickten die allermeisten Kommunikanten vor sich auf den Boden, sodass Thomas sofort auf Manfred Dietl aufmerksam wurde, der als Einziger den Kopf nicht gesenkt hielt. Er schaute auf dem Rückweg sehr auffällig zur ersten Bank, in der Monika Staudinger schon wieder Platz genommen hatte.

Schließlich war die Messe zu Ende und die Trauergemeinde folgte dem Pfarrer und seinen Ministranten hin zur Aussegnungshalle, um die sterblichen Überreste des Trabertrainers zur letzten Ruhestätte auf dem weitläufigen Friedhof zu überführen. Thomas stellte fest, dass sich das Grab in unmittelbarer Nähe zum Grab Konrad Wirnhiers befand, dem es bei den olympischen Spielen 1972 gelungen war, eine Goldmedaille im Wurfscheibenschießen zu gewinnen. Obwohl dieser sportliche Triumph in München nun schon fast ein halbes Jahrhundert zurücklag, war in Pfarrkirchen vor einigen Jahren eine Straße nach ihm benannt worden.

In einem weiten Kreis vereinte sich die Trauergemeinde um das ausgehobene Grab. Der junge Kommissar postierte sich so, dass er die Ereignisse gut im Blick hatte, falls sich dort etwas Auffälliges abspielen sollte. Zu seinem Leidwesen wurden zahlreiche Grabreden gehalten. Der Bürgermeister ließ es sich nicht nehmen, den Sohn der Stadt als Aushängeschild Pfarrkirchens angemessen zu würdigen, gefolgt von einem Vorstandsmitglied des TUS Pfarrkirchen. Ein Vertreter des Hauptverbandes für Traberzucht e. V. sprach von einem herben Verlust, den der regionale Pferderennsport durch den Tod des Trainers hinnehmen musste.

Während Thomas von einem Bein auf das andere trat, entdeckte er seine Kollegin, die praktisch neben ihm stand. Er hatte sie noch nie in einem Kleid gesehen. Auch die hochgesteckten Haare und die dunkle Sonnenbrille waren neu für ihn. Sein Groll vom Vortag war noch nicht gänzlich vergessen, also verkniff er sich eine Geste der Begrüßung. Auch Mandy unterließ es, sich bemerkbar zu machen, und schien vollkommen auf die Szene am Grab konzentriert.

Monika Staudinger schirmte sich mit einem Schleier, den sie tief ins Gesicht gezogen hatte, vor der Beobachtung ab. Dafür ließ Kerstin, die Angestellte und heimliche Geliebte des Toten, wenige Meter von der Ehefrau entfernt ihren Tränen freien Lauf. Elisabeth und ihr Jak konnten den engen Kontakt zu Monika vor dem Grab nicht vermeiden, aber die resolute Bäuerin hatte zumindest ihre beiden Kinder zwischen sich und die Schwägerin geschoben. Nach dem Auftritt in der Kirche war Thomas nicht mehr erstaunt, den wuchtigen Schädel des hochgewachsenen Hühnerfarmers direkt hinter der trauernden Ehefrau zu sichten. Während der letzten Rede drehte sich Monika Staudinger sogar kurz zu ihm um, als habe ihr dieser etwas zugeflüstert.

In Erinnerung der Worte seines Chefs über Beerdigungen musste der Kommissar dem Polizeioberrat eine gewisse Menschenkenntnis zugestehen, auch wenn sie in diesem Fall ihren Ursprung vielleicht in einem polizeipsychologischen Fortbildungsseminar hatte.

Nach dem letzten Gebet verabschiedete sich die Trauergemeinde von Josef Staudinger, indem jeder einzeln vor das offene Grab trat und mit der Weihwasserkelle einen Segnungsgestus vor dem mittlerweile abgesenkten Sarg ausführte. Manche warfen dazu eine Rose oder kleinere Blumensträuße in die Grube. Auch Kerstin Schmid bedachte den Verstorbenen mit einer Rose und brach dabei in deutlich vernehmbares Schluchzen aus. Niemand kondolierte der Familie Staudingers. Man hatte in der Todesanzeige in der Zeitung wohl gebeten, darauf zu verzichten.

Schließlich trat Monika Staudinger ans Grab und vollführte ohne größere Regung das Ritual. Falls ihr Gesicht Emotionen verraten hätte, wurden sie vom Schleier bestens verdeckt. Die Familie von Jakob Staudinger ließ die Ehefrau passieren und nahm anschließend selbst Abschied. Auch bei ihnen blieben die Gefühle kontrolliert.

Je weniger Trauernde sich noch auf dem Friedhof aufhielten, desto weiter hatten sich Thomas und Mandy zurückgezogen. Während die beiden in einem Bogen durch die hinteren Gräberreihen schritten, sah Mandy Hans Baumgartner, der gebeugt vor einem Grabstein stand und ein Blumenbouquet zurechtrückte.

Als Thomas den Blick seiner Kollegin registrierte, tippte er sie kurz an und flüsterte: »Wart noch kurz!«

Sie hielten sich im Hintergrund. Erst nachdem der pensionierte Polizist die Erde mit Weihwasser besprengte hatte und durch das Friedhofstor verschwunden war, dirigierte Thomas Mandy vor das besagte Grab. Er verwies auf die Inschrift in messingfarbenen Lettern, die das Ableben einer Lisa Baumgartner im jugendlichen Alter von 20 Lenzen bezeugte. »Ich hab dir doch g'sagt, dass Hans vor zwei Jahren ein Sabbatical g'nommen hat und ich damals eine Zeit lang alleine ermitteln musste. Das ist der Grund dafür. Seine Tochter hat sich das Leben g'nommen. Sie hat sich die Pulsadern aufg'schnitten.«

»Sein eigenes Kind zu verlieren, ist so ziemlich das Schlimmste, was ich mir vorstellen kann.« Mandy war sichtlich betroffen.

»Das kannst du laut sagen. Der Hans konnte zu der Zeit nicht mehr arbeiten. Deswegen hat er den Freizeitblock g'nommen.«

»Was war der Grund für den Suizid?«

»Keine Ahnung. Es gab keinen Abschiedsbrief. Es war anscheinend eine Kurzschlussreaktion. Damals hat Hans vergeblich versucht, die Hintergründe des Suizids herauszufinden.«

»Geht's ihm jetzt wieder besser?«

»Ja, ich denk schon. Aber so einen Schicksalsschlag kann man nie ganz überwinden.«

»Und seine Frau? Wie hat die reagiert?«

»Seine Frau hat es vor fünf Jahren vorgezogen, ihr

weiteres Leben mit einem Zahnarzt in München zu verbringen. Seine Tochter ist damals bei ihm geblieben.«

»Gibt's das auch? Dass jemand freiwillig vom wunderschönen Pfarrkirchen nach München geht?«

»Das ist eher die Ausnahme. Ich würd das nicht mehr tun. Ich war froh, als ich vor fünf Jahren von München nach Pfarrkirchen versetzt worden bin.«

»Ich weiß.«

»Hast du etwa über mich recherchiert?«

»Nein, die Info habe ich ohne Recherche in der Dienststelle bekommen.«

ZWEIUNDZWANZIG

Das Ziel der beiden Pfarrkirchner Kripobeamten war wieder einmal Johanniskirchen. Doch diesmal steuerten sie nicht den Staudingerhof an, sondern die Arztpraxis von Doktor Johannes Schmerbeck, die sich an der Hauptstraße befand.

Im Eingangsbereich der Praxis lächelte eine attraktive schwarzhaarige Frau um die 40 den beiden Polizisten entgegen. »Haben Sie einen Termin?«, fragte sie.

»Nein, haben wir nicht. Wir sind von der Kripo Pfarrkirchen, das ist meine Kollegin Hanke und mein Name ist Huber«, sagte Thomas und zückte seinen Dienstausweis.

»Wir wollen dringend mit Doktor Schmerbeck sprechen, es dauert nicht lange«, ergänzte Mandy.

»Das ist jetzt ganz schlecht. Der Herr Doktor hat gerade eine Patientin im Sprechzimmer, und im Wartezimmer sitzen auch noch einige. Das kann dauern«, erklärte die Arzthelferin.

»Es geht nicht um irgendein Verkehrsdelikt. Wir ermitteln in einem Mordfall! Deshalb wäre ich Ihnen sehr verbunden, wenn Sie uns nach der aktuellen Patientin zum Herrn Doktor lassen würden«, erklärte Thomas und lächelte charmant.

Anscheinend hinterließen seine Worte oder sein Lächeln bei der Arzthelferin Eindruck, da sie sogleich einlenkte. »Sobald der Herr Doktor mit seiner Patientin fertig ist, geb ich Ihnen Bescheid. Ich bitte Sie, bis dahin im Wartezimmer Platz zu nehmen.«

Rund um den ovalen Tresen waren mehrere Türen angeordnet. Einige Behandlungsräume, dazu ein Labor, die Toiletten und auch das Wartezimmer.

In Letzteres begaben sich Thomas und Mandy und nahmen neben den wartenden Patienten Platz. Auf der einen Seite saß eine Frau mittleren Alters mit ihrem heranwachsenden Sohn, der sich mit seinem Smartphone beschäftigte, ebenso schweigend wie zwei ältere Frauen auf der anderen Seite, die in den bereitgelegten Zeitungen blätterten.

Thomas war sich sicher, dass die Kunde von Polizisten im Wartezimmer des Dorfarztes sofort die Runde machen würde, weshalb sich die beiden nicht als solche zu erkennen gaben. Sie stellten, genauso wie die anderen Wartenden, das Sprechen ein. Die Stimmung im Wartezimmer erinnerte Thomas an diejenige auf der Beerdigung vor wenigen Stunden. Mandy zückte ihr Smartphone und checkte ihre E-Mails. Thomas dagegen schaute sich im Wartezimmer um. An der Tür war ein Schild angebracht, das ihm zu denken gab: »Aus Datenschutzgründen bitten wir Sie, die Tür des Wartezimmers geschlossen zu halten.« Dieser Hinweis kam ihm unsinnig vor. In den Dörfern auf dem flachen Land wusste doch ohnehin jeder über jeden Bescheid. Besonders, wenn es um Krankheiten ging. Es machte immer schnell die Runde, wenn ein Dorfbewohner einen Herzinfarkt oder Bandscheibenvorfall erlitten hatte, an Krebs erkrankt war oder sich ein Bein gebrochen hatte.

Wenig später wurden die beiden Pfarrkirchner Kripobeamten vom Warten erlöst. Die Arzthelferin trat ein. »Frau Hanke und Herr Huber, bitte.« Zum Glück hatte sie sich ihre Namen gemerkt und musste so ihren Beruf nicht erwähnen.

Eine der älteren Frauen, die glaubte, als Nächste dran zu sein, war schon aufgestanden. Mürrisch setzte sie sich nun wieder hin. Sie ärgerte sich vermutlich darüber, wie ungerecht das Gesundheitssystem war, in dem Privatpatienten bevorzugt wurden.

Im Sprechzimmer erwartete Doktor Johannes Schmerbeck, ein sehr großer Mann im weißen Arztkittel um die 50 Jahre, die beiden Kripobeamten. »Ich habe gehört, Sie ermitteln in einem Mordfall. Ich nehme an, es geht um den Fall Staudinger, denn so viele Morde gibt es in unserer Region Gott sei Dank nicht«, vermutete der Landarzt.

»Ja, da haben Sie recht. Mein Name ist Huber und das ist meine Kollegin Hanke«, stellte sich Thomas vor.

»Wie kann ich Ihnen weiterhelfen?«

»Wir würden Sie gerne zum verstorbenen Josef Staudinger senior befragen«, sagte Mandy.

Der Arzt unterbrach Mandy sofort: »Sie kennen doch den Paragrafen 203 des Strafgesetzbuches. Laut diesem darf ich Ihnen nicht einmal sagen, ob der Herr Staudinger bei mir Patient war.«

»Das brauchen Sie auch nicht, das wissen wir schon. Sie müssen uns auch nicht erzählen, dass Herr Staudinger eine Demenzerkrankung hatte, das wissen wir auch«, führte Thomas ziemlich genervt von der Paragrafenreiterei des Landarztes aus.

»Was wollen Sie dann von mir?«, fragte Doktor Schmerbeck.

»Der alte Herr Staudinger hatte drei Monate vor seinem Tod sein Testament zu Gunsten seines Sohnes Jakob und zu Ungunsten seines Sohnes Josef geändert«, erklärte Mandy.

»Das ist mir nicht bekannt«, gestand Schmerbeck.

»Wir wollen von Ihnen wissen, ob der alte Herr Staudinger zu diesem Zeitpunkt überhaupt noch testierfähig war«, kam Thomas auf den Punkt.

Doktor Schmerbeck überlegte, während die beiden Kripobeamten gespannt auf seine Antwort warteten. Thomas befürchtete, dass er sich wieder hinter dem bereits genannten Paragrafen verstecken würde, und half ihm auf die Sprünge. »Sie wissen bestimmt, dass es beim Paragraf 203 auch eine gewisse Rechtsunsicherheit gibt, wenn es um die Ermittlung von Mordfällen geht.«

»Ja, ja, aber ich will auf alle Fälle vermeiden, dass die Gemeindebürger von Johanniskirchen bald ohne Landarzt auskommen müssen. Ich bin nämlich der einzige in der Gemeinde.«

»Das ist uns klar«, gab Mandy zu.

»Ich mache Ihnen einen Vorschlag. Ich unterhalte mich jetzt als Bürger von Johanniskirchen, nicht als Arzt mit Ihnen über den Staudinger-Vater. Deshalb ziehe ich auch den Arztkittel aus.« Doktor Schmerbeck hängte seine Arbeitskleidung demonstrativ am Kleiderständer des Sprechzimmers auf. »Mein Wissen als sein Hausarzt werde ich Ihnen nicht preisgeben.«

Thomas und Mandy waren aufgrund des ungewöhnlichen Verhaltens des Mediziners irritiert.

»Ich hab den Staudinger-Vater schon gekannt, als ich noch ein Kind war. Mein Vater und er waren gute Freunde. Der Senior war ein Bauer vom alten Schlag. Sein größter Wunsch war, dass sein Hof weitergeführt wird. Eigentlich wollte er seinem Sohn Sepp den Hof überschreiben, aber nachdem der sich für den Trabrennsport entschieden hatte, hat er ihn dem Jak übergeben. Ein halbes Jahr vor seinem Tod hat er mit Jak immer noch den wöchentlichen Stammtisch bei unserem Wirt besucht. Dort war ich auch ab und zu, wenn es meine Zeit zuließ, und deswegen kann ich über die Eindrücke dort berichten«, informierte Schmerbeck.

»War die Krankheit bekannt an diesem Stammtisch?«, fragte Mandy.

»Ja klar, von der Krankheit wusste jeder dort. Er hat oft sehr wirres Zeug von sich gegeben, was immer wieder zu Gelächter geführt hat, besonders zur vorgerückten Stunde und mit zunehmendem Bierkonsum. Aber er hatte auch helle Momente und erzählte alte Geschichten von früher, die absolut der Realität entsprochen haben. Und jetzt komme ich zu der Frage, wegen der Sie zu mir gekommen sind.« Der Landarzt überlegte kurz, bevor er Folgendes in den Raum stellte: »Ich kann mir nur sehr schwer vorstellen, dass der Staudinger-Vater drei Monate vor seinem

Tod testierfähig gewesen sein soll, aber ausschließen kann ich es nicht.«

»Das hilft uns nicht weiter«, resümierte Thomas enttäuscht.

»Wurde die Testamentsänderung notariell beurkundet?«, fragte der Arzt.

»Ja, da war ein Notar dabei«, antwortete Mandy ebenso enttäuscht wie ihr Kollege.

»Dann sollten Sie den Notar befragen, der muss die Testierfähigkeit feststellen«, empfahl Doktor Schmerbeck.

Spätestens jetzt war für die Ermittler der Zeitpunkt gekommen, das Gespräch zu beenden. »Vielen Dank für die Zeit, die Sie uns g'schenkt haben«, sagte Thomas artig, wohlwissend, dass sie keinen Schritt weitergekommen waren, um Erlacher mit Beweisen belasten zu können.

DREIUNDZWANZIG

Auf der Rückfahrt von Johanniskirchen war es zunächst sehr still im Auto, zu groß war die Enttäuschung über das Gespräch mit dem Arzt. Besonders Thomas wurmte es sehr, dass er keine belastbaren Beweise gegen den arroganten Notar, der sich über ihn beschwert hatte, auftreiben konnte. Mit der Aussage, dass sich der Arzt die Testierfähigkeit vom Staudinger-Vater nur sehr schwer vorstellen könne, brauchte er bei seinem Chef gar nicht erst anzutreten.

Während Thomas sich darüber ärgerte, machte Mandy sich über die Eindrücke auf der Beerdigung ihre Gedanken. »Wir sollten nicht Trübsal blasen, sondern nach vorne schauen«, versuchte sie ihren Kollegen aufzurichten. »Mir gehen die Blicke zwischen der Staudinger und dem Dietl nicht mehr aus dem Kopf. Ist dir das bei der Beerdigung auch aufgefallen? Ich bin mir ziemlich sicher, dass da was am Laufen ist.«

»Ja, das hab ich auch bemerkt. Sollen wir der Witwe einen kurzen Besuch abstatten? Leichenschmaus ist eh keiner, und wenn du recht hast, dann könnt der Hühnerkaiser grad beim Trösten sein«, schlug Thomas vor.

»Das ist eine gute Idee. Das machen wir!«, stimmte Mandy zu. »Und wenn er nicht da ist, könnten wir morgen bei der Staudinger die Bluff-Strategie wieder anwenden. Was hältst du davon?« Mandy wollte damit indirekt herausfinden, ob ihr Fremdenführer Helmut bei Thomas gepetzt hatte.

»Diese Gesprächsstrategie hat dich schwer beeindruckt«, sagte Thomas.

»Ja, ich habe sie am Wochenende privat sehr erfolgreich eingesetzt«, gab Mandy etwas deutlicher werdend zu. Sie war auf die Reaktion sehr gespannt.

Thomas schwieg zunächst und schaute stur auf die Straße. Nach einer Weile grinste er sie an und raunte: »Sag bloß niemandem was davon!«

Jetzt wusste Mandy Bescheid. »Du kannst dich auf mich verlassen«, versprach sie.

»Ich hoffe, Frau Hanke, ich hoffe … Ganz ehrlich: Ich hab mir die Zusammenarbeit mit dir schlimmer vorg'stellt«, gestand Thomas und grinste sie erneut an.

»Positive Überraschungen sind immer herzlich willkommen«, philosophierte Mandy und freute sich auf die künftige kollegiale Zusammenarbeit auf Augenhöhe.

Wenig später bog Thomas im Pfarrkirchner Ortsteil Gehring in die Bischof-Engilmar-Straße ein. »Volltreffer!« Vor dem Haus von Monika Staudinger stand der schwarze BMW X5. »Dein Gefühl hat dich nicht getäuscht, Mandy.«

Mandy sog das Lob in vollen Zügen auf. »Wie gehen wir jetzt vor?«

»Ich würd vorschlagen, wir schleichen uns um das Haus und schauen, ob wir die beiden sehen. Konfrontieren würde ich sie so wenige Stunden nach der Beerdigung noch nicht«, antwortete Thomas.

»Ja, das klingt gut. Geben wir ihnen eine Schonfrist bis morgen früh.«

Thomas parkte den Dienstwagen in ausreichendem Abstand zum Grundstück von Monika Staudinger. Die beiden stiegen aus und näherten sich dem schmucken Haus. Auf leisen Sohlen gingen sie um das Grundstück herum und lugten vorsichtig in die Fenster. Thomas ging voraus und Mandy folgte ihm. Am Wohnzimmerfenster blieb Thomas stehen, da er Stimmen hörte. Er beugte sich kurz nach vorne und sah durchs Fenster, was er erhofft hatte. Monika Staudinger und Manfred Dietl lagen eng umschlungen auf dem Sofa. Thomas winkte Mandy zu sich und gab ihr ein Zeichen, dass sie fotografieren solle. Sie verstand sofort, zückte ihr Smartphone, hielt es ans Fenster und drückte auf den Auslöser. Anschließend betrachtete sie das Bild auf dem Handy und nickte Thomas kurz zu. Genauso leise, wie sie gekommen waren, verschwanden die beiden wieder vom Grundstück.

Als sie im Auto saßen, wollte Thomas nicht gleich zur Polizeiinspektion fahren. »Ich möcht noch einen kurzen Abstecher machen.«

»Mach es nicht so spannend. Was hast du vor?«, fragte Mandy.

»Es wird dir wahrscheinlich nicht g'fallen. Ich möcht zum Hans fahren. Der hat den Staudinger gut gekannt und den Schwarz kennt er auch. Ich möcht ihn fragen, was er von der Leihg'schicht hält«, erklärte Thomas ziemlich kleinlaut.

»Wenn du mich mitnimmst, habe ich kein Problem damit«, antwortete Mandy überraschend.

Mandy staunte nicht schlecht, als sie das liebevoll restaurierte Sacherl von Hans Baumgartner in Aign sah. »Wahnsinn! Das ist ja ein kleines Paradies, was der Hans da geschaffen hat.« Sie kam aus dem Staunen gar nicht mehr heraus.

Der stolze Besitzer des Sacherls hatte die Anfahrt des Autos bemerkt, trat aus dem Haus und hieß die beiden willkommen. »Griaßt euch, ihr zwei. Was verschafft mir die Ehre?«

»Hast ein paar Minuten für uns?«, fragte Thomas. Natürlich hatte Hans Zeit für seinen ehemaligen Kollegen und seine Nachfolgerin. Nachdem der 63-Jährige seine Gäste mit antialkoholischen Getränken versorgt hatte, saßen sie zu dritt auf der Terrasse, wo Thomas gleich auf den Punkt kam und ihn wegen des angeblich geliehenen Geldes zwischen Staudinger und Schwarz befragte.

»Von diesem Leihgeschäft weiß ich nichts. Die G'schicht klingt ziemlich konstruiert. So dicke Freund waren der Sepp und der Georg ned. Deswegen kann ich mir fast ned vorstellen, dass der Sepp dem Schwarz so einen Haufen Geld g'liehen hat, noch dazu ohne Zinsen und ohne Vertrag«, erklärte der Ex-Polizist.

»Dann wird's dafür einen anderen Grund geben«, resümierte Thomas.

»Und den müsst ihr rausfinden«, forderte Hans.

Thomas kam auf ein anderes Thema zu sprechen: »Hast du g'wusst, dass die Staudingerin mit dem Dietl ein Verhältnis hat?«

»G'wusst hab ich des ned, aber wundern tut's mich überhaupt ned. Die Monika und der Sepp haben noch nie zusammen'passt, und die Staudingerin ist immer schon aufs Geld aus g'wesen. Beim Sepp lief's nicht mehr, dafür beim Dietl. Der verdient immer mehr«, antwortete Hans.

»Das haben wir auch festgestellt. Die Villa von ihm durften wir schon besuchen«, bestätigte Mandy.

»Hat der Sepp eigentlich eine Lebensversicherung g'habt?«, fragte der Hausherr.

Thomas und Mandy schauten sich gegenseitig an, bevor Mandy ihren Fehler eingestand. »Mist, das habe ich beim letzten Mal vergessen zu fragen.«

»Macht nichts, das holen wir morgen nach. Da machen wir eine Hausdurchsuchung bei der Staudingerin«, erklärte Thomas.

»So würd ich auch vorgehen«, stimmte Hans zu.

Zufrieden und in ihren Einschätzungen bestätigt, fuhren die beiden Polizisten am späten Nachmittag in die

Polizeiinspektion an der Arnstorfer Straße. Bereits im Eingangsbereich trafen sie auf Karl Auer, der mit Neuigkeiten aufwartete.

»Mach's nicht so spannend, Karl. Was gibt's?«, forderte Thomas seinen Kollegen auf.

»Eine Zeitungsausträgerin hat zur Tatzeit einen schwarzen BMW X5 auf der Rennbahnstraße fahren g'sehen«, erklärte der Polizist.

»Das ist interessant. Hat sie sich das Kennzeichen merken können?«, fragte Thomas aufgeregt nach.

»Nein, sie hat sich nur an unser PAN erinnert«, gab Karl Auer zu.

»Dann mach mal eine Auswertung, wie viele schwarze BMW X5 ein PAN-Kennzeichen haben!«, gab Thomas Anweisung.

»Hab ich schon«, antwortete Auer triumphierend.

In diesem Moment kam Josef Kiermeier aus seinem Zimmer und stieß zu seinen Mitarbeitern.

»Stellen S' sich vor, Chef, zur Tatzeit wurde ein schwarzer X5 auf der Rennbahnstraße g'sichtet, genau so einer, wie der Dietl ihn hat«, berichtete Thomas.

»Nicht nur der Dietl«, warf Karl Auer ein.

»Wer noch?«, fragte Thomas neugierig.

»Meine Auswertung ergab, dass im Landkreis zehn schwarze X5 mit einem PAN-Kennzeichen angemeldet sind. Einer davon auf den Namen Manfred Dietl und einer auf den Namen Klaus Erlacher«, informierte Auer nicht ohne Stolz.

Mit dieser Nachricht hatten die Pfarrkirchner Polizisten nicht gerechnet.

»Jetzt sollten wir uns schleunigst um Erlachers Alibi kümmern«, schlug Mandy vor.

»Das übernehme ich«, bestimmte Josef Kiermeier, der somit diese Angelegenheit zur Chefsache erklärte.

VIERUNDZWANZIG

Dienstag

Pünktlich um 8 Uhr fuhren zwei Polizeiautos zur Bischof-Engilmar-Straße. Vorneweg Thomas mit Mandy und dahinter ein weiterer Wagen mit drei Kollegen von der Spurensicherung, die die Kommissare bei Hausdurchsuchungen unterstützten. Monika Staudinger war noch beim Frühstück, als die Polizisten vor ihrer Haustür standen und läuteten.

»Guten Morgen, Frau Staudinger. Entschuldigen Sie bitte die frühe Störung. Wir haben einen Durchsuchungsbeschluss für Ihr Haus.« Thomas Huber zeigte der Frau des Ermordeten das richterliche Dokument.

»Von mir aus können Sie das tun, ich hab nichts zu verbergen. Aber ich hoff, dass Sie nachher alles aufräumen, denn dafür hab ich keine Zeit.« Die Geschäftsfrau zeigte sich nicht sonderlich überrascht.

Die Männer der SpuSi schwärmten ins Haus, während die beiden Kriminalbeamten mit Monika Staudinger in deren Esszimmer gingen.

»Was suchen Sie eigentlich?«, fragte die Hausherrin.

»Beweise, die uns zum Täter führen«, antwortete Mandy diplomatisch.

Nachdem die drei am Esszimmertisch Platz genommen hatten, kam Thomas zur Sache. »Frau Staudinger, haben Sie g'wusst, dass Ihr Mann ein Verhältnis mit seiner Pferdepflegerin hatte?«

Monika überlegte kurz, bevor sie darauf antwortete. »G'wusst hab ich's nicht, aber geahnt. Der Sepp war schon immer einer, der nichts anbrennen hat lassen, und die Kerstin passt in sein Beuteschema.«

»Hat Ihnen das nichts ausg'macht, dass Ihr Mann fremd'gangen ist?«, hakte Thomas nach.

»Am Anfang schon, aber die letzten Jahre nimmer«, gab sie zu.

»Weil Sie sich auch einen Liebhaber g'sucht haben, oder?«, provozierte Thomas die Geschäftsfrau.

Monika Staudinger schwieg.

»Wir wissen es«, half Mandy nach.

Monika sah ein, dass Leugnen zwecklos war. »Ja, seit ungefähr einem Jahr bin ich mit Manfred zusammen«, gestand sie.

Beim Stichwort »Manfred« stand Mandy absprachegemäß auf und verabschiedete sich. Mandy hätte das Foto von gestern auf ihrem Smartphone präsentiert, falls Monika es nicht zugegeben hätte.

Thomas führte das Gespräch mit Monika alleine weiter, während Mandy zu Dietl fuhr.

»Wie haben Sie Manfred Dietl kenneng'lernt?«

»Ich kenn ihn seit einigen Jahren, weil er seine Pferde schon lang beim Sepp stehen hatte. Letztes Jahr beim Trabermeeting sind wir uns näher'kommen, und dann hat er mich zu einer persönlichen Betriebsbesichtigung auf sein' Hof eing'laden.«

»Hat der Sepp von der Beziehung g'wusst?«

»Nein, das kann ich mir nicht vorstellen. Manfred und ich haben unsere Beziehung geheim g'halten, 'troffen haben wir uns fast nur bei ihm.«

»Warum eigentlich? Sie hätten Earna doch ganz einfach scheiden lassen können. Kinder haben S' ja keine.«

»Ich wusste am Anfang nicht, ob der Manfred eine langfristige Beziehung mit mir will. Jetzt bin ich mir sicher. Er ist so großzügig, so einfühlsam und im Gegensatz zum Sepp auch so erfolgreich in seinem

Beruf«, schwärmte Monika. »Lang hätt's bestimmt nicht mehr 'dauert, dann hätt ich es dem Sepp g'sagt«, ergänzte sie.

»Das brauchen S' jetzt nimmer. Ist Earna klar, dass Sie damit ein Tatmotiv haben?«

»Ich, ein Tatmotiv? Wie kommen S' denn da drauf?«, erregte sich Monika.

»Ganz einfach, weil Sie alles erben«, erklärte Thomas.

»Was soll ich erben? Da ist nicht mehr viel. Auf dem Haus sind noch Schulden, und die anderen Rücklagen sind alle aufgebraucht«, offenbarte sich Monika.

»Hat der Sepp keine Lebensversicherung g'habt?«

»Ich hab ihm das hundertmal eing'redet, aber er wollt einfach nicht. Er hat immer g'sagt: ›Dem Vater sei Wald ist meine Lebensversicherung‹.«

»Daraus wurde ja leider nichts.«

»Genau, das hat ihn hart 'troffen, aber er wollt drum kämpfen, hat er mir g'sagt.«

»Sie wissen immer noch nicht, welche Beweise er für die Unrechtmäßigkeit der Testamentsänderung hatte?«, hakte Thomas nach.

»Nein, das weiß ich nicht. Wir haben die letzten Monate nicht mehr viel miteinander g'redet. Er hat nur g'sagt, dass er das regeln wird«, gestand Monika.

»Wie wäre es finanziell mit dem Sepp weiter'gangen, wenn er den Wald nicht 'kriagt hätt?« Thomas wollte die finanzielle Situation der Staudingers durchleuchten.

»Das weiß ich selber nicht. Ich hab mit'kriegt, dass seine Einnahmen die letzten Jahre immer weniger 'worden sind und dass er seine ganzen Rücklagen auf'braucht hat. Ich hab zu ihm g'sagt, dass er der Rennbahn den Rücken kehren und eine Umschulung machen soll. Aber er hat nicht auf mich g'hört.«

»Sie konnten bestimmt von den Einnahmen Ihres G'schäfts auch gut zu zweit leben«, übertrieb Thomas, wohlwissend, dass sich die Kundenfrequenz in ihrem Geschäft in Grenzen hielt.

Monika lachte auf. »Schön wär's. Mein G'schäft lauft zurzeit ned gut. Die Pfarrkirchnerinnen sind nicht so modebewusst, wie ich mir das wünschen würd, und außerdem macht mir das Internet immer mehr Konkurrenz. Wenn mir der Manfred nicht ein paar Mal g'holfen hätt, dann hätt ich schon längst zusperren müssen.«

Thomas glaubte der Witwe. Ihre Aussagen klangen sehr ehrlich. »Warum hören S' dann nicht auf und suchen sich eine andere Arbeit, wenn Ihr G'schäft nichts abwirft?«

»Weil ich einen langfristigen Mietvertrag hab, aus dem ich nicht rauskomm. Oder wissen Sie jemanden, der mir den Vertrag abnimmt?« Monika Staudinger wirkte frustriert.

»Nein, leider nicht.«

»Wie spät ist es? Ich kann mit Ihnen nicht ewig plaudern, ich muss mein G'schäft aufmachen«, drängte sie.

»Okay, aber eine letzte Frage hätt ich noch. Wo waren Sie zur Tatzeit? Haben S' ein Alibi, Frau Staudinger?«

»Nein, ich war daheim. Ich hab's Ihnen schon mal g'sagt, dass ich vor halb acht nicht aufstehe«, erklärte Monika Staudinger erneut. »Außerdem brauch ich kein Alibi, weil ich es nicht war«, stellte sie genervt fest, stand auf und machte so dem Kommissar nochmals klar, dass sie gehen musste und das Gespräch beendet war. »Sie können gerne dableiben und weitersuchen, aber bitte stellts alles wieder so hin, wie es vorher g'standen hat, und machts die Tür zu, wenn ihr fertig seid.« Monika verabschiedete sich eilig.

Thomas ging in den ersten Stock, wo sich seine Kollegen von der Spurensicherung befanden. »Und, habt's schon was g'funden?«, fragte er ungeduldig.

»Nein, bisher noch ned, aber wir sind noch lang ned fertig«, antwortete einer der Kollegen.

»Dann gehe ich nach unten und fang da an«, kündigte Thomas seine Hilfe an.

FÜNFUNDZWANZIG

Den Weg zur Farm von Manfred Dietl fand auch Mandy inzwischen ohne Navigationssystem. Während der 15 Minuten Fahrzeit auf den kurvigen und teils unübersichtlichen Landstraßen bis nach Pflanzenöd überlegte sich die Kommissarin ihre Vorgehensweise, ohne jedoch der Strecke die nötige Aufmerksamkeit zu entziehen, denn in dieser Jahreszeit waren zahlreiche Bauern mit Fuhrwerken in erstaunlicher Größe, Breite und Geschwindigkeit unterwegs. Sie war keine unsichere Fahrerin, aber bei manchem landwirtschaftlichen Ungetüm, das ihr im Gegenverkehr die Straße streitig machte, kam es ihr so vor, als bliebe nur mehr der Rückwärtsgang oder der Straßengraben, um eine Kollision zu vermeiden.

Sie passierte die Hühnerställe und sah einige Autos mit ausländischen Kennzeichen, die auf dem Hof mit dem überdimensionierten Wohnhaus abgestellt waren.

Nachdem sie den Dienstwagen in einer vermeintlich ruhigen Ecke geparkt hatte, näherte sie sich einer Gruppe Arbeiter und befragte sie nach dem Aufenthaltsort des Hühnerfarmbesitzers.

»Chef nicht da, dort drüben!«, erhielt Mandy zur Antwort und kam um eine weitere Klarstellung nicht umhin.

»Sie meinen das Wohnhaus, oder?«

»Ja, dort drüben!«, entgegnete der Mann und drehte sich wieder seinen Kumpanen zu.

Die Kommissarin überwand die wenigen Stufen zum Portal des Dietl-Hauses, betätigte die Türklingel und erschrak zum zweiten Mal über deren heftigen, schrillen Ton. Während der endlos scheinenden Sekunden, die sie wartete, bis geöffnet wurde, stellte sie fest, dass der Arbeitertrupp belustigt herübergrinste und über sie witzelte. Als Manfred Dietl endlich in der Tür stand, war ihr die vorher zurechtgelegte Verhörstrategie gänzlich entfallen.

»Die Polizei, dein Freund und Helfer, lasst ned locker! Was gibt's? Ich bin beschäftigt!« Der Hühnerkaiser ließ seinem Missfallen über die erneute Störung freien Lauf.

»Herr Dietl, ich habe noch ein paar wichtige Fragen zum Mordfall Staudinger, und Sie werden nicht umhinkommen, mir etwas von Ihrer kostbaren Zeit zu gewähren.«

Auch diesmal war der Hausherr nicht sogleich gewillt, Mandy eintreten zu lassen, überlegte es sich aber und gab einen kurzen Wink mit dem Kopf. »Was halten Sie von meine zwoa treuen Wächter?«, fragte Dietl und wies auf zwei monströse Porzellanhunde zu beiden Seiten des Treppenaufganges.

Hätte Mandy sich dazu diplomatisch und anerkennend geäußert, wäre das gesamte Gespräch vermutlich anders verlaufen. Doch dieser monumentale Kitsch rang ihr nur ein gequältes Lächeln ab.

Der Hühnerfarmer reagierte sofort und schaltete wieder auf stur, was scheinbar seine normale Reaktion auf unerfreuliche Situationen war. »Wer sagt, dass ich mich überhaupt mit Earna unterhalten muss?«

»Eine andere Möglichkeit ist, Sie kommen bei uns in der Polizeiinspektion vorbei, aber den Termin setzen wir«, stellte Mandy in Aussicht.

»Fangen S' schon an, ich hab ned ewig Zeit!« Der Hüne baute sich vor Mandy auf. Er war fast einen Kopf größer als die Polizistin. In seinen Augen war sie schon viel zu weit in sein privates Reich eingedrungen.

»Herr Dietl, Sie haben unzweifelhaft ein intimes Verhältnis mit der Ehefrau des Mordopfers und damit ein starkes Interesse –«

»Zefix!« Dem konsternierten Hühnerbauern schwoll der Hahnenkamm. »Und wenn's so is, des geht neamand was an.«

»Selbstverständlich geht uns das etwas an«, erwiderte die Kommissarin, trat aber vorsichtshalber einen Schritt zurück. »Zu dem Streit, den Sie mit Staudinger wegen der Rennen hatten, kommt ein weiteres Tatmotiv hinzu.«

»Die Monika und ich werden heiraten, damit des klar is! Auch wenn sie noch etwas braucht, Weiber sand immer etwas langsamer und schwerer von Begriff«, setzte er provozierend hinzu und ließ deutlich durchblicken, dass sich diese Aussage vor allem auf Mandy bezog.

»Wie lange besteht das heimliche Liebesverhältnis zu Monika Staudinger schon?«

»Lang g'nug, und sie hätt sich sowieso bald scheiden lassen. Der Sepp, der arme Schlucker, hat doch jemand wie die Monika gar ned verdient, die is eine ganz andere Klasse.«

»Wie lange?«, insistierte Mandy.

»Ein Jahr, so was … Viel zu lang. Ich hätt der Heimlichtuerei schon viel eher a End g'macht. Sie braucht noch a bisserl Zeit, hat sie immer g'sagt. Ich hätt ja meine Ross längst am Schwarz übergeben, wenn Monika nicht darauf 'drängt hätt, dass ich sie noch beim Sepp lassen soll. Aber nach den letzten Pfingstrennen gab es keinen Weg mehr. Ich konnt mich wegen dem Sepp nicht zum Deppen machen lassen. Das muss auch die Monika einsehen.« Die Sätze Dietls klangen einleuchtend, aber seine Erregung hatte sich von Satz zu Satz gesteigert. Sichtbares Zeichen davon waren der hochrote Kopf und die nervösen Handbewegungen.

Dabei stand Mandy das Schwierigste noch bevor. »Gehört der schwarze BMW im Hof Ihnen, Herr Dietl?«, fragte die Polizistin förmlich, obwohl ihr dieser Sachverhalt bereits bekannt war.

»Des is meiner!« Für einen kurzen Moment war der Besitzerstolz bei dem eitlen Landwirt größer als der Unmut über die Befragung.

»Unsere Untersuchung hat ergeben, dass zur Tatzeit ein dunkler BMW X5 in der Nähe des Tatortes unterwegs war, dafür gibt es Zeugen.«

»Jeder, der an größer'n Hänger fahren muss, hat so ein Fahrzeug«, erwiderte Dietl, der die Schwere des Verdachts zunächst unterschätzte.

»Es gibt sie hier in der Gegend nicht so häufig, wie Sie denken, und schon gar nicht um 6 Uhr morgens an der Rennbahn. Sie gehören zu unseren Hauptverdächtigen, Herr Dietl, und ich hoffe um Ihretwillen, dass Sie vernünftige Gründe angeben können, die Sie entlasten.«

Wenn Mandy gemeint hatte, dass sie damit eine größere Gesprächsbereitschaft Dietls erzwingen konnte, hatte sie sich gründlich geirrt. Bevor sie reagieren konnte, griff der Riese sie an der Schulter, drehte sie herum und schob sie Richtung Ausgang. Obwohl sie sich sofort losriss, hatte Manfred Dietl die Tür bereits geöffnet und versuchte sie hinauszudrängen.

»Haun S' bloß ab, bevor ich mich vergess und mir die Hand ausrutscht. Ohne mein' Rechtsanwalt hören Sie von mir kein Wort mehr.« Mit Wucht schlug er die Tür hinter der Kommissarin zu.

Die Arbeiter, die sich noch immer an derselben Stelle im Hof aufhielten, sahen verdutzt zu Mandy herüber, verfielen aber sogleich wieder in ihr unbarmherziges Grinsen, sodass der Weg zum Dienstwagen für die junge Polizistin zu einer Art Spießrutenlauf wurde. Entgegen ihrer Art beschleunigte sie das Auto beim Verlassen des Gehöfts stärker als sonst und nahm mit Genugtuung zur Kenntnis, dass sich die überraschten Männer zwischen zwei Transporter flüchteten.

Erst nach etlichen zu scharf gefahrenen Kurven beruhigte sich ihr Gemüt wieder etwas, und der Druck auf das Gaspedal ließ nach.

Es war zuletzt viel geschrieben worden über den Mangel an Respekt gegenüber Autoritätspersonen wie Ärzten, Feuerwehrmännern, Sanitätspersonal und auch Polizisten. Mandy hatte dies noch nie so eindringlich zu spüren bekommen wie in der vergangenen halben Stunde. Aber was hätte sie anders machen können? Zu ihrer Polizeiausbildung gehörten auch Kampfsporttechniken. Trotzdem wäre sie gegen den hünenhaften Muskelprotz ohne die geringste Chance geblieben. Hätte sie die Kollegen der Bereitschaft per Funk zu Hilfe rufen und den Vorfall als Angriff auf die Staatsgewalt werten sollen? Wegen solcher Situationen wurde auf Teamarbeit bestanden, schlussfolgerte Mandy.

SECHSUNDZWANZIG

Mandy wartete schon einige Zeit in ihrem Büro auf Thomas Huber. Sie war gespannt auf die Ergebnisse der Durchsuchung im Hause Staudinger. In der Zwischenzeit schrieb sie den Bericht über die Befragung des Hühnerbauern Manfred Dietl, die etwas aus dem Ruder gelaufen war. Hätte sie ihn nicht so angehen dürfen oder verhielt sich der Hühnerkaiser immer so arrogant und ausfallend, wenn ihm etwas vorgeworfen wurde?

Karl Auer kam ohne zu klopfen ins Büro gestürmt und störte sie in ihren Gedanken. »Mandy, du sollst gleich zum Chef kommen. Den Thomas hat er schon abgefangen.«

Mit einem etwas unguten Gefühl in der Magengegend ging sie sofort ins Büro des Chefs.

»Schön, dass Sie gleich kommen konnten. Wir haben einiges zu besprechen, Frau Hanke. Ihr Kollege Huber hat bestimmt interessante Dinge von der Hausdurchsuchung zu berichten«, prophezeite Josef Kiermeier.

Thomas saß bereits an dem ovalen Tisch in Kiermeiers Büro, als Mandy eintrat.

»Jetzt können S' loslegen, nachdem Frau Hanke auch da ist«, forderte der Chef.

»Frau Staudinger war sehr kooperativ und hatte kein Problem mit der Hausdurchsuchung«, begann Thomas.

»Und, haben S' was gefunden?«, unterbrach Kiermeier.

»Natürlich haben wir was g'funden, aber unser IT-Spezialist, der Wegerer Stefan, ist noch nicht ganz fertig«, versuchte Thomas zu erklären.

»Was haben Sie gefunden?«, presste Kiermeier ungeduldig hervor.

»Den Laptop und das alte Handy des Opfers«, offenbarte Thomas.

»Mehr nicht?«, kommentierte Kiermeier enttäuscht.

»Nein, mehr nicht, aber von der Auswertung seines alten Handys versprech ich mir was, denn das war in seinem Büro in einem Buchtresor versteckt«, informierte Thomas. »Wer bewahrt schon sein altes Handy in einer verschließbaren Schachtel auf?«

»Wann ist der Wegerer mit der Auswertung fertig?«, fragte der Polizeioberrat.

»Das kann nicht mehr lange dauern«, hoffte Thomas.

»Jetzt zu Ihnen, Frau Hanke. Sie waren bei Herrn Dietl, stimmt's?« Kiermeier wandte sich Mandy zu.

»Ja, das stimmt.« Mandy ahnte Böses.

»Der Dietl hat mich vor einer Stunde angerufen und sich über Sie beschwert«, erklärte Kiermeier in bedrohlichem Tonfall.

»Was hat er mir vorgeworfen?«, fragte Mandy nach.

»Den genauen Wortlaut erspar ich Ihnen, Frau Hanke. Sinngemäß hat er g'sagt, dass er sich Ihr freches Verhalten nicht mehr länger gefallen lassen wird.«

»Jetzt reicht's aber«, sprang Thomas in die Bresche. »Die Frau Hanke befragt die Verdächtigen immer sehr sachlich und korrekt. Wenn sich anschließend alle bei Ihnen beschweren und Sie uns die Leviten lesen, können wir gleich aufhören.« Thomas nahm seinem Chef gegenüber kein Blatt vor den Mund und sagte ehrlich seine Meinung.

»Ich lese Ihnen nicht die Leviten, ich gebe nur das weiter, was mir zugetragen wird«, stellte Kiermeier klar.

Mandy war beeindruckt von der Courage und der Hilfsbereitschaft ihres Kollegen, der noch nicht fertig war.

»Wenn man den Geliebten der Frau des Opfers nicht mehr intensiv befragen darf, dann hört es sich auf«, legte Thomas nach.

»Was? Der Dietl ist der Geliebte der Staudingerin?«, fragte Kiermeier aufgeregt.

»Ja, das ist unbestritten. Das haben sowohl Frau Staudinger als auch der Dietl zugegeben«, bestätigte Mandy. Den Videobeweis auf ihrem Handy wollte sie nicht vorzeigen.

»Das hat er mir nicht gesagt. Dann hat ja der Dietl auch ein Motiv«, gab Kiermeier zu, der nun gegenüber seinen beiden Mitarbeitern ein schlechtes Gewissen hatte und versöhnlichere Töne von sich gab. »Ich habe den Eindruck, dass Sie beide mittlerweile ein gutes Team geworden sind.«

Mandy und Thomas schauten sich kurz an, lächelten sich zu und nickten nicht ohne Stolz.

»Mich freut auch, Frau Hanke, dass Sie sich für die bäuerliche Kultur unserer Region interessieren und dass Sie einen Lebensgefährten gefunden haben, wie ich hörte«, säuselte Kiermeier.

Mandy war perplex und wusste nicht, was sie antworten sollte. Ein Klopfen an der Tür erlöste sie aus dieser unangenehmen Situation.

Nach dem »Herein« des Chefs trat Stefan Wegerer mit Staudingers Handy in der Hand ins Büro des Polizeioberrats.

»Herr Wegerer, haben Sie was Interessantes gefunden?«, fragte Kiermeier.

»Ja, ich glaub schon. Es gibt ein Video auf dem Handy vom Staudinger, das interessant sein könnt«, berichtete der IT-Spezialist mit selbstgefälliger Miene und setzte sich an den Tisch.

Kiermeier, Mandy und Thomas rückten näher zusammen und starrten auf das Handy. Auf dem Display war ein Mann in einem Stall zu sehen, der mit einer Pferdepeitsche hantierte.

Thomas erkannte den Mann. »Das ist der Schwarz Georg.«

»Was macht der da?«, fragte Kiermeier neugierig.

Die Polizisten verfolgten angestrengt das Video und sahen, wie der erfolgreiche Trabertrainer Georg Schwarz Batterien in den Schaft einer Peitsche einführte.

Wiederum war es Thomas, der die Situation sofort begriff. »Der trainiert seine Pferde mit einer Strompeitsche!«

»Genau«, bestätigte Stefan Wegerer.

»Das ist ja Tierquälerei im hohen Maße«, resümierte Kiermeier entsetzt.

»Wenn das rauskommt, kann der Schwarz seine Trainerlizenz sofort abgeben«, schlussfolgerte Thomas.

»Uns erzählt er, dass er seine Pferde nach den modernsten Methoden mit Herzfrequenzmessgeräten und solchen wissenschaftlichen Dingen trainiert«, wiederholte Mandy die Worte des Trabertrainers bei dessen Befragung.

»Jetzt wissen wir auch, warum er dem Staudinger die 20.000 Euro 'geben hat. Der Staudinger hat seinen Kollegen mit diesem Video erpresst«, behauptete Thomas.

»Das klingt logisch«, pflichtete Mandy bei.

»Wenn das so ist, dann soll Auer den Schwarz gleich herholen. Ich will bei der Vernehmung dabei sein«, ordnete der Leiter der Pfarrkirchner Polizei an.

»Ich hab noch was auf dem Handy g'funden«, berichtete Wegerer. »Vor ungefähr fünf Monaten hat der Staudinger etwa zehnmal eine Handynummer angerufen. Ich hab nachg'schaut, wem die g'hört: einer Maria Steinleitner. Sagt euch der Name was?«

Alle überlegten.

»Ich glaub, ich hab den Namen schon mal g'hört, aber ich weiß nicht, wo«, überlegte Thomas.

»Wir sollten schnellstens den Schwarz holen. Ich denke, wir brauchen uns über die Frau Steinleitner keine Gedanken mehr zu machen«, hoffte der Polizeioberrat.

»Und was ist mit dem Laptop?«, wollte Mandy von Stefan Wegerer wissen.

»Den muss ich noch überprüfen. Zaubern kann ich nicht«, antwortete der IT-Experte.

SIEBENUNDZWANZIG

»Hab ich was verpasst?«, fragte Thomas seine Kollegin, als sie in ihr Büro zurückgingen und auf ihren Schreibtischstühlen Platz nahmen. Das Büro der beiden war sehr schmal geschnitten und bot kaum Raum für zwei Personen. Die zwei Schreibtische waren platzsparend aneinandergeschoben. Mandy arbeitete am hinteren Schreibtisch und Thomas am vorderen, sodass er mit dem Rücken zur Tür saß. Neben einem Laptop und den üblichen Utensilien hatte Thomas ein Hochzeitsfoto von sich und seiner Marion in einem kleinen goldenen Rahmen aufgestellt.

Mandy war klar, worauf er Bezug nahm, sie spielte dennoch die Ahnungslose. »Ich weiß nicht, was du meinst.«

»Stell dich nicht dumm. Du weißt ganz genau, was ich mein.«

»Ach so, die Anspielung vom Chef«, wiegelte Mandy ab.

»Richtig.«

»Ich habe keinen neuen Freund. Ich bin froh, dass ich den alten endgültig los bin, da werde ich mir nicht gleich wieder einen Neuen anlachen«, erklärte die Thüringerin.

»Wie kommt dann der Kiermeier zu einer solchen Behauptung?«

»Das kann ich dir erklären. Als ich am Wochenende mit meinem Fahrrad unterwegs war, habe ich mir das Freilichtmuseum in Massing angeschaut und mich dort mit Helmut unterhalten, wie du weißt. Dreimal darfst du raten, wer mich dort gesehen hat.«

Thomas überlegte kurz, bevor er seinen Tipp abgab. »Die Hilde vielleicht?«

»Der Kandidat hat 100 Punkte!«

»Ja, unsere Sekretärin war immer schon ein Ratschkathl«, behauptete Thomas.

»Ich vermute, dass ›Ratschkathl‹ eine geschwätzige Frau ist?«

»Sehr gut, Mandy. Ich brauch ja gar nicht mehr zu übersetzen, du verstehst unsere Sprach schon ganz gut«, lobte Thomas sein Gegenüber und lächelte sie an.

»Ich arbeite jeden Tag daran«, scherzte sie.

»Ich bin gespannt, ob der Schwarz die Tat zugibt, wenn wir ihm das Video präsentieren.« Thomas wechselte abrupt das Thema. Er hielt den Fall für nahezu gelöst.

»Ich auch, aber zu sicher dürfen wir uns nicht sein«, mahnte Mandy, die sich das Video auf dem Handy erneut anschaute. »Staudinger muss zum Schwarz gefahren sein und das Video heimlich gemacht haben.«

»Vielleicht hat er einen Tipp bekommen, dass die Trainingsmethoden vom Schwarz gar nicht so wissenschaftlich sind, wie er tut.«

»Das werden wir alles gleich herausfinden«, hoffte Mandy.

»Was mich allerdings stört, ist, dass der Kiermeier bei der Vernehmung mithört. Da muss man sich jede Frage dreimal überlegen«, befürchtete Thomas.

»Ach, Thomas, mach dir keine Gedanken. Das kriegen wir schon hin.«

Wenig später klopfte es an der Tür der beiden Kommissare. Karl Auer trat mit dem aufgebrachten Georg Schwarz ein, der gleich seinen Unmut kundtat. »Was soll denn des? Was wollts ihr schon wieder von mir? Ich hab koa Zeit, ich hab an Haufen Arbeit am Hof.«

»Das werden wir Ihnen im Vernehmungsraum erläutern«, antwortete Mandy bestimmt.

Georg Schwarz sah das Foto auf dem Schreibtisch des Kripobeamten Thomas Huber. Seine Gesichtsfarbe veränderte sich und es verschlug ihm die Sprache. Die Polizisten waren irritiert, konnten aber das Verhalten des Trabertrainers nicht deuten.

»Geh Karl, bring den Herrn Schwarz in den Vernehmungsraum, wir kommen gleich«, bat Thomas seinen Kollegen.

Mandy griff zum Telefon, um ihren Chef zu informieren.

Der alte Vernehmungsraum in Pfarrkirchen war wie in vielen anderen kleineren Polizeiinspektionen sehr schlicht und spartanisch eingerichtet und nicht auf dem Stand der modernsten Technik. In der Mitte stand ein kleiner Metalltisch mit einer braunen furnierten Holzplatte und drei Stühlen. Auf diesem Tisch waren ein altes Mikrofon und ein Tonaufnahmegerät angebracht. Ein verspiegeltes Fenster an einer Wand wurde vom Nebenraum aus als Beobachtungsfenster genutzt. Georg Schwarz nahm auf einem der Stühle Platz und wartete auf seine Vernehmung. Gleich neben der Tür befand sich ein weiterer Stuhl, auf den sich der Polizist Karl Auer setzte.

Schwarz starrte auf den Tisch, als Mandy und Thomas eintraten und sich neben ihm niederließen.

»Wir nehmen unser Gespräch auf. Ich gehe davon aus, dass Sie damit einverstanden sind«, sagte Mandy zu Beginn und schaltete das Tonbandgerät ein.

»Können S' Earna gar nicht vorstellen, warum wir Sie hergebeten haben?«, fragte Thomas, der den Überlegenen spielte und den Verdächtigen in dieser Weise verunsichern wollte.

»Na, ich hab keine Ahnung«, antwortete der Pferdeexperte.

»Dann zeigen wir Ihnen, was wir im Haus von Sepp Staudinger g'funden haben«, kündigte Thomas an und zückte das Corpus Delicti aus seiner Westentasche. Er schaltete das Handy ein und spielte ihm das Video vor.

Die Gesichtszüge von Georg Schwarz verfinsterten sich, er sagte jedoch nichts.

Mandy konnte sich nicht mehr zurückhalten. »Uns halten Sie Vorträge über die modernsten Trainingsmethoden, und in Wirklichkeit quälen Sie Ihre Pferde mit Strom«, warf sie ihm vor.

»Das hab ich nur bei ein paar Pferden g'macht, die richtig lauffaul waren«, schränkte Schwarz ein.

Thomas nutzte die Gunst des Augenblicks. »Der Staudinger hat Sie dabei beobachtet und g'filmt, und dann hat er Sie erpresst.«

Georg Schwarz verfiel wieder in Schweigen.

»Sie haben ihn dafür bezahlt, dass er dichthält. Als der klamme Staudinger immer mehr wollt, haben Sie ihn erstochen«, legte Thomas nach.

»Na, ich hab ihn ned erstochen. Ich hab mit dem Tod vom Sepp nichts zu tun«, schrie Schwarz. Er schien es mit der Angst zu tun zu bekommen.

»Die Erpressung geben Sie aber zu, Herr Schwarz, oder?«, fragte Mandy, die Schritt für Schritt vorgehen wollte.

Schwarz sah ein, dass er reden musste. »Der Sepp war pleite. Vor drei, vier Wochen ist er zu mir g'fahren und wollt mich um a Geld anpumpen. Da hat er g'sehen, wie ich im Stall die Batterien in die Peitsche reing'steckt hab, und hat das mit seinem Handy g'filmt«, gab der Beschuldigte zu.

»Hat er Sie erpresst?«, fragte Mandy, die sich mit der Antwort noch nicht zufrieden gab.

Schwarz knickte ein. »Er hat g'sagt, wenn ich earm ned 20.000 Euro geb, zeigt er das Video dem Hauptverband.«

»Dann haben S' earm des Geld 'geben?«, hakte Thomas nach.

»Ja, das wissen S' ja, dass die 20.000 von mir sind.«

»Wollt der Staudinger noch mehr?«

»Na, ich hab earm am Pfingstsonntag das Geld 'geben. Von mehr Geld hat der Sepp ned g'sprochen«, antwortete Schwarz.

»Der Sepp wollt bestimmt was von Ihrem Zuchtrennsieg haben. Also sind S' am Mittwoch in der Früh zu ihm g'fahren und haben ihm g'sagt, dass es nicht mehr Geld gibt. Dann ist es zum Streit 'kommen und Sie haben ihn um'bracht«, warf ihm Thomas erneut vor.

»Na! Ich hab den Sepp ned um'bracht. Ich war am Mittwoch ned bei earm. Ich hab mit dem Tod vom Sepp nichts zu tun. Wie oft soll ich das noch sagen?«, klagte Georg Schwarz verzweifelt.

»Sie haben uns ang'logen, Sie haben ein klares Motiv und kein Alibi«, fasste Thomas die prekäre Lage des Trabertrainers zusammen.

Georg Schwarz haute mit beiden Händen auf den Tisch und schrie: »Ich war das ned. Das müsst ihr mir glauben.«

»Ich denke, wir kommen hier nicht weiter. Ich schlage vor, wir beantragen eine Durchsuchung für das Grundstück inklusive des Autos. Vielleicht finden wir die Tatwaffe oder zumindest Spuren davon. So lange bleiben Sie bei uns in Untersuchungshaft«, kündigte Mandy an.

»Die Durchsuchung brauchts ihr gar ned zu beantragen. Ihr könnt bei mir alles auch ohne Beschluss durchsuchen, ich hab nichts zu verbergen«, brüllte der Trabertrainer, fingerte seinen Schlüsselbund aus der Hosentasche und warf diesen auf den Tisch.

Josef Kiermeier hatte die Befragung die ganze Zeit

vom Nebenraum aus beobachtet und betrat nun den Vernehmungsraum, um die beiden Polizisten nach draußen zu bitten. Als sie die Tür hinter sich geschlossen hatten, sagte er: »Ich denke, das ist eine gute Idee. Die Spurensicherung soll sich das Haus und das Auto vom Schwarz vornehmen. Ihn lassen wir über Nacht in der U-Haft schmoren. Sie beide kümmern sich um diese Frau, die der Staudinger immer wieder angerufen hat.«

»Um die Maria Steinleitner«, präzisierte Thomas.

»Genau um die! Morgen früh um halb acht treffen wir uns zur Besprechung. Bis dahin erwarte ich auch die Ergebnisse der SpuSi, und vielleicht gesteht der Schwarz nach einer Nacht in U-Haft«, ergänzte der Chef.

ACHTUNDZWANZIG

»Das können wir uns doch alles sparen. Das ist reine Beschäftigungstherapie«, polterte Thomas, als er mit Mandy wieder in ihrem Büro war.

»Ich verstehe nicht, was du meinst.«

»Die Befragung dieser Frau ist überflüssig wie ein Kropf. Der Mörder sitzt schon in U-Haft.«

»Da wäre ich mir nicht sicher. Der Schwarz zeigte sich heute ungemein kooperativ, als ob er wirklich nichts zu verbergen hätte«, vermutete Mandy.

»Reines Ablenkungsmanöver, vermutlich hat er die Tatwaffe längst in die Rott g'schmissen.«

»Kann sein, aber wir haben noch immer keine eindeutigen Beweise und erst recht kein Geständnis.«

»Wirst sehen, morgen g'steht der Schwarz. Nach einer Nacht in U-Haft haben schon einige Verbrecher aus'packt.«

»Schön wär's. Bis dahin befragen wir Frau Steinleitner darüber, was der Staudinger von ihr wollte«, schlug Mandy vor.

Sie rief die besagte Handynummer an. Als sich Maria Steinleitner mit ihrem Namen meldete, war Mandy klar, wer diese Frau war. Sie verabredete sich mit ihr in einer halben Stunde in deren Wohnung in der Postmünsterer Straße.

»Weißt du, wer diese Maria Steinleitner ist?«, fragte Mandy geheimnisvoll, nachdem sie das Gespräch beendet hatte.

»Ich hab den Namen schon mal gehört, aber ich komm nicht drauf«, antwortete Thomas grübelnd.

»Das ist die Sekretärin vom Erlacher!«

»Genau, jetzt erinnere ich mich. Der Name stand auf dem Schild am Empfangstresen. Du hast sie an ihrer heiseren Stimme erkannt, oder?«

»Richtig«, bestätigte Mandy.

»Ich bin fest davon überzeugt, dass der Fall bereits gelöst ist. Aber von mir aus, sprechen wir halt mit Frau Steinleitner. Interessieren tät's mich schon auch, was der Staudinger von der Sekretärin vom Erlacher g'wollt hat.«

»Mich auch«, fügte Mandy lakonisch hinzu.

Frau Steinleitner machte gleich auf, als die Polizisten an der Haustür ihrer Eigentumswohnung an der Postmünsterer Straße läuteten.

»Guten Tag, Frau Steinleitner, wir haben uns schon in der Kanzlei kurz kennengelernt«, begrüßte Mandy Erlachers Sekretärin.

»Ja, ich weiß«, antwortete Maria Steinleitner und reichte den beiden Polizisten die Hand.

»Ich habe Ihnen bereits am Telefon gesagt, dass wir im Zusammenhang mit dem Mordfall Staudinger einige Fragen an Sie hätten«, wiederholte Mandy ihr Anliegen.

Maria Steinleitner bat die beiden Polizisten in ihre geschmackvoll eingerichtete Wohnung. Wenig später saßen sie zu dritt am Esszimmertisch.

»Wie gut kannten Sie den ermordeten Sepp Staudinger?«, fragte Thomas zu Beginn ihres Gesprächs.

»Ich hab den Sepp schon als kloans Kind gekannt. Ich bin nämlich in Johanniskirchen aufg'wachsen und kenn daher die ganze Familie ziemlich gut. Vor 20 Jahren bin ich nach Pfarrkirchen 'zogen«, antwortete die alleinstehende Frau und stellte eine Gegenfrage: »Aber deswegen sind S' ned zu mir 'kommen, nur weil ich den Sepp 'kennt hab, oder?«

»Nein, deswegen nicht. Vor einigen Monaten hat Sie Herr Staudinger häufig auf dem Handy angerufen. Wir sind hier, weil wir wissen möchten, was er von Ihnen wollte«, erklärte Mandy.

»Ja, das stimmt. Nach der Testamentseröffnung hat mich der Sepp gleich ang'rufen. Er war fix und fertig, weil er doch mit dem Wald von seinem Vater g'rechnet hat«, berichtete Maria Steinleitner.

»Was wollt er dann von Ihnen?«, fragte Thomas ungeduldig nach.

»Er wollt wissen, ob es bei der Testamentsänderung mit rechten Dingen zu'gangen sei, des wollt er wissen von mir«, antwortete die Sekretärin.

»Und, ist es mit rechten Dingen zu'gangen, Frau Steinleitner?«, hakte Thomas nach, der auf den Punkt kommen wollte. Während der seiner Meinung nach unnötigen Befragung der Sekretärin war ihm plötzlich das abendliche Fußballtraining eingefallen und er befürchtete, zu spät zu kommen.

»Ich glaub ned. Ich war dabei, als der Jak und sei geldgierige Frau den Staudinger-Vater in die Kanzlei eing'weist haben. Der Senior hat mich nimmer kennt, obwohl wir seit mehr als 50 Jahren gut bekannt waren. Ich glaub ned, dass die Testamentsänderung sein freier Wille war«, gestand die Sekretärin.

»Haben Sie das auch dem Herrn Staudinger so gesagt?«, wollte Mandy wissen.

»Zuerst ned. Ich hab lang mit mir g'rungen. Auf der einen Seite darf ich ned gegen mein Chef arbeiten, auf der anderen Seiten hat mir der Sepp sehr leid 'tan.«

»Welche Rolle spielte Ihr Chef bei der ganzen Sache?«, fragte Mandy.

Nun überlegte Maria Steinleitner einige Sekunden, bevor sie sich zu einer ehrlichen Antwort durchrang. »Der Erlacher ist ein arroganter, hinterhältiger Mensch, der nur auf sich schaut. Ich bin mir sicher, dass sich der Erlacher beim Sepp wegen dem verletzten Ross rächen wollt. Aber handfeste Beweise hab ich keine. Die letzten 20 Jahr hat er mich getriezt, sodass ich oft weinend heim'gangen bin«, schluchzte sie.

»Das war auch der Grund, warum Sie dem Sepp die Wahrheit g'sagt haben, oder?« Thomas legte ihr damit die Antwort in den Mund.

»Ja, genau. Der Erlacher ist es ned wert, dass man zu earm hilft, und der Sepp hat mir leid ’tan. Deswegen hab ich ihm alles g’sagt. Außerdem hab ich nur noch ein paar Monate bis zur Rente«, erklärte Frau Steinleitner.

»Wie ist es dann weiter’gangen?«

»Der Sepp hat einen Rechtsanwalt aufg’sucht und wollt die Testamentsänderung anfechten.«

»Hätten Sie vor Gericht ausg’sagt?«

»Ich hab lang überlegt, aber ich hätt es g’macht. Ich hab dem Sepp auch g’sagt, dass ich mir ned sicher bin, wem das G’richt mehr glaubt, dem Erlacher oder mir.«

»Wusste der Erlacher von Ihren Gesprächen mit dem Sepp?«

»Nein, ganz g’wiss ned. Der hätt mich gleich rausg’schmissen. Ich hätt noch eine Bitte. Sagen S’ dem Erlacher nichts von unserer Unterhaltung. Jetzt hilft’s dem Sepp auch nimmer, und ich hab die letzten Monate noch mei Ruh«, bat die Sekretärin.

Thomas und Mandy waren genauso weit wie nach dem Gespräch mit dem Hausarzt Doktor Schmerbeck. Alles deutete darauf hin, dass Jak und Elisabeth Staudinger mit dem Notar Klaus Erlacher bezüglich der Testamentsänderung gemeinsame Sache gemacht hatten. Geldgier und Rachegelüste dürften dabei eine große Rolle gespielt haben. Doch beweisen konnten die Polizisten nichts. Da würde die Aussage der Sekretärin auch keinen entscheidenden Durchbruch bringen, deshalb sicherten die Pfarrkirchner Ermittler der Sekretärin Diskretion zu, zumindest so lange es nicht zu einer Mordanklage kam.

NEUNUNDZWANZIG

Rundum zufrieden fuhr Thomas nach Dienstende die Stifterstraße am Galgenberg entlang bis zu seinem Reihenhaus, welches er vor nicht allzu langer Zeit nach der Hochzeit gemeinsam mit Marion gebaut hatte. Der Name »Galgenberg« erschreckte heutzutage niemanden mehr, obwohl im Mittelalter bis zur späten Neuzeit hier tatsächlich Gerichtsurteile umgesetzt und Straffällige für alle sichtbar zur Abschreckung aufgehängt wurden. An manchen dieser historischen Richtstätten hatte man Gräber von Enthaupteten und anderweitig zum Tode Beförderter gefunden. Gott sei Dank war bei der Aushebung der Baugrube für den Kellertrakt seines Gebäudes nichts Derartiges zum Vorschein gekommen.

Thomas stellte sich belustigt die Schlagzeile im Rottaler Anzeiger vor: »Skelettfund in Polizistenneubau!« Seine etwas abergläubische Marion hätte ihn sicher gedrängt, das Grundstück wieder zu verkaufen.

Im Hausflur kam ihm plötzlich der Gedanke, dass er eine kleine Überraschung, wie zu Beginn seiner Ehe, hätte besorgen können. Nun war es leider zu spät, da Marion ihn bereits gehört hatte. Wie schnell sich solche Aufmerksamkeiten im alltäglichen Trott verlieren, dachte Thomas. Dabei waren erst drei Jahre seit der Hochzeit vergangen. Morgen, so reifte sein schneller Entschluss, wird das heutige Versäumnis nachgeholt. Mit diesem Versprechen an sich selbst trat er Marion in der Küche gegenüber, gab ihr einen langen Kuss auf den Mund und drückte sie mit der Hüfte fest an sich. Marion ließ sich diese Zärtlichkeiten gefallen, blieb dabei allerdings eher passiv, sodass Thomas seine Angetraute aus der Umarmung entließ.

»Was hältst du davon, wenn wir beide heute nach dem Fußballtraining zur Feier des Tages in den Reichenberger Biergarten gehen und dort was Leckeres essen?«, schlug er vor, um den erfolgreichen Tag würdig abzuschließen.

»Wie stellst du dir das vor?«, wiegelte Marion ab. »Wie du siehst, hab ich bereits für mich gekocht.« Tatsächlich standen zwei Töpfe auf dem Ceran-Kochfeld, aus einem davon stieg Dampf auf. »Außerdem dauert dein Training so lang.«

Damit lag sie absolut richtig. Schuld war jedoch meist nicht das Training, sondern der anschließende Umtrunk und Imbiss mit den Jungs im Sportheim.

»Du könntest dein Essen doch für morgen aufheben.« Thomas gab sich noch nicht geschlagen. »Dann brauchst nicht zu kochen!«

»Ich hab keine große Lust, alles kalt zu stellen, und außerdem hab ich jetzt Hunger und ned in drei Stunden.« Marion erstickte die letzte Euphorie. »Was gibt's eigentlich zu feiern?«

»Die Ermittlungen in der Mordsach Staudinger san so gut wie abg'schlossen«, gab Thomas stolz bekannt. »Hoffentlich werden wir endlich mal wieder in der Zeitung g'lobt. Dass die Pfarrkirchner Kripo mit ihrem kriminalistischen Spürsinn den komplizierten Mordfall innerhalb einer guten Woche auf'klärt hat. Das würd uns ganz guttun, b'sonders dem Kiermeier. Der war zum Schluss kaum mehr zu ertragen. Ich hätt nie gedacht, dass der so nervös wird, wenn's hart auf hart kommt.«

»Wer ist es denn g'wesen?«, fragte Marion, die immer noch gesteigertes Interesse an diesem Fall hatte.

»Du weißt, dass ich darüber ned sprechen kann! Außerdem sitzt der Mörder in Untersuchungshaft, und wir haben noch kein Geständnis. Aber das wird sich morgen alles finden, die Beweise san eindeutig.«

»Nun sag schon!« Seine Ehefrau ließ nicht locker. »Hab ich dir jemals Grund für dein Misstrauen geben?« Auch ihr Tonfall deutete auf eine gewisse Anspannung hin.

Thomas wollte sich seine gute Laune nicht verderben lassen und war bereit, die Umstände wenigstens teilweise preiszugeben. »Es war ein Mord unter Trabertrainern. Der Staudinger Sepp hat einen andern erpresst, und dafür hat er mit sei'm Leben 'zahlt … Jetzt muss ich aber ins Training und ich versprech, dass ich heut früher zurückkomm. Dann machen wir es uns eben zu Hause gemütlich«, schlug Thomas vor, dem gerade ein Gedanke gekommen war, und zwinkerte seiner Frau verheißungsvoll zu.

Doch es schien, als ob Marion wegen seiner Restverschwiegenheit nun gänzlich verärgert war. Sie zog sich innerlich und äußerlich von Thomas zurück und blickte ihm streng ins Gesicht. »Sag mir bitte, wer der Mörder ist. Thomas, bitte!«

Thomas konnte nicht nachvollziehen, weshalb sich Marion derart für den Fall interessierte. Vertrauen war eine Sache, die Polizeiarbeit eine andere. Natürlich war ein Mordfall in Pfarrkirchen nichts Alltägliches und das allgemeine Interesse daran immens. Aber seine Frau hatte bisher eher mäßige Teilnahme an seinem Berufsleben an den Tag gelegt. In den letzten Monaten waren sie zudem peu à peu in eine erste ernsthafte Krise geschlittert. Thomas hatte das bisher verdrängt. Er hatte es gespürt, es aber nicht in sein Bewusstsein gelangen lassen. Die immer öfter auftretende Gereiztheit, die merkliche Distanz, verschwundene Zärtlichkeiten, wo sie früher selbstverständlich waren – das alles hatte ihn beunruhigt, aber nie das Stadium einer deutlichen Erkenntnis erreicht.

Jetzt aber wurde ihm plötzlich klar, dass es dringend eines Umschwunges bedurfte. Das Eheleben musste von Grund auf erneuert werden, sonst würden die Risse zu tief werden. Für Marion hatte sich sein Vertrauensbeweis offenbar auf die Frage zugespitzt, ob er bereit war, sein Berufsgeheimnis zu verletzen oder nicht.

»Georg Schwarz, ein Trabertrainer aus Gengham bei Eggenfelden, ist der Mörder. Staudinger hat ihn wegen unerlaubter Trainingsmethoden erpresst und vermutlich zu viel Geld verlangt. Bei einer Rauferei hat der Schwarz ihn im Affekt um'bracht.«

Seine Ehe war wichtiger als berufliche Auflagen, außerdem würde morgen sowieso überall bekannt sein, was er soeben seiner Frau verraten hatte.

Marion wirkte wie vom Blitz getroffen. Sie drehte sich um und lief aus der Küche.

Diese Reaktion hatte Thomas nicht erwartet, auch wenn er wusste, dass man mit ein paar Sätzen die schwierigen Monate nicht einfach ungeschehen machen konnte. Er hatte nicht den Eindruck, dass Marion in den nächsten Minuten zur Gemeinsamkeit zurückfand. Grübelnd packte er seine Sportsachen in die Tasche. Er war froh, das Haus verlassen zu können. Bei seiner Rückkehr, da war er sich sicher, würde die Anspannung bestimmt gewichen sein, dann könnte er weitere Schritte zu einem Neuanfang unternehmen. Als sich die Haustür hinter ihm schloss, war er fast wieder so euphorisch wie bei seiner Ankunft.

DREISSIG

Mittwoch

Mandy saß schon um 7 Uhr morgens in ihrem Büro in der Polizeiinspektion an der Arnstorfer Straße. Sie wollte sich mit Thomas auf die Besprechung um 7.30 Uhr mit Polizeichef Kiermeier vorbereiten, doch Thomas war entgegen ihrer Absprache noch nicht eingetroffen. Um 7.15 Uhr läutete ihr Telefon. Thomas wartete mit einer Hiobsbotschaft auf. Er teilte ihr mit, er habe sich gestern beim Fußballtraining am Sprunggelenk so schwer verletzt, dass er nicht mehr auftreten könne. Er werde jetzt gleich zum Röntgen ins Krankenhaus fahren und sich wieder melden, sobald er die Diagnose kenne. Diese Nachricht war ein harter Schlag für Mandy. Sie steckten nicht nur in der Endphase der Ermittlungen im Mordfall Staudinger, sondern waren mittlerweile auch ein gutes Team geworden.

»Das ist ja der Supergau«, begrüßte Polizeichef Josef Kiermeier seine Mitarbeiterin Mandy Hanke pünktlich um 7.30 Uhr in seinem Büro.

»Haben Sie schon von Thomas' Verletzung gehört?«, fragte Mandy ihren Chef.

»Ja, er hat mich gerade angerufen«, antwortete Kiermeier.

»Vielleicht ist es nicht so schlimm, wie es sich angehört hat«, hoffte Mandy.

»Auf alle Fälle müssen wir jetzt unsere Kräfte bündeln. Sie können gerne auf die Kollegen Auer und Wegerer und auch auf mich zurückgreifen, wenn Sie Unterstützung brauchen«, bot Kiermeier an. Den Druck, der in diesem Fall auf ihm lastete, konnte Mandy an seiner Gestik und Mimik ablesen.

»Ich bin heute seit 6 Uhr im Büro und habe bereits mit den Kollegen der Spurensicherung gesprochen«, berichtete Kiermeier.

»Und, haben sie bei Schwarz etwas gefunden?«

»Leider nein. Weder in seinen Gebäuden noch im Auto. Keine Spur von der Tatwaffe und auch keine Blutspuren«, informierte der Polizeichef enttäuscht.

»Das habe ich befürchtet. Schwarz hat uns ja nahezu zur Hausdurchsuchung eingeladen.«

»Heißt das, der Trabertrainer scheidet für Sie als Täter aus?«

»Nein, das heißt es nicht. Er könnte das Messer nach der Tat verpackt und entsorgt haben.«

»Hat eigentlich der Wegerer noch irgendwelche Anhaltspunkte auf dem Laptop des Opfers gefunden?«

»Nein, Herr Kiermeier, leider nichts Bedeutendes. Ich habe ihn heute schon angerufen.«

»Haben Sie gestern mit dieser Maria Steinleitner gesprochen?«

»Ja, das haben wir. Sie ist die Sekretärin von Erlacher«, antwortete Mandy und berichtete anschließend sehr ausführlich von dem Gespräch mit Erlachers Bürokraft.

Der Polizeioberrat war erschüttert, dass selbst die engste Mitarbeiterin so eine schlechte Meinung über den Notar hatte. »Somit steht der Erlacher wieder ganz oben auf unserer Verdächtigenliste«, resümierte er.

»Was ist mit seinem Alibi? Sie haben uns vorgestern versprochen, dass Sie sich darum kümmern wollen«, fragte Mandy direkt.

Josef Kiermeier wurde sehr verlegen. Er wollte gegenüber seiner Mitarbeiterin nicht zugeben, dass er es vergessen hatte. »Das Alibi vom Erlacher, ja. Das hab ich noch nicht geschafft. Sie können sich nicht vorstellen, was ich zurzeit alles um die Ohren habe. Heute zum Beispiel hab ich schon um 6 Uhr angefangen. Mehr als arbeiten kann auch ich nicht«, stammelte der Polizeichef mit schlechtem Gewissen.

In diesem Moment klopfte Karl Auer an die Tür. Er trat ein und berichtete aufgeregt: »Chef, der Schwarz möchte eine Aussage machen, aber nicht im Beisein vom Kollegen Huber, soll ich ausrichten.«

Kiermeier sah Mandy an. Mandy zuckte mit den Schultern.

»Gab es zwischen dem Kollegen Huber und Herrn Schwarz ein Problem?«, fragte Kiermeier irritiert.

»Nicht, dass ich wüsste«, entgegnete diese.

»Eigentlich haben wir hier bei der Polizei kein Wunschkonzert. Weil Huber eh nicht da ist, können wir in diesem Fall, ob wir wollen oder nicht, den Wunsch des Verdächtigen erfüllen. Aber ich geh mit«, bestimmte der Chef. »Herr Auer, bringen Sie den Herrn Schwarz in den Vernehmungsraum, wir kommen gleich«, ordnete er an. »Wie ich gestern gesagt habe: Eine Nacht in U-Haft hat schon manche Stimmbänder gelockert. Ich gehe davon aus, dass wir ein Geständnis hören.«

»Ihr Wort in Gottes Ohr, Herr Kiermeier. Warum will er nicht mehr mit Thomas sprechen? Das ist mir ein Rätsel«, wunderte sich Mandy.

»Das Rätsel werden wir gleich lösen. Vielleicht hat er ihn gestern zu stark bedrängt«, vermutete Kiermeier.

EINUNDDREISSIG

Georg Schwarz und Karl Auer saßen schweigend auf ihren jeweiligen Stühlen im Vernehmungsraum, als Mandy und ihr Chef eintraten.

»Guten Morgen, Herr Schwarz, mein Name ist Josef Kiermeier, ich bin der Leiter der Pfarrkirchner Polizeiinspektion. Frau Hanke kennen Sie von der gestrigen Vernehmung.«

»Guten Morgen«, sagte der Trabertrainer leise, der, nach seinem äußeren Erscheinungsbild zu urteilen, eine schlaflose Nacht in der U-Haft verbracht haben dürfte. Mandy betätigte den Aufnahmeknopf des Tonbandgerätes, bevor die Vernehmung begann.

Als Chef führte Kiermeier das Gespräch und stellte gleich die erste Frage: »Herr Schwarz, warum wollen Sie den Kollegen Huber bei der Vernehmung nicht dabeihaben?«

»Das werden Sie gleich erfahren«, antwortete Schwarz und machte es weiter spannend.

»Gut, dann legen Sie mit Ihrem Geständnis los«, forderte der Polizeioberrat den Verdächtigen auf.

»Geständnis?« Schwarz' Stimme wurde lauter. »Wie kommts ihr auf ein Geständnis? Ich war's ned! Ich kann euch beweisen, dass ich den Sepp ned um'bracht hab!«

Mandy und Kiermeier schauten sich irritiert an und merkten, dass sie die Hoffnung auf ein schnelles Geständnis und somit auf die Aufklärung des Falles begraben mussten.

»Wir hören«, sagte Kiermeier genervt.

»Ich hab ein Alibi. Ich war in der Nacht vom Dienstag auf Mittwoch letzte Woche bei einer Frau«, gestand Schwarz.

»Und warum sagen Sie uns das jetzt erst?«, fragte Mandy, die sich nun auch ins Gespräch einschaltete.

»Weil die Frau verheiratet ist«, erklärte Schwarz.

»Wenn Sie uns das gestern mitgeteilt hätten, dann hätten Sie sich diese Nacht in der Zelle ersparen können«, resümierte Mandy.

»Ich hab in den letzten Stunden viel Zeit zum Überlegen g'habt und bin zum Entschluss 'kommen, dass ich nicht unschuldig eing'sperrt werden will. Deswegen werd ich eine Aussage machen.«

»Ja, dann raus damit. Wer kann Ihr Alibi bezeugen?«, drängte Josef Kiermeier.

Als Georg Schwarz den Namen der Frau bekannt gab, mit der er die besagte Nacht verbracht hatte, verschlug es den beiden Polizisten die Sprache.

Kiermeier rang um Fassung. Als er sich etwas gesammelt hatte, sagte er: »Wir werden Ihr Alibi überprüfen. Solange bleiben Sie in U-Haft, Herr Schwarz. Herr Auer, bringen Sie bitte Herrn Schwarz in seine Zelle zurück.«

Als Kiermeier mit seiner Mitarbeiterin Hanke alleine im Vernehmungsraum saß, schüttelte er den Kopf. »So etwas habe ich in meiner gesamten Polizeikarriere noch nicht erlebt. Mir bleibt auch nichts erspart«, jammerte er.

»Ich auch nicht«, bestätigte Mandy, wohlwissend, dass ihre Karriere bei der Polizei nicht so lang und nicht so erfolgreich war wie die ihres Chefs.

»Dann überprüfen Sie das Alibi«, ordnete Kiermeier an.

»Ich habe schon befürchtet, dass ich das machen darf. Aber ich fahre nicht zu unserer Hauptzeugin, sondern ins Hotel Maximilian nach Bad Griesbach«, schlug Mandy vor.

»Eine sehr gute Idee, Frau Hanke«, lobte der Vorgesetzte.

ZWEIUNDDREISSIG

Sofort nach dem Gespräch mit Kiermeier setzte sich Mandy in den Dienstwagen und gab die Adresse des Hotels Maximilian in Bad Griesbach ins Navi ein. Sie fuhr stadtauswärts in östliche Richtung zur Bundesstraße B388. Durch Brombach und an Bad Birnbach vorbei erreichte sie auf dieser vielbefahrenen Straße in ungefähr 20 Minuten den Kurort Bad Griesbach.

Neben Bad Füssing und Bad Birnbach zählt Bad Griesbach zum niederbayerischen Bäderdreieck, das in den 1960er-Jahren entstand, nachdem man durch Bohrungen auf heilendes Thermalwasser in etwa 1.000 Meter Tiefe gestoßen war. Diese Gegend im unteren Rottal ist in den letzten Jahrzehnten zu einer der tourismusstärksten Regionen in ganz Bayern geworden. Wie Pilze sind Hotels, Gasthäuser, Pensionen und Thermalbäder aus dem Boden geschossen. So auch das Hotel Maximilian mitten in Bad Griesbach, das sich als »Quellness- und Golfhotel« bezeichnet. Dieses Luxushotel mit über 200 Zimmern ist mit fünf Sternen dekoriert und lockt mit seinem Verwöhnangebot jedes Jahr zahlreiche Erholungssuchende aus dem In- und Ausland ins Rottal.

Mandy hatte keine Zeit, einen Parkplatz zu suchen, geschweige denn in die Tiefgarage zu fahren. Sie stellte ihren Dienstwagen in unmittelbarer Nähe des Haupteingangs verkehrswidrig ab, in der Hoffnung, dass sie nicht abgeschleppt werden würde. Als sie in die riesige Empfangshalle eintrat, kam sie aus dem Staunen nicht mehr heraus. Ein überdimensionaler Lüster hing von der massiven Eichenholzdecke in der Mitte des Raumes. Eine breite pompöse Treppe führte in den ersten Stock, der über eine balkonartig gestaltete hölzerne Galerie einsehbar war. Natürlich durfte ein edler, schwarz lackierter Flügel nicht fehlen. Er stand in der Nähe der mit blauem Samt überzogenen Sessel in der Lounge. Jetzt weiß ich, wie die Eingangshalle eines Fünf-Sterne-Hotels aussieht, dachte Mandy, die noch nie in ihrem Leben in einem Luxushotel abgestiegen war.

Am Rand der Eingangshalle befand sich der Rezeptionsbereich im XXL-Format, wo zwei in geschmackvolle Dirndl gekleidete junge Damen beschäftigt waren. Eine davon begrüßte Mandy mit einem freundlichen Lächeln. Das Lächeln ebbte deutlich ab, als sich die Thüringerin als Beamtin der Kripo Pfarrkirchen vorstellte und mitteilte, dass sie in einem Mordfall ermittelte.

»Es geht um eine wichtige Zeugin, die in Ihrem Hause übernachtet haben müsste. Können Sie nachschauen, ob eine Frau Marion Huber um Pfingsten bei Ihnen eingecheckt war?«

Die Rezeptionistin wandte sich konzentriert ihrem PC zu und schaute nach. »Meinen Sie eine Marion

Huber aus Pfarrkirchen, Stifterstraße?«, fragte die Frau.

»Genau um die geht es«, bestätigte Mandy.

»Frau Huber logierte von Pfingstsamstag bis Dienstag, also drei Nächte, in einem Einzelzimmer und von Dienstag auf Mittwoch in einem Doppelzimmer.«

»Wieso wechselte Frau Huber das Zimmer?«, bohrte Mandy nach.

»Das kann ich Ihnen nicht sagen.«

»Dann möchte ich die Kollegin sprechen, die von Dienstagabend bis Mittwochfrüh Dienst hatte.«

Die Dirndlträgerin schaute wieder in ihren Computer. »Sie haben Glück, Frau Wenzl ist heute auch da. Katharina, kannst du mal kommen?«, bat sie ihre Kollegin, die wenige Meter neben ihr an dem Empfangstresen arbeitete.

»Frau Wenzl, können Sie sich an Frau Marion Huber erinnern, die letzte Woche bei Ihnen logierte und von Dienstag auf Mittwoch aus einem Einzelzimmer in ein Doppelzimmer gezogen ist?«, fragte Mandy.

»Ja, an diese Frau erinnere ich mich. Von Samstag bis Dienstag war sie alleine in unserem Haus, und am Dienstagabend gegen 21 Uhr ist ihr Mann zu ihr gestoßen. Deshalb hat sie ein Doppelzimmer benötigt«, erklärte Katharina Wenzl.

Mandy fingerte aus ihrer Hosentasche das Handy und öffnete das Foto, das sie vorhin von Georg Schwarz im Vernehmungsraum gemacht hatte. »Ist das der Mann?«

»Ja, ganz eindeutig. Dieser Mann war in der Nacht von Dienstag auf Mittwoch bei Frau Huber«, bestätigte Frau Wenzl.

»Können Sie mir auch sagen, wann der Mann das Hotel wieder verlassen hat?«

Die Rezeptionistin, ebenfalls in diesem hauseigenen Dirndl, schaute in den PC. »Der Herr Huber hat am Mittwoch um 6.45 Uhr das Hotel verlassen. Genau um diese Uhrzeit hat er im Beisein seiner Frau die Hotelrechnung in bar bezahlt. Seine Gattin dagegen war bis zum Nachmittag im Hotel. Sie hat noch ein paar Anwendungen wahrgenommen.«

DREIUNDDREISSIG

»Und Sie sind sich ganz sicher, dass es sich um keine Verwechslung handelt?«, fragte Josef Kiermeier, als ihm seine Mitarbeiterin Mandy Hanke vom Alibi des Inhaftierten berichtete.

»Ganz sicher, Chef. Die Dame an der Rezeption hat eindeutig den Schwarz auf dem Foto erkannt. Er hat am Mittwoch um 6.45 Uhr morgens in Anwesenheit seiner angeblichen Frau die gesamte Hotelrechnung bezahlt«, bestätigte Mandy.

»Dann wird die Nacht nicht schlecht gewesen sein, wenn er so großzügig war«, vermutete Kiermeier mit einem zaghaften Lächeln.

Mandy hielt diese geschmacklose Bemerkung auf Kosten ihres Kollegen für deplatziert und reagierte nicht darauf.

Das Lachen verging dem Pfarrkirchner Polizeichef ohnehin gleich wieder, weil sie den vermeintlichen Täter auf freien Fuß setzen mussten, der Mord also immer noch nicht aufgeklärt war und er gegenüber der Öffentlichkeit nur Wasserstandsmeldungen abgeben konnte. Aber ganz gab der 56-Jährige noch nicht auf. »Könnte es nicht auch sein, dass das Alibi Teil eines perfiden Mordplans war? Er könnte doch um 6 Uhr früh den Mord verübt haben und anschließend zurück ins Hotel gefahren sein?«

»Es war ganz bestimmt kein Mord nach Plan, sondern Totschlag im Affekt, sonst hätte der Mörder nicht das Küchenmesser des Opfers als Tatwaffe verwendet«, konterte Mandy, die damit Kiermeiers Annahme komplett entkräftete.

»Dann stehen wir jetzt wieder am Anfang unserer Ermittlungen«, resümierte der Polizeioberrat ernüchtert.

»Ganz am Anfang auch nicht. Wir haben einige Erkenntnisse gewonnen. Das Alibi vom Erlacher fehlt allerdings noch«, stellte Mandy fest.

»Ach, ja. Das müssen wir noch klären, den rufe ich gleich an«, antwortete Kiermeier, der insgeheim gehofft hatte, dass der Kelch der Befragung des gewieften und mit allen Wassern gewaschenen Notars an ihm vorübergehen würde.

»Den Schwarz können wir aber nicht mehr länger festhalten.«

»Das stimmt. Den müssen wir jetzt entlassen. Da will ich dabei sein.«

Das Abschlussgespräch mit Georg Schwarz fand wiederum im Vernehmungsraum statt. »Ihr Alibi wurde bestätigt, Herr Schwarz«, begann Kiermeier das Gespräch.

»Also kann ich jetzt gehen?«, fragte der Trabertrainer, dem die Erleichterung deutlich anzusehen war.

»Ja, Sie können gehen, aber vorher beantworten Sie mir noch eine Frage: Wie kommen Sie dazu, mit der Frau meines Polizeibeamten ein Liebesverhältnis anzufangen?«

»Das hab ich ned g'wusst. Ich bin mit der Marion in die Schul 'gangen. Wir haben uns immer schon mögen. Nach der Schul hab ich sie aus den Augen verloren. Vor einem halben Jahr bin ich ihr wiederbegegnet. Es war in der Praxis vom Doktor Beer in Eggenfelden.«

»Da arbeitet die Frau Huber, stimmt's?«

»Ja, genau. Wir haben uns auf ein Eis in Eggenfelden verabredet, und da hat sie mir gestanden, dass sie ziemlich unglücklich verheiratet ist. Natürlich hab ich g'wusst, dass ihr Mann Polizeibeamter ist. Aber ich hab ned 'checkt, dass er es war, der mich befragt hat. In Niederbayern heißt gefühlt jeder vierte Huber. Das müssen Sie mir glauben. Ich hab es erst g'merkt, als ich Marions Foto auf dem Schreibtisch Ihres Kollegen g'sehen hab«, fuhr Schwarz fort.

»Merken Sie, was Sie angerichtet haben?«, belehrte ihn der Polizeioberrat.

»Das ist mir mittlerweile auch klar, aber bitte sagen S' nichts Ihrem Kollegen«, bat Schwarz.

»Das kann ich Ihnen nicht versprechen, und jetzt will ich Sie nicht mehr sehen«, entfuhr es Kiermeier.

»Stopp, ich hätte da schon noch ein Thema«, mischte sich Mandy ein. »Wir werden in den nächsten Wochen bei Ihnen vorbeischauen, unangemeldet versteht sich, und wenn wir auf dem Grundstück irgendwo eine Strompeitsche finden, werden wir Sie anzeigen, und ich werde persönlich dafür sorgen, dass Sie garantiert keine Pferde mehr trainieren dürfen. Ist das klar, Herr Schwarz?«, drohte sie unmissverständlich.

»Ich werde sie heute noch entsorgen«, versprach der Trabrennfahrer kleinlaut, stand auf und verließ den Raum.

»So resolut hab ich Sie noch nie erlebt, Frau Hanke«, bemerkte ihr Vorgesetzter.

»Ich kann mich noch steigern, falls es die Situation erfordert. Ich habe schon überlegt, ob ich Schwarz nicht gleich anzeigen soll. Aber dann hätte das Rottal gar keinen Trabertrainer mehr und sogar das Pfingstmeeting wäre in Gefahr, oder?«, befürchtete die Thüringerin.

»Das haben Sie sehr diplomatisch gemacht«, lobte Kiermeier. »Ich denke, das war dem Schwarz eine Lehre.«

»Was machen wir jetzt mit Thomas? Wer berichtet ihm von Schwarz' Alibi beziehungsweise vom Fehlverhalten seiner Frau?«, fragte Mandy.

Kiermeier war entsetzt. »Ich ganz bestimmt nicht. Ich bin zwar sein Vorgesetzter, aber nicht der Überbringer von schlechten privaten Nachrichten. Das können Sie von mir nicht verlangen, Frau Hanke.«

»Ich mach das auch nicht. Wir sind mittlerweile ein gutes Team geworden, wie Sie festgestellt haben. Das möchte ich nicht gefährden«, erklärte Mandy.

Beide hatten Angst davor, Thomas könnte in eine persönliche Krise geraten.

»Sollen wir einen Polizeipsychologen einschalten?«, fragte Kiermeier.

»Nein, das halte ich für keine gute Idee. Ich kenn ihn zwar noch nicht sehr lange, aber ich befürchte, von einem fremden Psychologen hält Thomas bestimmt nicht viel«, hielt Mandy dagegen. Nun war guter Rat teuer in der Pfarrkirchner Polizeiinspektion.

»Ich hab eine Idee. Niemand kann mit ihm so gut umgehen wie sein väterlicher Freund und ehemaliger Kollege Hans Baumgartner. Was halten Sie davon, Frau Hanke?«, schlug Kiermeier vor.

Mandy überlegte und gewann ebenfalls Gefallen an der Idee. »Ja, Sie haben recht. Mir fällt auch niemand ein, dem Thomas mehr vertraut als Hans.«

»Na dann. Machen Sie sich auf den Weg und reden Sie mit ihm!«

VIERUNDDREISSIG

Mit dem Berufsstand ihres Mannes war Marion nie richtig vertraut geworden. Betriebsfeiern, Jubiläen und andere Anlässe, zu denen auch die Angehörigen der Polizeibeamten eingeladen wurden, hatte sie, soweit es möglich war, gemieden. Marion empfand die Kollegen ihres Mannes selbst bei ihren außerdienstlichen Treffen als verschworene Clique, die etwas Bruderschaftsartiges an sich hatte, in ihrem Gehabe, ihren Ritualen, ihren Witzen. Daran hatte auch die Tatsache nichts geändert, dass in den letzten Jahren in Pfarrkirchen immer mehr Frauen in den Polizeidienst eingezogen waren. Zugegebenermaßen war Thomas bei dienstlichen Feiern, zu denen er in Begleitung seiner Ehefrau erscheinen wollte, und das waren in der Regel die allerwenigsten, immer sehr um Marion bemüht, dennoch hatte sich bei ihr nie ein Zugehörigkeitsgefühl eingestellt. So ähnlich musste sich ein kettenrauchender, fettleibiger Alkoholiker auf einer Ärztetagung fühlen.

Insofern war sie an diesem Mittwoch zur frühen Mittagszeit doppelt nervös, als sie die Polizeiinspektion an der Arnstorfer Straße mit unsicheren Schritten betrat. Trotz der um diese Tageszeit ausgedünnten Besetzung hoffte sie, den Vorgesetzten ihres Mannes anzutreffen. Sie war verärgert über sich selbst, denn in dem mentalen Ringen um die Entscheidung, sich zu offenbaren oder nicht, hatte sie den halben Vormittag verstreichen lassen und musste nun damit rechnen, dass ihr Ansprechpartner die Dienststelle für ein gediegenes Mittagsmahl verlassen hatte. Dabei wollte sie ihr dringendes Anliegen unbedingt vor der Rückkehr ihres Mannes in den Dienst loswerden.

»Hallo, da schau her, die Marion beehrt uns mit am Besuch!«

Bevor sie das Zimmer des Polizeioberrates ausfindig machen konnte, hatte die Sekretärin Hilde sie entdeckt.

»Du weißt scho, dass dein Mo heut noch gar ned in der Arbeit war. Ist er ned bei dir dahoam? Ist er dir wegg'laufen?«

Die bemühten Witze des Polizeifaktotums waren das Letzte, was Marion in dieser Situation gebrauchen konnte. »Thomas ist noch bei einer Untersuchung im Krankenhaus, aber am Nachmittag will er seinen Dienst unbedingt wieder antreten. Er lässt sich von mir nicht davon abbringen.«

»So sans heut, de Mannsbilder, glauben, dass ohne earna nichts weitergeht.« Hilde war nicht mehr zu stoppen. »Denkst du, ich kann den mein' dahoam halten, wenn der auf d' Jagd will? Da kann's kübelweis schütten, aber er muss raus. Mei, ich sag immer: Solang er nur hinter de Viecher herjagd und ned hinter de Schürzn, bin ich z'frieden. Du kannst dir ned vorstellen, was wir hier bei der Polizei alles mitkriagen, was sich de Männer allerhand erlauben, zum Beispiel –«

»Entschuldige, Hilde, ich muss dringend mit Herrn Kiermeier sprechen«, versuchte Marion den über die Ufer tretenden Redeschwall zu unterbrechen. »Ist er im Haus?«

»Freilich, jetzt mit der Mordg'schicht kann er ned so oft weg wie vorher. Von deinem Thomas weißt du ja bestimmt, wie die Sache steht. Auf Spitz und Knopf, sag ich. Manche Leit sind scho gewaltig nervös …«

»Bitte, Hilde, zeig mir das Büro vom Kiermeier, es ist dringend.« Was Marion sonst mit einem gewinnenden Lächeln über sich hätte ergehen lassen, war nun pure Folter, jedes Wort ein Nadelstich auf ihrer Haut.

»Ja, ja, des kriagen wir scho. Da vorn ist des Zimmer. Schauen wir glei' mal.« Damit klopfte Hilde nachhaltig an die Tür des Chefs.

Nach einem kaum vernehmbaren »Herein« wollte Hilde den Weg fortsetzen, doch Marion zwängte sich mit einer schnellen Bewegung vor sie und schloss die Tür mit einem kurzen »Danke, Hilde« vor der verdutzten Sekretärin.

Auch Kiermeier war von dem plötzlichen Nahkampf an seiner Bürotür überrascht. Als er die Ehefrau seines ermittelnden Kommissars erkannte, musste er erst einmal kräftig schlucken, bevor er sich erhob. »Guten Tag, Frau Huber.« Kiermeier ging um seinen Schreibtisch herum und streckte Marion seine Hand entgegen. »Ihr Mann ist nicht im Präsidium, weil –«

»Ja, Herr Kiermeier, das weiß ich natürlich. Er ist noch beim Arzt im Krankenhaus.« Es wird mir wahrlich nicht leicht gemacht, haderte sie in Gedanken, andererseits nährte sich ihre Hoffnung, dass der

Grund ihres Kommens noch nicht jedermann bekannt war.

»Herr Kiermeier«, Marion legte ein enormes Gewicht in die Betonung der Anrede, »ich möchte mit Ihnen über eine sehr vertrauliche Angelegenheit sprechen. Kann ich auf Ihre Diskretion zählen?«

Kiermeier, der sich noch nicht wieder gesetzt hatte, wies Marion zur Sitzgruppe des ovalen Tisches und bot ihr den Platz an, den ansonsten Mandy bei Besprechungen einzunehmen pflegte. »Selbstverständlich, Frau Huber«, antwortete der Polizeioberrat, während er den Stuhl gegenüber zurechtrückte. »Alles andere wäre eine Zumutung. Und ich versichere Ihnen, hier drinnen sind wir abhörsicher!« Am Gesicht der Frau konnte er ablesen, dass sein ironisch gemeinter Hinweis nicht sehr geeignet war, die spürbare Anspannung aufzulockern.

»Herr Kiermeier«, Marion wusste nicht, wie sie anfangen sollte, deshalb betonte sie die Anrede erneut etwas übertrieben, »Sie ermitteln in einem Mordfall und haben dabei konkrete Verdächtige im Visier.«

»Es ermittelt hauptsächlich Ihr Gatte mit seiner Kollegin Frau Hanke.«

»Nun gut, es wird jedenfalls jemand verdächtigt. Können Sie mir den Namen des Verdächtigen nennen?«

»Frau Huber«, nun sah sich auch Kiermeier gezwungen, die Anrede zu betonen, »das kann ich leider nicht.

Sie vertrauen auf meine Diskretion, und diese Diskretion muss ich auch in Bezug auf die Ermittlungsergebnisse einhalten.«

»Also gut, dann konkreter: Ich weiß, dass Georg Schwarz von meinem Mann verdächtigt wird, den Mord begangen zu haben. Dazu möchte ich unbedingt eine Aussage machen. Der Georg kann nicht für etwas angeklagt werden, das er nicht begangen hat. Ich –«

»Herr Schwarz ist vor einer knappen Stunde aus dem Polizeigewahrsam entlassen worden, Frau Huber. Wir wissen, dass er es nicht getan hat!«

»Sie wissen, dass er es nicht getan hat? Aber Thomas hat doch …«

Kiermeier blickte in die weit aufgerissenen Augen in Marions kalkweißem Gesicht. »Frau Huber, es hat sich herausgestellt, dass der anfänglich Verdächtigte ein wasserdichtes Alibi hat.«

»Sie wissen … Weiß auch Thomas –«

»Das sind die Erkenntnisse dieses Vormittages, Ihr Ehemann ist über diese Entwicklung somit noch nicht informiert«, unterbrach der Polizist in sachlichem Tonfall. »Aber das ist nur eine Frage der Zeit. Ihm stehen die Verhörprotokolle offen und er wird die Wahrheit im Zusammenhang mit dem Alibi bald erfahren … erfahren wollen. Frau Huber, nehmen Sie einen guten Rat des Vorgesetzten Ihres Mannes an. Sprechen Sie mit ihm und lassen Sie nicht allzu viel Zeit verstreichen, sprechen Sie so bald wie möglich mit ihm. Er ist einer meiner besten Männer und hat es nicht verdient, so hinters Licht geführt zu werden.«

»Entschuldigen Sie … Wie eine Bruderschaft …«, flüsterte Marion mehr zu sich selbst und stand pikiert auf. Sie hatte kein Verständnis erwartet, aber die Belehrung war zu viel für sie.

Zu schnell für Kiermeier schritt sie zur Tür, drehte sich jedoch nochmals um und sagte ihm zu, mit ihrem Mann heute noch zu reden.

Auch auf dem Gang der Polizeidienststelle behielt sie ihre Eile bei, um nicht wieder in die Fänge der Sekretärin oder eines sonstigen Bruderschaftsangehörigen zu geraten.

Kiermeier war von der Ernsthaftigkeit dieser Zusicherung überzeugt und wählte Mandys Nummer, denn das Gespräch mit Hans Baumgartner war damit überflüssig geworden. Leider meldete sich nur ihre Mailbox.

FÜNFUNDDREISSIG

Die Mittagszeit war schon vorbei, als ein Taxi vor der Pfarrkirchner Polizeiinspektion anhielt. Thomas öffnete die Tür des Taxis, stellte seine Krücke auf die Straße und stieg vorsichtig aus. Mit dieser Gehhilfe ging er humpelnd in das mittlerweile deutlich in die Jahre gekommene Gebäude aus der Art-déco-Zeit. Da er Mandy nicht in ihrem gemeinsamen Büro antraf, hinkte Thomas ins Büro seines Chefs, um sich zurückzumelden.

»Ja, Herr Huber, wie geht's Ihnen denn?«, fragte Polizeichef Kiermeier, stand von seinem Schreibtischstuhl auf und begrüßte seinen lädierten Mitarbeiter per Handschlag.

»Ganz gut, ich hab Glück g'habt, es ist nichts 'brochen.«

»Gott sei Dank!« Kiermeier atmete tief durch, er hatte schon einen längeren Ausfall seines Ermittlers befürchtet.

»Ich soll den linken Fuß nicht voll belasten, deswegen muss ich zumindest heut die Krücke benutzen«, erklärte Thomas.

»Das heißt, Sie sind nicht krankgeschrieben?«, vergewisserte sich der Polizeichef.

»Nein, ich kann Sie doch jetzt nicht im Stich lassen.«

»Das freut mich aber, Herr Huber. Diesen Einsatz werde ich natürlich in der nächsten Leistungsbeurteilung berücksichtigen«, versprach Kiermeier.

»Das freut mich auch, Herr Kiermeier. Gut, dass morgen Fronleichnam ist. Da lass ich mich den ganzen Tag von meiner Frau pflegen, und am Freitag kann ich bestimmt wieder normal auftreten.«

Als Thomas Huber von seiner Frau sprach, zuckte Kiermeier innerlich kurz zusammen. Mit ihm will ich jetzt nicht tauschen, dachte er. »Dann scheint die Sache glimpflich ausgegangen zu sein.«

»Hat der Schwarz schon g'standen?« Thomas hielt den Fall für gelöst.

Seine Frau hatte also noch nicht mit ihm gesprochen. »Setzen wir uns hin«, schlug der Polizeioberrat vor und bot dem Ermittler einen Platz an seinem ovalen Tisch an. »Der Herr Schwarz hat diese schreckliche Tat nicht gestanden, eher im Gegenteil«, sagte Kiermeier, wohlwissend, dass er damit bei seinem Gegenüber einige unbequeme Fragen auslöste.

»Was?«, bellte Thomas. »Was heißt ›im Gegenteil‹?«

»Der Schwarz hat uns ein lupenreines Alibi präsentiert und deshalb haben wir ihn heute Vormittag entlassen müssen«, antwortete Kiermeier sehr sachlich.

»Ein Alibi? Warum hat er uns das gestern nicht g'sagt?«, fragte Thomas, der gleichermaßen verwirrt und enttäuscht war.

»Weil die Frau verheiratet ist«, ergänzte Kiermeier und hoffte, keine weiteren Fragen diesbezüglich beantworten zu müssen. Der Polizeichef wollte sich auf keinen Fall in das Eheleben seines Mitarbeiters einmischen und ihm vom Fehltritt seiner Frau berichten.

Doch Thomas ließ nicht locker. »Wer soll denn diese Frau sein?«

Der Polizeioberrat räusperte sich, um Zeit für eine Notlüge zu finden. »Ja, das weiß ich nicht mehr genau, aber das Alibi wurde auf alle Fälle bestätigt«, gab er stotternd und verlegen zugleich von sich.

»Wo ist eigentlich die Mandy?«

Die Frage stellte den Vorgesetzten vor eine weitere Herausforderung. Er wollte Thomas definitiv nicht sagen, dass er Mandy zu Hans Baumgartner geschickt hatte, um mit diesem eine Kommunikationsstrategie bezüglich des Fehltritts seiner Frau zu beraten. »Ja, die Frau Hanke. Wo ist die nochmal hingefahren?«, stammelte Kiermeier, um Zeit zu schinden. Da kam ihm eine Idee. »Jetzt fällt's mir wieder ein. Frau Hanke ist zum Hof von Georg Schwarz gefahren, um diese unsäglichen Strompeitschen zu konfiszieren«, log er.

»Dann scheidet der Schwarz tatsächlich als Täter aus. Und wir müssen von vorn anfangen«, resümierte Thomas ernüchtert.

»Na ja. Ganz von vorne nicht. Wir haben noch einige Verdächtige auf dem Schirm, die wir nochmals intensiv überprüfen sollten.« Kiermeier schaute auf seine Uhr. »Um Gottes Willen, es ist ja schon kurz nach 15 Uhr. Ich habe einen Termin beim Erlacher«, stellte er erschrocken fest.

»Der will aber nur noch im Beisein seines Rechtsanwaltes mit uns sprechen«, informierte Thomas.

»Das hat er mir heut Vormittag am Telefon auch gesagt, sein Herr Rechtsanwalt wird zugegen sein.«

»Soll ich Sie begleiten?«

»Ja, kommen Sie mit. Ich habe schon befürchtet, dass ich wegen Ihrer Verletzung alleine hingehen muss. Sie sind ja viel besser im Detail, aber die Gesprächsführung überlassen Sie mir. Der Erlacher ist auf Sie nicht gut zu sprechen«, erklärte der Polizeioberrat.

SECHSUNDDREISSIG

Normalerweise ließ sich Polizeioberrat Kiermeier von seinen Mitarbeitern chauffieren. An diesem Mittwochnachmittag jedoch fuhr der Chef höchstpersönlich mit dem Dienstwagen zum Stadtplatz, da Thomas mit seinem linken Sprunggelenk die Kupplung nur sehr schwerlich bedienen konnte.

Die beiden Beamten wurden von Maria Steinleitner begrüßt, die wie immer am Empfangstresen saß. »Die zwei Herren warten schon auf Sie«, sagte die Sekretärin und deutete auf das Büro ihres Chefs.

Kiermeier ging voraus. Frau Steinleitner nutzte die Gelegenheit und deutete mit dem Zeigefinger auf ihren Mund. Thomas verstand die Geste sofort, die ihn an sein Versprechen erinnern sollte, sie aus der Angelegenheit rauszuhalten. Er nickte ihr kurz zu und folgte humpelnd seinem Chef.

Erlacher saß bereits mit seinem Rechtsanwalt am Besprechungstisch zur gemeinsamen Beratung, als die beiden Beamten eintraten.

»Kommt denn unsere Polizei schon am Krückstock daher?«, scherzte der arrogante Notar und grinste.

Kiermeier war überhaupt nicht zum Scherzen aufgelegt. »Kommissar Huber hat sich gestern beim

Sport verletzt und ist heute trotz seines Handicaps zum Dienst gekommen«, stellte er klar. »Mein Name ist Josef Kiermeier. Ich bin der Leiter der Pfarrkirchner Polizeiinspektion. Wir haben telefoniert.«

»Das ist mein Rechtsanwalt Richard Meiler, und mein Name dürfte bekannt sein.« Die nächste spitze Bemerkung Erlachers folgte sogleich: »Haben Sie Ihre junge Mitarbeiterin wieder nach Sachsen zurückgeschickt?«

»Erstens kommt unsere junge Kollegin aus Thüringen und zweitens hat sie gerade anderweitig zu tun«, belehrte Kiermeier, der nicht genau wusste, wie er die Vernehmung beginnen sollte.

»Gott sei Dank haben Sie meinen Trabertrainer aus der Untersuchungshaft entlassen. Ich habe schon befürchtet, dass ich mir einen neuen Trainer für meine Pferde suchen muss. Wie Sie wissen, gibt es bei uns in der Gegend nicht mehr so viele«, stellte der Notar süffisant fest.

»Gegen den Herrn Schwarz liegt nichts vor«, erklärte der Polizeichef.

»Dann bin ich aber froh«, ergänzte der erfolgreiche Pferdebesitzer.

»Wo waren Sie eigentlich zur Tatzeit?«, begann Kiermeier und sein Puls schnellte in die Höhe.

Sofort setzte der Rechtsanwalt mit seinem Text ein. »Was werfen Sie meinem Mandanten konkret vor?«

»Es gibt da einige Verdachtsmomente im Zusammenhang mit dem Mordfall Staudinger, die wir ausräumen könnten, wenn Sie beziehungsweise der Herr Erlacher uns ein schlüssiges Alibi für die Tatzeit vorlegen«, antwortete Kiermeier, der genau aufpasste, dass er gegenüber den beiden Juristen am Tisch kein falsches Wort sagte.

»Was sollen das für Verdachtsmomente sein?«, fragte Richard Meiler aufgebracht zurück, während sich Erlacher demonstrativ zurücklehnte.

»Ich denke, das kann Herr Huber besser erläutern, der die Ermittlungen gemeinsam mit seiner Kollegin Hanke durchgeführt hat.« Kiermeier wurde die Angelegenheit zu heiß, er wollte nun lieber seinen Mitarbeiter reden lassen.

»Zum einen haben wir ermittelt, dass Ihr Mandant vor Zeugen Drohungen gegenüber dem Mordopfer ausgesprochen hat, als er von der Verletzung seines Pferdes erfuhr«, brachte Thomas hervor, der sich mühte, hochdeutsch zu sprechen.

»Das Ganze ist über ein Jahr her, und im Zuge so einer Enttäuschung sagt man schon mal etwas, was man später bereut. Das ist weder ein Beweis noch, aufgrund der zeitlichen Distanz, ein Indiz«, wiegelte Meiler ab. »Gibt's sonst noch was, das Sie meinem Mandanten vorwerfen?«

»Aber ein Motiv. Und neben diesem gibt es noch ein anderes«, kündigte Thomas an.

»Da bin ich aber gespannt«, antwortete der Rechtsanwalt, der sich als genauso arrogant wie sein Mandant herausstellte.

»Es geht um den Erbschaftsstreit zwischen dem Mordopfer und seinem Bruder«, begann Thomas, wurde aber von Meiler unterbrochen.

»Was hat das mit Herrn Erlacher zu tun? Da müssen Sie doch beim Bruder des Mordopfers ermitteln.«

»Wenn Sie mich aussprechen lassen würden, könnten wir uns eine Menge Zeit sparen«, entgegnete Thomas betont sachlich.

»Also bitte, wir hören«, forderte Meiler beleidigt auf, lehnte sich ebenfalls zurück und verschränkte seine Arme vor der Brust.

»Wie gesagt, zum Erbschaftsstreit zwischen dem Opfer und seinem Bruder kam es, weil Herr Erlacher eine Testamentsänderung durch den Erblasser, den verstorbenen Vater der beiden, Josef Staudinger senior, zu Ungunsten des Opfers durchgeführt hat«, erklärte Thomas weiter.

Meiler konnte sich nicht zurückhalten und unterbrach ihn erneut. »Das ist nicht strafbar, das ist sein Job als Notar.«

Jetzt wurde es sogar Josef Kiermeier zu bunt. »Herr Meiler, ich darf Sie bitten«, belehrte der Polizeioberrat den vorlauten und arroganten Rechtsanwalt. »Herr Huber, fahren Sie bitte fort.«

»Der Staudinger-Vater war allerdings ziemlich dement. Trotzdem hat Ihr Mandant die Testierfähigkeit bestätigt und die Testamentsänderung zu Ungunsten des Opfers durchgeführt.«

Nun konnte sich der Notar nicht mehr beherrschen. »Verdammt noch mal, ich dachte, das haben wir geklärt, Herr Huber. Ich hab Ihnen schon beim letzten Mal gesagt, dass Herr Staudinger senior völlig klar im Kopf war, als er damals bei mir war.«

»Ich bitte um Mäßigung, Herr Erlacher«, schritt Kiermeier dezent ein.

»Weil's wahr ist«, sagte der Notar beleidigt und lehnte sich wieder etwas zurück.

Thomas hatte den Eindruck, dass dieses Thema zwischen Erlacher und Meiler nicht besprochen worden war, da Meiler seinen Mandanten fragend anblickte.

»Gibt es Beweise für ein Fehlverhalten meines Mandanten?«, mischte sich der Rechtsanwalt wieder ein.

»Wir haben mit dem Hausarzt vom Staudinger-Vater gesprochen, und der hat uns berichtet, dass er sich nicht vorstellen könne, dass Staudinger senior zum Zeitpunkt der Testamentsänderung voll zurechnungsfähig gewesen sei«, berichtete Thomas, wohl wissend, dass er sich auf dünnem Eis bewegte.

»So, jetzt reicht's mir«, legte Meiler fulminant los. »Wenn ich das schon höre: ›Er könne es sich nicht vorstellen‹ … Haben Sie ein ärztliches Gutachten vorliegen oder sonst irgendetwas Schriftliches, das die

Unzurechnungsfähigkeit dieses Erblassers zum Zeitpunkt der Testamentsänderung beweist?«

Thomas schluckte. »Nein, ein Schriftstück kann ich Ihnen nicht vorlegen«, gestand er. Er überlegte, die Sekretärin des Notars ins Spiel zu bringen, aber er biss sich fest auf die Zunge, da er ihr erstens sein Wort gegeben hatte, zweitens dann Aussage gegen Aussage stehen würde und drittens auch das kein zwingender Beweis für den Mord an Staudinger wäre.

»Was wollen Sie also von uns? In dem Fall können wir dieses unsägliche Gespräch beenden, oder?«, legte Meiler nach.

»Noch nicht ganz. Da gibt es ein weiteres Verdachtsmoment gegen den Herrn Erlacher«, fuhr Thomas fort.

»Oh, jetzt wird es wieder spannend«, kommentierte Meiler ironisch.

»Zum Tatzeitpunkt wurde auf dem Rennbahngelände ein schwarzer BMW X5 beobachtet. Wie Sie vielleicht wissen, fährt Ihr Mandant ein solches Fahrzeug.«

»Wurde das Kennzeichen dieses Fahrzeugs erkannt?«, fragte Meiler und auch Erlacher horchte auf, der von diesem Vorwurf bisher nichts gehört hatte.

»Nein. Leider nicht«, gestand Thomas.

»Sie machen sich lächerlich, meine Herren. Das ist wieder kein Beweis. Glauben Sie, dass mein Mandant der Einzige ist, der einen schwarzen X5 fährt? Das kann doch nicht wahr sein! Sie bringen nur haltlose Anschuldigungen gegen meinen Mandanten vor, der noch dazu ein unbescholtener und angesehener Bürger ist«, polterte Meiler.

»Genau, und deswegen sind wir hier«, sagte Kiermeier, der keinen gesteigerten Wert auf eine Eskalation dieses Gesprächs legte. »Wir wären schlechte Polizisten, wenn wir diesen Hinweisen nicht nachgehen und Sie nicht befragen würden. Sie müssen zugeben, dass wir durch die Summe dieser Hinweise eine Tatbeteiligung Ihres Mandanten nicht ausschließen können. Deshalb müssen wir Sie nochmals nach dem Alibi fragen.«

»Schauen S', Herr Kiermeier«, begann Meiler in versöhnlichem Ton. »Mein Mandant ist Witwer, also alleinstehend. Welcher alleinstehende Mann hat für die Zeit um 6 Uhr früh ein Alibi, wenn er nicht Schichtarbeiter oder Ähnliches ist? Mein Mandant war zu diesem Zeitpunkt alleine zu Hause. Gegen 8 Uhr ist er in die Kanzlei gefahren«, stellte Meiler klar, der das Alibi im Vorfeld mit seinem Mandanten abgesprochen haben musste.

»Gut, dann wissen wir Bescheid«, resümierte der Polizeioberrat, stand auf und verabschiedete sich zusammen mit seinem Mitarbeiter Thomas Huber von den beiden Juristen, ohne ihnen die Hand zu geben.

Josef Kiermeier und Thomas Huber gingen sehr mitgenommen von diesem Gespräch zum Auto. Sie stellten fest, dass sie gegen Erlacher und Meiler nicht als Sieger vom Platz gegangen waren.

»Warum wird meine Abneigung gegenüber Juristen immer schlimmer?«, sagte Thomas zu seinem Chef, als sie ins Auto stiegen.

»Herr Huber, wir müssen daraus lernen und mit stichhaltigeren Beweisen aufwarten«, antwortete der Vorgesetzte diplomatisch.

Leichter gesagt als getan, dachte Thomas.

SIEBENUNDDREISSIG

Die Fahrt nach Aign zu Hans Baumgartner verbrachte Mandy in Gedanken an ihren Kollegen Thomas, der keine einfache Zeit vor sich hatte, davon aber noch nichts wusste. Von einem lieb gewonnen Menschen enttäuscht zu werden, muss man erst mal verkraften, dachte sie. Sie selbst hatte eine solche Krise vor nicht allzu langer Zeit durchgemacht. Ihr damaliger Freund in

Gera hatte sie mehrmals mit einer anderen Frau betrogen. Durch Zufall hatte sie es erfahren. Sie gab sich eine gewisse Teilschuld für das Ende ihrer Beziehung. Vielleicht hätte sie mehr auf die Bedürfnisse ihres Partners eingehen sollen. Die Enttäuschung über das Verhalten ihres Freundes war jedoch so groß gewesen, dass es für sie keine Zukunft mit diesem Mann mehr gab. Als sie die Reißleine gezogen und mit ihm Schluss gemacht hatte, konnte er ihre Entscheidung nicht akzeptieren. Doch Mandy blieb hart. Nachdem ihr Ex-Partner sie immer wieder bedrängt und sogar belästigt hatte – man konnte durchaus von Stalking sprechen –, hatte sie ihre Heimat verlassen und war nach Pfarrkirchen gezogen. Hier hatte sie ihre Ruhe vor ihm. Ob sie so schnell wieder einem Mann vertrauen konnte, wusste sie nicht.

Schon bevor sie vom Kommissariat losgefahren war, hatte es zu regnen begonnen. Das war auch in Ordnung. Nach den vielen Sonnentagen bedurfte der ausgetrocknete Boden dringend einer ausgiebigen Bewässerung. Aus dem wolkenverhangenen Himmel nieselte es mal leicht, mal trommelten die Tropfen heftig gegen die Windschutzscheibe des Wagens. Mandy wurde nicht müde, den Frequenzregler des Scheibenwischers hin und her zu drehen, um ihn jedes Mal aufs Neue auf die wechselnde Stärke des Regens einzustellen. Schließlich prasselte es so ordentlich, dass der Wischer nur mehr im schnellen Dauerbetrieb seiner Arbeit nachkam. Ein Regenschirm gehörte nicht zur Standardausrüstung eines Polizeiautos, daher hoffte sie, in der Nähe der Haustür parken zu können.

Doch als Mandy dort ankam, riss die Wolkendecke auf. Wie ein himmlisches Flutlicht ergossen sich breite Sonnenstrahlen über den dunstgeschwängerten Hügel und tauchten den Bauernhof in kräftige Sommerfarben.

Der Ruheständler staunte nicht schlecht, als er Mandy ohne Thomas in seinen Hof fahren sah. »Servus, Mandy. Heut ganz allein? Was verschafft mir die Ehre?«, begrüßte der rüstige Rentner seine Nachfolgerin bei der Pfarrkirchner Kripo.

»Grüß dich, Hans. Stell dir vor, Thomas hat sich gestern beim Fußballspielen verletzt. Er ist gerade im Krankenhaus und lässt sein Sprunggelenk untersuchen.«

»Das hört sich ned gut an. Jetzt, wo ihr mitten in den Ermittlungen steckt. Soll ich für ihn einspringen?«, scherzte Hans.

»Das wäre nicht schlecht, aber deswegen bin ich nicht hier«, antwortete Mandy.

Aufgrund der Regennässe bat der Hausherr seinen Gast in die Wohnstube des Sacherls. Sie nahmen am quadratischen naturbelassenen Tisch der rustikal eingerichteten Wohnstube Platz, und Hans reichte Mandy ein Glas Wasser.

»Du bist ned nur ’kommen, weil du mich über die Verletzung vom Thomas informieren wolltest, oder?«, fragte Hans, der neugierig war, was seine Nachfolgerin von ihm wollte.

Mandy fühlte sich in ihrer Rolle zunehmend unwohler und war sich nicht mehr sicher, ob es tatsächlich der richtige Weg war, Hans in die schwierige Situation einzubeziehen. Aber der Chef hatte sie geschickt. Nun war sie da und konnte kaum mehr zurück. Sie wusste nicht recht, wie sie anfangen sollte, doch dann nahm sie ihr Herz in die Hand und begann zu erzählen. »Ich bin schon wegen dem Thomas da, aber es geht um etwas anderes.«

»Hast ein Problem mit ihm?«, fragte Hans fürsorglich nach.

»Nein, nein, überhaupt nicht. Am Anfang vielleicht, aber jetzt haben wir sehr gut zusammengefunden«, stotterte Mandy.

»Was ist dann mit ihm?« Hans machte sich zunehmend Sorgen um seinen Zögling.

»Er hat nicht nur ein Problem am Knöchel, sondern auch ein privates. Nur weiß er noch nichts davon.«

»Das versteh ich ned«, sagte Hans und schüttelte den Kopf.

»Unser Hauptverdächtiger hat uns heute früh sein Alibi präsentiert. Dreimal darfst du raten, wer sein Alibi ist?«

»Ich versteh immer noch ned.«

»Unser Hauptverdächtiger hat mit der Frau von Thomas die Nacht verbracht, als der Mord geschah«, rückte Mandy sehr direkt mit der Wahrheit heraus.

Das Entsetzen war Hans ins Gesicht geschrieben.

Er konnte es nicht glauben. »Die Marion war doch beim Wellnessen in Griesbach«, stammelte Hans.

»Korrekt. Und in der letzten Nacht war sie nicht alleine im Zimmer«, bestätigte Mandy.

In der Küche klingelte das Telefon. Hans stand auf und eilte in die Küche.

Mandy schaute sich in der Zwischenzeit in der gemütlichen Wohnstube um. An der Wand hingen einige Fotos in hölzernen Rahmen. Auf einem davon war eine Jugendliche abgebildet, die stolz auf einem prächtigen Rappen ritt. Das wird vermutlich seine verstorbene Tochter sein, dachte die Polizistin. Das Gelände, auf dem die Reiterin zu sehen war, kam ihr bekannt vor. Im Bildhintergrund sah man die Stallungen der Trabrennbahn. Mandy drehte sich um und blickte aus dem Fenster, um die herrliche Aussicht auf Pfarrkirchen zu genießen. Sie stellte fest, dass Hans hier ein richtiges Paradies geschaffen hatte. Leider war es ihm nicht vergönnt, dieses mit seiner Familie teilen zu können. Auf dem breiten Fensterbrett sah Mandy zwischen Blumenstöcken eine Visitenkarte liegen. Sie betrachtete sie und wunderte sich: Was will Hans bei einer Frauenärztin? Die Karte stammte von Doktor Renate Strohmaier, Gynäkologin aus Pfarrkirchen.

»Entschuldige, Mandy, dass ich dich so lange sitzen hab lassen, aber auf den Anruf hab ich schon länger gewartet«, sagte Hans, als er aus der Küche in die Wohnstube zu Mandy zurückkam.

»Kein Problem, Hans.«

»Ich kann's immer noch ned fassen, dass die Marion den Thomas betrogen hat.«

»Daran besteht kein Zweifel.«

»Wer war denn euer Hauptverdächtiger?«

»Das weißt du noch nicht?«

»Nein, woher soll ich das wissen? Als ihr vorgestern bei mir g'wesen seid, habt ihr mir nur erzählt, dass der Staudinger Sepp vom Schwarz Georg einen Haufen Geld 'kriagt hat.«

»Wir haben rausgefunden, warum. Der Staudinger hat den Schwarz bei illegalen Trainingsmethoden erwischt und ihn damit erpresst.«

»Dann war der Schwarz euer Hauptverdächtiger?«

»Genau.«

»Und der Schwarz Georg hat mit der Marion in der Nacht vom Dienstag auf Mittwoch seinen Zuchtrennsieg g'feiert«, schlussfolgerte der ehemalige Polizist, der es immer noch nicht fassen konnte, zumal er sowohl Marion als auch Georg Schwarz gut kannte. »Aber wie kann ich dir jetzt helfen?«, fragte Baumgartner kopfschüttelnd.

Mandy wusste nicht recht, wie sie ihr Anliegen vorbringen sollte. »Ja, ich wollte dich fragen … wie du mit der Situation umgehen würdest, wenn du aktuell sein Kollege wärst«, stammelte sie.

Hans überlegte. »Der Thomas woaß wirklich nichts von der Sach?«

»Nein, wir haben es auch erst vor wenigen Stunden erfahren.«

»Woaß die Marion, dass ihr es wisst?«

»Von uns nicht. Vielleicht hat Georg Schwarz ihr Bescheid gesagt, vielleicht aber auch nicht.«

»Ich würd es ihm auf keinen Fall selbst sagen. Der Überbringer schlechter Nachrichten ist schon im alten Griechenland 'köpft worden«, bemühte Hans die Antike.

Na bravo, dachte Mandy. »Was würdest du an meiner Stelle machen?«

»Ich würd an deiner Stell mit der Marion reden. Die beiden sollen das untereinander klären. Alles andere wär ein Schmarrn«, schlug Hans vor.

Das klingt doch gar nicht schlecht, überlegte Mandy. Sie fand Gefallen an diesem Vorschlag. »Deine Tochter war auch pferdebegeistert?«, setzte die Kommissarin an, auf das Foto an der Wand deutend. Einerseits wollte sie nicht in einer alten Wunde rühren, andererseits drehten in ihrem Kopf einige Gedanken die Runde, die angesprochen werden wollten. »Dieser schöne Rappe, gehörte er euch?«

Hans Baumgartner spürte, dass Mandy über das Unglück Bescheid wusste, und er konnte sich leicht einen Reim darauf machen, von wem sie eingeweiht worden war.

»Das war ned Lisas Pferd. Sie hat nie ein eigenes besessen. Die Kosten für ein Pferd hab ich mir damals ned leisten können. Ich hab ja mein Sacherl restauriert.«

»Bei wem ist sie dann geritten, wenn sie selber kein Pferd gehabt hat?«

»Ach, das war für Lisa kein Problem, die hat sich die Kontakte und Gelegenheiten immer selbst b'sorgt. Lisa war so ein fröhlicher und offener Mensch.«

Bei diesem letzten Satz sank die Stimmung Baumgartners merklich, sodass Mandy nicht weiter in ihn dringen wollte. Sie dankte Hans für die guten Ratschläge, verabschiedete sich, verließ das Haus und lief zu ihrem Dienstwagen. Das Wolkenloch über dem Sacherl hatte sich mittlerweile längst verzogen und das Regengrau bestimmte wieder den Anblick des Rottals.

ACHTUNDDREISSIG

Als sie wieder im Auto saß, ging Mandy das Bild der hübschen reitenden Tochter von Hans Baumgartner nicht mehr aus dem Kopf. Warum bringt sich so ein Mädchen, das bei ihrem Vater in einem kleinen Paradies lebt, um? Hat sie die Trennung von ihrer Mutter nicht verkraftet oder gab es noch einen anderen Grund? Natürlich wusste Mandy, dass es Teenager gab, die bei einer unglücklichen ersten Liebe keinen Ausweg mehr finden. Und warum lag die Visitenkarte einer Gynäkologin auf Baumgartners Fensterbrett? Bevor sie in die Polizeiinspektion zurückfuhr, wollte sie ihre aufkommenden Zweifel aus dem Weg räumen.

Mandy erinnerte sich an die Adresse der Pferdepflegerin Kerstin Schmid, die sie ihr nach ihrer ersten Befragung am letzten Mittwoch mitgeteilt hatte. Sie gab den Namen des Pfarrkirchner Ehrenbürgers Konrad Wirnhier in ihr Navi ein und fuhr los. Wenige Minuten später war sie im Pfarrkirchner Ortsteil Mooshof in der Straße angelangt, die nach dem Rottaler Olympiasieger benannt worden war. Die Hausnummer wusste sie allerdings nicht mehr, was aber kein Problem war. Sie ließ das Fenster ihres Dienstwagens herunter und fragte eine Passantin, die gerade ihren Kinderwagen durch das Wohngebiet schob, um Auskunft. Das waren die Vorteile der ländlichen Gegend, denn hier kennt man in der Regel seine Nachbarn. So auch diese Passantin, die Mandy das Reihenhaus von Kerstin Schmid zeigte.

Die Pferdepflegerin war zu Hause.

»Stimmt es, dass Sie den Schwarz Georg verhaftet haben?«, wollte Kerstin Schmid schon an der Haustür wissen.

»Können wir in Ihre Wohnung gehen und dort alles besprechen?«, antwortete die Kriminalbeamtin, die Gespräche zwischen Tür und Angel nicht leiden konnte.

»Ja, natürlich. Kommen Sie rein, Frau Hanke.« Noch bevor sich die beiden am Esszimmertisch hingesetzt hatten, hakte Kerstin nochmals nach. »Ich wollte mich gestern beim Schwarz vorstellen, doch dort wurde mir g'sagt, dass er von der Polizei verhaftet wurde. Stimmt das?«, fragte Kerstin besorgt.

»Nein, das stimmt so nicht. Georg Schwarz war gestern nur zu einer längeren Befragung bei uns«, schwindelte Mandy.

»Dann haben Sie ihn wieder freig'lassen?«

»Ja, er ist bestimmt wieder auf seinem Hof.«

»Der hat mir nämlich am Montag am Telefon erzählt, dass er noch eine Mitarbeiterin auf seinem Hof brauchen könnte.«

»Das freut mich für Sie, Frau Schmid.«

»Das wäre super, wenn es klappen würde. Dann könnt ich wieder mit Pferden arbeiten.«

»Ich drücke Ihnen die Daumen. Was ich Sie aber eigentlich fragen will … Haben Sie eine Lisa Baumgartner gekannt?«

»Sie meinen die Lisa, die sich vor ungefähr zwei Jahren um'bracht hat?«

»Ja, genau.«

»Natürlich kannte ich die Lisa. Sie ist öfters in unseren Stall 'kommen. Sie war eine hervorragende Reiterin und hat den Kilian g'ritten. Der Sepp war immer froh, wenn die Lisa kam. Das Reiten hat Kilians Nervenkostüm richtig gut'tan.«

»Haben Sie eine Ahnung, warum sich Lisa umgebracht hat?«

»Nein, überhaupt ned. Die Lisa war so lebensfroh, so freundlich und immer gut aufg'legt. Keiner hat g'wusst, warum sie das g'macht hat. Ich war damals auch bei der Beerdigung am Gartlberg oben. Das war furchtbar.«

»Wie oft ist sie zu Ihnen in den Stall zum Reiten gekommen?«

»Mindestens einmal pro Woche. Was allerdings komisch war: Ungefähr vier Wochen vor ihrem Selbstmord hat sie plötzlich aufg'hört und ist nicht mehr 'kommen. Vielleicht hat sie Prüfungen g'habt, ich weiß es nicht.«

NEUNUNDDREISSIG

Es war schon spät am Nachmittag, als Mandy den Namen der Gynäkologin in ihr Smartphone eingab. Das schlaue Gerät zeigte ihr nach wenigen Sekunden die Adresse von Doktor Renate Strohmaier an. Die Innere Simbacher Straße befand sich in der Nähe von Mandys Wohnung. Die Strecke schaffte sie sogar mittlerweile ohne Unterstützung ihres Navis. Vielleicht handelte es sich nur um eine Freundschaft zwischen Hans und dieser Frau, oder sie übten ein gemeinsames Hobby aus. In diesem Fall hoffte sie, dass Hans nichts von ihren Recherchen mitbekam, sonst würde ihr Vertrauensverhältnis massiv gestört sein. Trotzdem musste Mandy unbedingt herausfinden, was Hans Baumgartner von dieser Frau wollte, zumal zwischen seiner verstorbenen Tochter und dem Mordopfer Sepp Staudinger eine Verbindung bestand, wie sie soeben von Kerstin Schmid erfahren hatte.

Ihren Wagen parkte sie an der Ringstraße. Von dort ging sie zu Fuß zur Inneren Simbacher Straße. In dem Moment, als sie das Schild der Ärztin am Eingang der Praxis betrachtete, trat eine reife gepflegte Frau aus der Tür und wollte selbige zusperren.

»Entschuldigung. Sind Sie Doktor Renate Strohmaier?«

»Ja, das bin ich, aber meine Sprechstunde ist heute schon zu Ende«, antwortete die Ärztin.

»Ich komme nicht als Patientin zu Ihnen. Mein Name ist Hanke. Ich bin bei der Kripo in Pfarrkirchen. Haben Sie ein paar Minuten Zeit? Ich hätte einige Fragen an Sie.«

»Die Zeit nehme ich mir natürlich. Gehen wir in die Praxis«, schlug Doktor Strohmaier vor und öffnete die Eingangstür wieder.

In ihrem Arztzimmer bot sie Mandy einen Stuhl an ihrem Besprechungstisch an. »Wie kann ich Ihnen helfen?«

»Ich ermittle im Fall des ermordeten Trabertrainers Staudinger. Sie haben bestimmt von dem Mord gehört?«

»Ja, aber ich kannte den Mann nicht.«

»Deswegen bin ich auch nicht da. Sagt Ihnen der Name Hans Baumgartner etwas?«, fragte die Kripobeamtin, die ihr Gegenüber genau beobachtete. Mandy sah, wie im Kopf der Ärztin die Gedanken kreisten.

»Ja, der Name sagt mir was«, stammelte Frau Strohmaier nach einigen Sekunden Überlegungszeit.

»Wie haben Sie ihn kennengelernt?«

»Ich hab ihn letzte Woche auf dem Gartlberger Friedhof getroffen. Er hat mich angesprochen, als ich am Grab seiner Tochter stand«, verriet die Ärztin, die sichtlich nervös wurde.

»Kannten Sie seine Tochter auch?«

»Eigentlich darf ich Ihnen das gar nicht sagen, denn die ärztliche Schweigepflicht gilt auch über den Tod hinaus. Aber ich kann nicht mehr.« Frau Strohmaier fing unvermittelt zu weinen an.

Mandy sagte erstmal nichts und berührte die Hand der sensiblen Medizinerin.

»Diese verdammte ärztliche Schweigepflicht«, schimpfte die Gynäkologin. »Sie können sich nicht vorstellen, was ich die letzten zwei Jahre durchgemacht habe. Ich konnte nicht mehr richtig schlafen, und falls ich doch eingeschlafen bin, hatte ich oft Alpträume. Ich musste immer wieder an die Lisa denken«, offenbarte sich die Ärztin. »Ich war damals auf der Beerdigung. Vermutlich war ich die Einzige, die wusste, warum sich Lisa umgebracht hat. Ich sah in die verzweifelten und weinenden Gesichter. Aber ich durfte es niemandem sagen. Können Sie sich das vorstellen? Das ist die Hölle!«

»Ich vermute, Lisa wurde vergewaltigt«, befürchtete Mandy.

»Ja, das stimmt. Sie kam damals ganz verstört zu mir. Ich hab ihr sofort die Pille danach gegeben. Es sei in einem Pferdestall passiert, hat sie mir erzählt. Allerdings nannte sie keinen Namen. Ich hab ihr eindringlich geraten, zur Polizei zu gehen und das Verbrechen anzuzeigen«, berichtete die Gynäkologin unter Tränen.

»Leider hat sie das nicht getan«, vermutete Mandy.

»Was glauben Sie, welche Vorwürfe ich mir gemacht habe? Ich habe ihr zwar eine Psychologin empfohlen, mit der sie zur Polizei hätte gehen können. Aber das hat sie alles nicht gemacht. Sie wollte damit alleine fertig werden, hat es jedoch nicht geschafft. Ich habe mich immer gefragt, ob sie vielleicht noch leben würde, wenn ich mit ihr persönlich die Kollegin aufgesucht hätte«, klagte die Ärztin.

»Sie dürfen sich keine Vorwürfe machen, Frau Doktor Strohmaier. Sie konnten es nicht verhindern«, versuchte Mandy, die Ärztin zu beruhigen.

»Das sagen Sie so einfach. Wer schützt eigentlich uns Ärzte vor dieser Schweigepflicht? Ich wäre beinahe daran zugrunde gegangen. Wenn ich am Grab meiner Eltern am Gartlberg bin, besuche ich anschließend immer Lisas Grab und bete für sie. Das hilft mir.«

»Und da hat sie der Vater von Lisa beobachtet, stimmt's?«

»Ja, genau. Es war am Vormittag des Pfingstsonntags. Er kam auf mich zu und hat mich gefragt, ob ich Lisa gekannt habe. Ja, ich habe sie gekannt, hab ich ihm gesagt. Aber am Friedhof wollte ich mit ihm nicht darüber reden. Ich habe ihm meine Visitenkarte gegeben und ihm gesagt, dass er mich nach den Feiertagen anrufen könne.«

»Das hat er dann gemacht?«, fragte Mandy.

»Ja, er hat mich am Dienstagvormittag angerufen und wir haben einen Termin für 20 Uhr in meiner Praxis vereinbart«, berichtete die Ärztin, die sich in der Zwischenzeit wieder etwas gefangen hatte.

»Und dort haben Sie ihm alles gesagt?«

»Ja. Und wissen Sie was? Ich war richtig erleichtert. Endlich war ich nicht mehr die Einzige, die dieses schreckliche Geheimnis kannte. Auch wenn sie mir meine Zulassung nehmen, das ist mir egal«, beichtete die Ärztin ganz offen. »Und jetzt habe ich mit diesem Gespräch ein weiteres Verbrechen ausgelöst, stimmt's?«

»Das wissen wir noch nicht«, antwortete Mandy diplomatisch.

VIERZIG

Auf dem Weg in die Polizeiinspektion hatte es Mandy verdammt eilig. Sie hoffte, dass ihr Chef sich noch im Büro befand, damit sie ihm persönlich von den unglaublichen Erkenntnissen berichten konnte.

Als sie die Eingangstür des Polizeigebäudes öffnen wollte, kam ihr Thomas mit seiner Krücke entgegen. Ausgerechnet auf ihn wollte sie jetzt am allerwenigstens treffen, denn sie wusste nicht, wie sie darum herumkommen sollte, ihm vom Seitensprung seiner Frau und vom schrecklichen Verdacht gegen seinen Ziehvater und ehemaligen Kollegen zu berichten.

»Hallo, Thomas. Wie geht es dir?«, begrüßte sie ihn.

»Alles halb so wild, es ist nichts 'brochen, nur verstaucht.«

»Bist du schon länger da?«

»Ja. Ich war mit dem Kiermeier beim Erlacher.«

»Und, wie war's?«

»Furchtbar, Mandy. Sein Rechtsanwalt hat sich vielleicht auf'blasen.«

»Wie ›auf'blasen‹?«

»Der hat alles in der Luft zerrissen. Erlachers Drohung gegen den Staudinger, die dubiose Testamentsänderung und der schwarze X5 am Tatort seien weder Indizien noch Beweise. Der hat uns fast ausg'lacht. Wir sind dag'standen wie begossene Pudeln, sag ich dir.«

»Hat Erlacher ein Alibi?«

»Ach wo. Daheim soll er g'wesen sein, alleine natürlich. Um 8 Uhr sei er in die Kanzlei g'fahren.«

»Das habe ich befürchtet.«

»Wie war's beim Schwarz?«

»Beim Schwarz?« Mandy wusste nicht, was Thomas von ihr wollte.

»Du warst doch gerade beim Schwarz wegen der Strompeitschen, oder?«, legte Thomas nach.

Jetzt ging Mandy ein Licht auf. Das wird Kiermeiers Notlüge gewesen sein, um ihm ihre Abwesenheit zu erklären. »Ja, ich hab diese Strompeitschen eingesammelt«, log Mandy, mit schlechtem Gewissen, aber ohne Alternative.

»Ich kann immer noch nicht glauben, dass der Schwarz ein Alibi hat. Mir hat der Kiermeier g'sagt, dass er mit einer verheirateten Frau unterwegs war«, brachte Thomas vor.

Mandy wurde gänzlich verlegen. »Ja, das haben wir überprüft«, stammelte sie.

»Wer war diese Frau?«

»Die hat mit der ganzen Sache garantiert nichts zu tun. Die Details erzähl ich dir am Freitag. Ich bin ein wenig in Eile, weil ich noch zum Radfahren muss«, schwindelte Mandy und drückte sich an ihrem Kollegen vorbei in Richtung des Polizeigebäudes.

»Warum machen denn alle so ein Geheimnis um diese Frau? Der Kiermeier auch schon«, wunderte sich Thomas.

»Ich mache kein Geheimnis, sondern habe den Namen nicht parat.«

»Hast du nicht mit ihr g'sprochen?«

»Nein, das Alibi wurde uns von den Angestellten

des Hotels, in dem sich die beiden aufhielten, einwandfrei bestätigt«, erklärte Mandy mit zunehmend schlechtem Gewissen.

»Na gut. Dann gehen wir am Freitag den ganzen Fall noch mal durch.«

»Genau, das machen wir. Ich wünsche dir einen schönen Feiertag«, verabschiedete sich Mandy, wohlwissend, dass er diesen nicht haben würde.

EINUNDVIERZIG

Kaum hatte Mandy Thomas an der Eingangstür der Polizeiinspektion zurückgelassen, stürmte sie direkt zum Büro Kiermeiers.

»Hallo, Chef, ich …« Die Polizistin blickte in das leere Zimmer. Verdammt, ausgerechnet jetzt war der Polizeioberrat nicht greifbar. Sie konnte in der Sache auf keinen Fall alleine vorangehen, dafür war die neue

Ausgangslage zu prekär. Doch da erschien der Kopf Kiermeiers hinter seinem hohen Schreibtisch.

»Kennt denn in diesem Haus niemand die Anstandsregel des Anklopfens?«

Mandy wunderte sich, was ihr Chef so weit unten hinter dem Möbel zu suchen hatte, dass er für den Blick eines Eintretenden verborgen geblieben war. »Es tut mir leid«, begann sie, »aber ich habe ein extrem wichtiges Ermittlungsergebnis mit Ihnen zu besprechen. Ich hatte Angst, Sie heute Abend nicht mehr im Präsidium anzutreffen.«

»Wenn Sie auf Erlacher anspielen, können wir es kurz machen. Oder haben Sie das Kennzeichen dieses ominösen BMW X5 festgestellt?«

»Nein, es dreht sich nicht um Erlacher, sondern um Baumgartner … Hans Baumgartner!« Noch immer stand die Polizistin in der Tür, während Kiermeier auf seinem Bürostuhl saß und sich nun weit zurücklehnte, wie um Abstand zu seiner Ermittlerin zu gewinnen.

»Was? Der Hans … ich versteh nicht ganz …«

Ohne die Aufforderung ihres Vorgesetzten holte sich Mandy einen Sessel der ovalen Sitzgruppe, setzte sich damit vor den Schreibtisch und berichtete von ihren jüngsten Gesprächen mit Kerstin Schmid und der Gynäkologin. Hatte Kiermeier zu Beginn der Schilderungen die eine oder andere Einwendung, so verstummte er vollends bei den Ausführungen der Frauenärztin.

»Heiliger Strohsack!«, entfuhr es ihm, als Mandy ihren Bericht beendet hatte. »Dann bleibt uns jetzt nur noch eines zu tun.«

»Soll ich Verstärkung anfordern, Chef? Karl oder Stefan sind vielleicht noch da. Wenn nicht, müssen sie den Feierabend eben unterbrechen.«

»Nein, lass! Das bekommen wir auch allein hin.« In seiner Betroffenheit duzte Kiermeier seine Ermittlerin, ohne dass er sich dessen bewusst war.

Der anstehende Feiertag, Fronleichnam, in Bayern ein Festtag seit dem 13. Jahrhundert, kam Thomas äußerst ungelegen. Einerseits fesselte ihn der geschwollene Fuß ans Haus und unterband sportliche Aktivitäten, andererseits musste er gezwungenermaßen die Ermittlungen an diesem einschneidenden Punkt unterbrechen, obwohl es in ihm arbeitete und gärte. Er spürte, dass sie kurz vor der Aufklärung des Falles standen, die Nebel begannen sich zu lichten und erste Konturen des Bildes wurden sichtbar. In diesen Momenten war er ganz Puzzlespieler, der, wenn es daran ging, die letzten Teile einzufügen, den Eifer nicht mehr stoppen konnte, bis schließlich die komplette Ansicht vorlag.

Es war ihm nach wie vor ein Rätsel, weshalb Georg Schwarz so schnell aus dem Polizeigewahrsam entlassen worden war. Ein Alibi zählte selbstverständlich zu den stärksten Entlastungsargumenten. Das Alibi war von unabhängigen Hotelangestellten bestätigt worden. So weit in Ordnung. Dass aber dennoch die Frau, Freundin oder Geliebte des Tatverdächtigen nicht vernommen worden war, konnte er nicht nachvollziehen. Weder Kiermeier noch seine Kollegin hatten sich hierzu klar geäußert. Sie waren ihm genaue Rechenschaft schuldig geblieben.

Zudem befanden sich die Ermittlungen gegen Erlacher in einem kritischen Stadium. Der zur Tatzeit gesichtete schwarze BMW war ein Verdachtsmoment, das Tonnen wog, wenn es auch schwer sein würde, es mit der Person des Notars in eine schlüssige und beweisbare Verbindung zu bringen. Hier fehlte noch die zündende Idee für eine taugliche Vorgehensweise. Darüber hinaus konnte und durfte die Beweisführung nicht an der gehobenen Stellung des Verdächtigen oder dessen gewieften anwaltlichen Beistandes scheitern. Das wäre eine Bankrotterklärung der Polizeiarbeit und widerspräche jedem rechtsstaatlichen Standpunkt. So weit würde er es nicht kommen lassen, selbst wenn sein Chef es vorzöge, den Schwanz einzuziehen. Und auf Mandy konnte er sich verlassen, so viel hatte er mittlerweile gelernt.

Auf dem Weg zum Sacherl Baumgartners, Kiermeier selbst hatte sich ans Steuer des Dienstwagens gesetzt, herrschte tiefes Schweigen, bis der 56-Jährige zu einem Bekenntnis ansetzte. »Der Hans war mein bester Polizist. Er kennt alles und jeden hier in Pfarrkirchen. Meistens hab ich seinen Rat 'braucht und nicht umgekehrt.«

»Vielleicht hat er genau deswegen auch die Schandtat an seiner Tochter aufklären können«, fügte Mandy an.

»Der ganze Ort schaut auf unsere Arbeit. Was wird auf uns zukommen, wenn sich herausstellt, dass ein ehemaliger Kommissar unserer Behörde der Täter ist?«, haderte Josef Kiermeier mit der schicksalhaften Wendung.

Langsam rollte der Wagen vor dem alten Bauernhaus Baumgartners aus. Als Mandy und ihr Chef aus dem Fahrzeug stiegen, stand der Ex-Polizist bereits in der Tür.

»Hallo, Mandy, du schon wieder? Jetzt hast den richtigen Kollegen dabei. Wer von euch zwei ist der Teamleiter, du oder der Sepp?«, scherzte Baumgartner. Er war wohl der Einzige in Polizeikreisen, der den Polizeioberrat duzen durfte. »Kommts herein, ihr habt bestimmt an Durst.«

Kiermeier ließ seiner jungen Ermittlerin den Vortritt, dann setzten sich beide wortlos und mit ernster Miene an den rustikalen Tisch der Stube. Hans kam mit drei Wassergläsern und einem Krug aus der Küche. Er stellte das Tablett auf den Tisch, verteilte die Gläser und schenkte ein. Das Zittern seiner Hand war nicht zu übersehen.

Der Polizeichef nahm einen kräftigen Schluck, seine Kehle musste sehr trocken sein. »Hans«, begann er, »wir sind ’kommen, weil –«

»Sei staad! Meinst, ich weiß nicht, weshalb ihr ’kommen seid«, unterbrach Baumgartner und setzte sich mit an den Tisch. »Ihr wollts mich mitnehmen, weil ihr glaubts, dass es mir hier heroben nicht mehr g’fällt.«

»Warum hast du den Staudinger nicht einfach an’zeigt … bei uns?«, wollte Kiermeier wissen, ohne auf die bevorstehende Verhaftung einzugehen.

»Ich wollt es ja … Glaub mir, ich wollt es!«, entgegnete Baumgartner. »Aber vorher musste ich ihn zur Rede stellen, den Saukerl. Und da ist er mir blöd ’kommen. Er wollte mich davon überzeugen, dass meine Tochter ihn ang’macht hat. ›Wieso gibst mir die Schuld‹, hat er g’sagt, ›wenn deine Tochter die Haxn vor mir breit macht.‹ Ja, genau so hat er’s g’sagt, ›die Haxn vor mir breit macht‹ … Sepp, da ist es mit mir durch’ganga, wie ein Traber beim Galoppieren. Der Staudinger hat’s nicht anders verdient. Leider war mei Tochter genauso rossnarrisch wie der geile Bock.«

Humpelnd legte Thomas den Weg von der Garage zur Haustür zurück. Das Auftreten tat schon weniger weh, was ihn für den nächsten Tag hoffen ließ. Er steuerte die breite Sofaecke des Wohnzimmers an, in der Absicht, sich den Abend über von seiner Frau versorgen zu lassen. Weil er im ganzen Erdgeschoss kein Geräusch hörte, vermutete er Marion im Garten oder im Obergeschoss des Hauses. Er schaltete den Fernseher an, um seine Gedanken von der Mordermittlung zu weniger anspruchsvollen Themen zu bewegen. Die erste Programmwahl bescherte ihm eine Vorabendserie mit einem schrägen Polizistenduo, von denen einer fast mit seinem Familiennamen – nur ein »t« war zu viel – unterwegs war. Das musste er sich heute nicht mehr antun. Es reichte ihm, wenn seine Kollegen die Namensähnlichkeit für ihre Witzeleien ausnutzten, vorzugsweise am Tag nach der Sendung. Zumindest in dieser Hinsicht war der morgige Feiertag ein Gewinn, dachte Thomas.

Unvermittelt stand Marion im Zimmer. Er hatte sie nicht kommen gehört, sodass er erschrak, als er ihre Anwesenheit bemerkte. Als er die geröteten Augen und die herabhängenden Mundwinkel im sonst so schönen Gesicht seiner Frau sah, überkam ihn ein ungutes Gefühl. Er schaltete den Fernseher aus. »Meinem Fußgelenk geht's langsam besser.« Es war das Unverfänglichste, was ihm einfiel.

»Schön, das freut mich«, erwiderte Marion mit belegter Stimme. Sie trat nicht näher, hielt den Blick starr auf Thomas gerichtet.

Die Situation machte ihm Angst. »Und du?« Irgendetwas in seiner Brust verkrampfte sich.

»Nichts …« Selten stand die abwiegelnde Bemerkung seiner Ehefrau so im Gegensatz zu ihrer Miene.

»Gibt's was zu essen oder soll ich uns was ins Haus b'stellen?« Thomas öffnete einen Fluchtweg aus der bedrückenden Lage, aber Marion ging nicht darauf ein.

»Ich muss dir was sagen …« Sie wollte weitersprechen, musste aber zuvor etwas Großes hinunterschlucken, das sich in ihrer Kehle befand. Es gab kein Zurück mehr!

Auch Thomas schluckte und konnte nichts erwidern. Er wollte sich vom Sofa erheben, aber es ging nicht. Stattdessen Schweigen. Er hatte das Gefühl, dieser beschissene Zustand dauere bereits eine Ewigkeit.

»Ich war nicht mit einer Freundin in Bad Griesbach. Georg kam zu mir … Er rief mich an … und kam am Abend nach den Rennen in Pfarrkirchen … Wir sind zusammen in die Realschule 'gangen … Wir hatten uns viel zu erzählen … Wir haben Wein 'trunken … Dann ist er 'blieben. Es war nicht abg'sprochen … Es hat sich so ergeben. Warum hast du mich allein dort hinfahren lassen? Du musst doch g'merkt haben, dass es mir nicht gut ging. Wir leben nur mehr nebeneinander her …« Ihr Kopf war mit jedem Satz weiter auf die Brust gesunken. Sie sah Thomas nicht mehr an, sondern starrte auf einen imaginären Punkt vor ihren Füßen.

Als der Name Georg fiel und er von den Rennen in Pfarrkirchen hörte, wusste Thomas sofort Bescheid, eine Nachfrage erübrigte sich. Erst wollte er aufstehen und zu seiner Frau hingehen, dann wurde ihm klar, dass Mandy, Kiermeier, vermutlich das gesamte Kommissariat unterrichtet waren. Er setzte sich auf, sagte aber noch immer kein Wort.

»Das stimmt doch!« Marion richtete ihren Kopf mit einem Ruck wieder auf und hatte plötzlich etwas Herausforderndes an sich.

»Und wenn's stimmt, hast du nichts Besseres zu tun, als mit dem Nächstbesten ins Bett zu steigen?« Mit diesem Satz löste sich die Verkrampfung in der Brust und Wut stieg ihm bis in die Haarspitzen. Er sprang auf und ging ein paar Schritte auf Marion zu, drehte aber wieder ab, bevor er ihr zu nahe kam. Er stand nun neben dem Fernseher unweit der Tür zur Terrasse und wusste nicht, was er tun sollte. »Du hast doch alle Freiheit der Welt g'habt …« Die Hilflosigkeit und Lächerlichkeit dieser Phrase waren ihm bewusst. Eine Steilvorlage für Marion.

»Freiheit wofür? Du hast doch keine Ahnung, wie allein du mich g'lassen hast!«

Spätestens jetzt, das war offenkundig, würde keine vernünftige Auseinandersetzung mehr zustande kommen.

»Hau ab!«

Die beiden Worte trafen Marion wie ein Hammerschlag. Ihr entfuhr ein laut hörbarer Schluchzer. Sie kehrte um und eilte aus dem Wohnzimmer.

Thomas war von seiner eigenen Reaktion überrascht. Er hörte Marion die Treppe hinauflaufen. Dann setzte er sich wieder auf das Sofa und vergrub sein Haupt zwischen den Händen.

Lange saß er so, ohne Regung und ohne Zeitgefühl. Seine Gedankengänge brachen ständig ab und begannen an einer völlig anderen Stelle wieder neu. Er konnte keine Überlegung zu einem befriedigenden Abschluss bringen. Die losen Enden der Gedankenfetzen fügten sich zu Kreisen, und diese Kreise drehten sich immer schneller. Er war von seiner Frau gedemütigt, hintergangen und betrogen worden. Und nicht nur das, er war das Gespött der gesamten Polizeiinspektion, alle wussten Bescheid, nur er nicht. In seinem Kopfkino konnte er schon die Schlagzeilen in der Presse lesen: »Tatverdächtiger wurde freigelassen, weil er zur Tatzeit mit der Frau des ermittelnden Polizeibeamten schlief.«

Für Thomas Huber brach eine ganze Welt zusammen.

Von den oberen Zimmern drang kein Geräusch herunter, sodass er nicht wusste, was Marion gerade tat. Es war ihm nicht egal, dennoch wollte er sie jetzt keinesfalls sehen. Was sollte er tun?

Kiermeier und Mandy quittierten das Geständnis Baumgartners mit langem Schweigen.

»Wie seids eigentlich auf mich 'kommen?«, wollte der Pensionist wissen.

Nun war Mandy an der Reihe, die bisher noch kein Wort gesprochen hatte. »Ich habe dich gefragt, Hans, wo deine Tochter geritten ist, und du wolltest nichts dazu sagen, obwohl man auf dem Foto an deiner Wand deutlich die Rennbahn im Hintergrund erkennt. Und dann sah ich die Visitenkarte der Gynäkologin auf dem Fensterbrett«, erläuterte sie. »Da habe ich einen ersten Verdacht geschöpft.«

»Sehr schön«, lobte Baumgartner. »Sehr gute Arbeit! Sepp, mit der Mandy hast du einen guten Fang gemacht. Die wird der Pfarrkirchner Polizei noch alle Ehre machen. Nicht wie andere, die ihr nur Schande einbringen.«

»Ich kann nichts mehr für dich tun, Hans. Das hast du dir selber eingebrockt«, resümierte der Polizeioberrat. »Danke für das Glas Wasser.« Er erhob sich. »Kommst du jetzt mit?«

Auch Mandy war nach dieser rhetorischen Frage aufgestanden und griff an den Gürtel nach den Handschellen.

»Das bitte nicht!«, warf Baumgartner ein. »Bitte ersparts mir die Blamage. So durch die ganze Polizeiinspektion g'führt werden, des würd ich nicht aushalten.«

Kiermeier verstand seinen früheren Untergebenen nur zu gut und gab Mandy ein entsprechendes Zeichen. Ohne Fesselung verließ der Hofbesitzer das Bauernhaus, sperrte die Tür zu und setzte sich unaufgefordert in den Fond des Polizeiwagens. Mandy war gerade im Begriff, die vordere Beifahrertür zu öffnen, als ihr Handy läutete. Zu ihrer Überraschung meldete sich Thomas.

ZWEIUNDVIERZIG

Von Mandys Wohnung in der Pflegstraße war es nur ein Katzensprung bis zu den Reichenberger Höhen, wo der von Thomas vorgeschlagene Biergarten am Schlossberghaus angesiedelt war. Nie zuvor hatte ihr Kollege um ein außerdienstliches Treffen gebeten. Den Umständen geschuldet, konnte sie sich dieser Bitte nicht verweigern. Selten hatte Mandy ihr Rad so spät noch auf die Straße geschoben. Der Abend war mild, kaum ein Lüftchen bewegte sich, doch das war für die Polizistin nur eine angenehme Begleiterscheinung. Selbst bei Sturm und Dauerregen hätte sie ihr Fahrrad für die Anfahrt benutzt. Zu viel war in den letzten Stunden passiert, zu heftig waren die Gedankengewitter in ihrem Kopf, da kam ihr das Radfahren gerade recht. Für Mandy hatte diese Form der Fortbewegung schon immer eine meditative Komponente. Die gleichförmigen rhythmischen Bewegungen förderten den Gleichstrom der Gedanken, und der in die Weite gerichtete Blick machte unempfindlicher für bedrängende Anspannung. Gleichwohl war die Strecke zum Biergarten viel zu kurz und vor allem viel zu steil, um die erwünschte Wirkung zu erzielen.

Als sie dort ankam, stellte sie das Rad neben dem Gasthaus ab und schaute suchend über die Tischreihen, aber ihr Kollege war noch nicht vor Ort. Das Wetter und der bevorstehende Feiertag hatten zahlreiche Gäste angelockt. Ein schwieriges Unterfangen, dachte Mandy, hier ein Plätzchen zu finden, an dem der Abstand zu anderen Gästen groß genug ist, um delikate Gesprächsthemen auszubreiten. Doch sie hatte Glück. An einem der rustikalen Tische vor der hölzernen Brüstung, die wegen der grandiosen Aussicht auf das mittlere Rottal besonders gefragt waren, stand soeben eine Dreiergruppe auf. Und da niemand sonst in diesem Moment Anspruch auf den Tisch erhob, nahm Mandy ihn sogleich in Beschlag. Sie bestellte ein alkoholfreies Weizenbier bei einer dirndltragenden Kellnerin, die sprachlich ihre Herkunft aus der Gegend um Dresden verriet. Die Polizistin war froh, sich in ihrem Beruf, das Ringen mit dem niederbayerischen Dialekt ausgenommen, nicht derart verbiegen und Identitäten vorspielen zu müssen, die nicht der Wahrheit entsprachen.

Die Ankunft ihres Co-Ermittlers riss sie aus ihren Überlegungen. Sie hatte eine Vorstellung davon, in welcher Verfassung sich Thomas gemäß den Umständen präsentieren würde, doch ihre Befürchtungen wurden übertroffen. Nach der kurzen unterkühlten Begrüßung setzte sich ihr Kollege umständlich und mit fahrigen Bewegungen an den Tisch.

»Wie geht es deinem Fuß?«, fragte Mandy, obwohl dies ihre geringste Sorge war.

»Du siehst ja, es geht sogar schon ohne Krücken. Ich bin eben hart im Nehmen, hahaha!«

Das Lachen war so unnatürlich, dass Mandy schauderte. Das bevorstehende Gespräch machte ihr Angst.

»Kannst du dir mich in einem blau-weißen Dirndl vorstellen?« Diese Frage war ausschließlich dazu gedacht, die sichtliche Hochspannung ihres Gegenübers etwas zu beruhigen.

»Was?« Thomas fehlte im Moment jeder Sinn für Ironie.

»Vergiss es!« Mandy verwarf die auf Zerstreuung zielenden Phrasen und stellte sich dem Unvermeidlichen. »Erzähl! Was war los bei dir heute Abend?«

Thomas fixierte sie lange, bevor er antwortete, und sie bemerkte, wie seine Augen glasig wurden.

»Ich bin ein lausiger Polizist und ein … lausiger Ehemann.«

Am Handy hatte er nur davon gesprochen, dass er mit jemandem reden müsse, und mit Mandy das

Treffen im Biergarten vereinbart. Natürlich hatte sie einen Verdacht, worauf sich dieser ungewohnte Vorschlag bezog, nun aber war es gewiss. Es hatte eine Aussprache stattgefunden, ihr Kollege wusste, was geschehen war, und er befand sich in der Phase des übermäßigen Selbstmitleids.

»Bevor du noch mehr Jauche über dich ausschüttest, Thomas, ich kann mir denken, was bei dir zu Hause vorgefallen ist, und ich weiß, wie man sich dabei fühlt. Deine Marion ist eine attraktive Frau. Das kann –«

»Meine Marion«, sagte Thomas gedehnt und gewürzt mit einer Prise Verachtung. »Für sie sind Pferderennen langweilig, deshalb hab ich sie zum Wellness-Wochenend überredt. Ich bin doch der größte Depp, der in Pfarrkirchen rumlauft.«

»Schlag dir das aus dem Kopf«, erwiderte Mandy. »So etwas kommt nicht aus heiterem Himmel. Das ist nur das Symptom einer längeren Krankheit. Da muss es schon eine ganze Zeit nicht mehr richtig gestimmt haben zwischen euch, denk ich.«

»Du hast wieder einmal recht«, gab Thomas zu. »Je länger wir z'sammen waren, desto weniger hat sie sich für meine Sachen interessiert. Nie ist sie mit mir zu einem Fest vom Fußballclub. Zu unseren dienstlichen Feiern hat sie mich so gut wie nie begleitet. Kaum mehr gemeinsam 'gessen haben wir in der letzten Zeit. Statt mit meiner Frau hab ich die Abende mit der Mikrowelle verbracht.«

»So etwas ist keine Einbahnstraße«, warf Mandy ein, bevor die Aufzählung noch länger wurde. »Das kann man reparieren, mit Geduld und gutem Willen.«

»Hast du bei dir versucht zu reparieren, oder bist du gleich abg'haut?«, hielt Thomas dagegen.

»Das war eine vollkommen andere Situation, außerdem war mein Ex absolut resistent gegen jedes Argument«, verteidigte sich Mandy wenig überzeugend. »Aber bei dir ist noch nicht Hopfen und Malz verloren. Warum fährst du nicht nach Hause und bittest sie, dir alles zu erklären? Vielleicht kannst du ihr dann verzeihen, zumindest auf längere Sicht. Bestimmt wartet sie genau darauf!«

»Ganz sicher ned!«, entfuhr es Thomas.

»Warum denn nicht?« Mandy gab sich noch nicht geschlagen.

»Weil ich ihr g'sagt hab, dass ich sie nicht mehr sehen will, wenn ich heimkomm.« Mit diesem Satz knickte der Kopf des Gehörnten ein und er zitterte leicht am ganzen Körper.

Mandy fühlte sich unwillkürlich veranlasst, ihre Hand tröstend auf seine zu legen. Sie empfand tiefes Mitleid und erinnerte sich in diesem Augenblick daran, wie hart das Schicksal auf ihren Kollegen einschlug, stand ihm doch noch eine weitere unangenehme Enthüllung bevor. Vielleicht war es das Beste, sofort reinen Tisch zu machen, überlegte die Kommissarin. Wie bei einem Pflaster über behaarter Haut, besser ein schnelles Losreißen als ein langsames, stückweises Abziehen.

»Wir haben den Mörder von Staudinger verhaftet.«

Thomas hob den Kopf und sah sie mit verständnislosem Blick an. »Da hast du's. Ich hab dir ja g'sagt, dass ich ein lausiger Polizist bin. Kaum bin ich ein paar Stunden ned da, wird er gefasst.«

»Willst du nicht wissen, wer es ist?«

»Der Erlacher, das war doch schon längst klar. Wenn ein Notar einen Anwalt braucht, dann –«

»Falsch, Thomas, es war nicht der Erlacher. Es war Hans Baumgartner.«

»Was? Falls das ein Witz sein soll, um mich aufzuheitern, dann ist er völlig daneben!«

»Hans hat den Selbstmord seiner Tochter gerächt«, schickte Mandy hinterher, um die Botschaft für ihren Kollegen empfänglicher zu machen.

»Mandy, hör auf damit. Ich kenn den Hans wie sonst keiner. Da habts ihr euch einen schönen Blödsinn zusammeng'reimt. Was soll denn der Selbstmord von Lisa mit dem Staudinger Sepp zu tun haben?« Während er die letzten Worte aussprach, dämmerte es ihm. »Dieser Saukerl, die Lisa hätt gut und gern seine Tochter sein können! Trotzdem: Der Hans ist zu keinem Mord fähig!«

»Anscheinend doch, er hat gestanden«, entgegnete Mandy bündig.

Wieder fiel Thomas' Kopf nach vorne. Diesmal bedeckte er ihn zusätzlich mit den Händen. »Was soll jetzt aus dem Hans werden?« Die Frage war absurd und beantwortete sich selbst. »Was soll aus dem schönen Sacherl werden?«

Ein seelischer Schmerz wird nicht doppelt so groß, weil es zwei verschiedene Anlässe dazu gibt, hoffte Mandy wenigstens, befürchtete aber dennoch, ihr Kollege könnte jeden Moment in diesem lauschigen Biergarten vor versammelter bierseeliger Bürgerschaft zusammenbrechen.

»Wie habt ihr das herausg'funden? Hat er sich am End selber g'stellt?«

»Ich habe einen Vorschlag. Für heute lassen wir es gut sein und gehen nach Hause«, setzte Mandy dagegen. »Wenn du heute Abend schon wieder ohne Krücken unterwegs bist, warum lässt du deine motorisierten Untersetzer nicht einmal beiseite, schwingst dich morgen auf ein Rad und begleitest mich auf einer Trainingstour? Wir können viele Pausen machen. Radfahren befreit, es wird dir guttun. Und ich erzähle dir alles bis ins letzte Detail.« Sie konnte selbst kaum glauben, dass sie diese Einladung ausgesprochen hatte.

»Mal sehen …«, murmelte Thomas. »Ich weiß nicht, ob das schon geht.« Er deutete auf seinen Fuß. Auf seinen Schultern schienen Zentner zu lasten. Seine gesamte Energie war aus seinem Körper gewichen. Mühsam erhob er sich und vergaß sogar zu zahlen, als er sich durch die Reihen der gut besetzten Biertische schleppte.

Mandy übernahm die Zeche für sein Mineralwasser, denn auf etwas Essbares hatte Thomas keinen Appetit gehabt. An das Radfahren wird er sich morgen wohl nicht mehr erinnern, dachte sie. Vielleicht ist es gut, wenn er den morgigen Tag einfach verschläft, um nicht in einem leeren Haus den dunklen Gedanken nachzuhängen.

DREIUNDVIERZIG

Donnerstag – Fronleichnam

Als Mandy an diesem frühen Morgen des Fronleichnamsfestes in passender Sportkleidung ihr Rennbike aus der Garage schob, stand Thomas unerwartet in der Pflegstraße vor ihrer Wohnung.

Das Damenfahrrad muss er sich gestern in seiner Nachbarschaft ausgeliehen haben, dachte Mandy, mit Blick auf das Einkaufskörbchen an Thomas' Radlenker. »Wieder einmal ein Überraschungsei, aber diesmal bin ich einverstanden. Na, glaubst du, du kannst mit deinem Fuß mit mir mithalten?« Mandy grinste den verlegenen Kollegen an.

»Locker!« Damit schwang sich Thomas in den Sattel und setzte sich hinter Mandy in Bewegung.

Zunächst fuhren sie auf der Pflegstraße bis zur Bahnhofstraße, als ihnen die Gläubigen der Fronleichnamsprozession von der Ringstraße her entgegenkamen. Die beiden Polizisten hielten am Straßenrand an und beobachteten die feierliche Prozession. Ehrfürchtig trug der Pfarrer die Monstranz unter dem Baldachin durch die prächtig geschmückten Straßen der Rottaler Hauptstadt.

Thomas erinnerte sich an seine Zeit als Ministrant. Damals, vor ungefähr 25 Jahren, marschierte er genau an dieser Straße neben dem damaligen Pfarrer. Früher waren es aber deutlich mehr Menschen gewesen, die sich dem katholischen Umzug angeschlossen hatten.

Danach stiegen sie wieder auf ihre Räder und fuhren am Bahnhof vorbei Rott-aufwärts. Auf Höhe der Rennbahn hielten sie kurz an und blickten auf das Gelände, auf dem so viel geschehen war und das so viel verändert hatte.

Wer es nicht besser wusste, hätte die beiden für ein Paar gehalten.

ENDE

WIR MÖCHTEN UNS GANZ HERZLICH BEDANKEN BEI …

- dem Team des Gmeiner-Verlags, welches uns nicht mehr ganz jungen Neu-Autoren das Vertrauen geschenkt hat.
- unserer Lektorin Christine Braun, die uns sehr professionell und kompetent betreut hat.
- den Trabrennexperten Josef Denk, Günter Geltinger und Josef Seebauer.
- Johann Steinbrunner für die Erstbegutachtung unseres Werkes.
- Nicole Heck für ihre juristischen Tipps.
- Doris Weß, Dr. Susanne Frick und Christa Brennsteiner für ihre Korrekturen, die wir gerne angenommen haben.
- unseren Ehefrauen, die uns immer mit Rat und Tat unterstützt und uns den Rücken fürs Schreiben freigehalten haben.
- Ihnen allen, die unsere Geschichte rund um das traditionelle Pfarrkirchner Pfingstmeeting gelesen und weiterempfohlen haben. Hoffentlich gibt es diese schöne Veranstaltung noch sehr lange, und zwar ohne Mord und Totschlag.